D1922714

SPORE

4

Copyright © 2007 Alpha Test S.r.l.
Via Mercalli 14, 20122 Milano (Italy)
Tel. 02 58 45 981 – fax 02 58 45 98 96
e-mail: info@sironieditore.it
www.sironieditore.it

ISBN: 978-88-518-0083-3

prima edizione: aprile 2007

Stampato da Grafiche Nicolini, Gavirate (VA)
per conto di Sironi Editore
nell'aprile 2007

Marino Magliani

Il collezionista di tempo

SIRONI
EDITORE

Con le loro occhiate in giro durante la preghiera, le loro battute durante le ore libere, i loro maglioni sempre troppo corti, tutti magrissimi, quello che più di tutto risento sono le risate disperate.

(da una lettera del pittore Gaetano Vari)

Sotto gli ulivi, come tra esseri di un'altra razza, umani di un'altra etnia, nel quieto brusio degli insetti, mi chiedevo che lingua bisognava parlare per non tacere sempre, e a forza di aspettare le voci mi prendeva il sonno della Liguria, la sete delle piante l'estate e la paura dell'oscurità l'inverno, per ultimo col sacco delle olive legato sul dorso dell'asino che avevamo, si scendeva al paese e le zoccolate sulla mulattiera e il respiro del torrente, i tocchi dell'Ave Maria o le campane da morto, traboccavano le ultime gocce di silenzio dell'infanzia... Tornare oggi al tempio delle voci e aspettarle ancora, cercare un bambino appena disubbidiente, gridare tra ulivi bruciati, in una valle senza più riferimenti, camminare per mulattiere coperte di cemento, e odorare le bestie in stalle trasformate in cucine e stanze per turisti, guardare i tralci delle vigne mai più potati, cresciuti nella terra come unghie incarnite, scoprire paesi dove i bambini non nascono più, dove le chiese si aprono solo per far respirare i muri, in una terra dove solo i morti muoiono ancora, perché, mi chiedo quando ci torno, tanto rincrescimento se obbedire oggi per ciò che ti si chiedeva allora, è la sola felicità mai avuta.

(da un frammento del racconto *L'architettura del molo di Porto Maurizio*)

Le voci

Prima parte – Il probandato

Liguria, 3 agosto 1969

La maglietta chiara e i pantaloncini corti, Gregorio era l'unica cosa che si muoveva nell'arsura degli orti. Saliva come fanno i bambini, a testa bassa, senza regalare niente agli occhi, i passi, più lunghi che poteva, prendevano mezzo gradino.

La vallata quassù si stringeva, piena di silenzio e di chiese. Ma le ore le suonavano da anni due sole campane. E da anni un orologio anticipava l'altro di meno di un minuto, come un'eco che risponde in ritardo.

Dopo i viaggi di San Pancrazio toccò dunque a San Rocco, e dal campanile uscirono un paio di piccioni.

Gregorio lasciò la mulattiera per una terrazza, si fermò e mise una mano contro il sole.

Era tutto là di fronte che bruciava, un nodo di case di pietra, di logge e porticati, di tetti di ardesia e di tegole, intorno alla chiesetta di San Rocco.

Dal bordo della terrazza indietreggiò di qualche passo, finendo sotto un albicocco. Non era ombra, ma credette lo stesso di poter fare a meno della mano, e nel fastidio della luce cercò la riga di persiane verdi sotto le due logge chiare.

Quella era casa sua.

Era da là che fra poco la madre l'avrebbe chiamato.

Lentamente il volo dei piccioni aveva ripiegato di nuovo verso il campanile.

Dalle terrazze sopra i tetti dominavano i quattro o cinque scheletri di case, una era già chiusa dai mattoni, la stava costruendo il padre per loro, sera dopo sera, dopo la giornata negli ulivi.

Forse per l'altr'estate ci andavano ad abitare. C'erano dei momenti in cui guardando le cose sentiva nello stomaco, assieme al risotto di mezzogiorno, la valigia piena di biancheria pulita, piegata, numerata: il 66, un quadratino di stoffa con le cifre in rosso e il trattino sotto i due 6 per non farlo assomigliare a un 99, che la mamma aveva cucito su ogni capo di biancheria.

Poi una macchina, arrivava dalla riviera, e subito gli occhi rispondendo alla paura controllarono il pezzo di strada che entrava in paese... Era niente, non doveva temere, per questo il pianto lo sorprese lo stesso. D'istinto si allontanò dalla vista del paese. Era un pianto in agguato da troppo tempo per provare a calmarlo.

E forse non lo voleva neanche fermare, piangere era capire che la paura era ingiustificata – la macchina entrata in paese non era quella di Fratel Ludovico – e allora le lacrime erano solo lacrime di una miseria che male non faceva.

Una consolazione che durò poco, le lacrime gli avevano fatto risalire in gola il risotto, e perché tornasse al fondo Gregorio smise di pensare al collegio, ma subito si accorse che a un paio d'ore dalla partenza neanche questo era più possibile. Così, semplicemente per sentire ancora di più tutto il male, ricordò che c'erano stati pomeriggi a quest'ora in cui per sbarazzare il campo dai dubbi era bastato dirsi che dove andava c'erano campi di calcio e di pallavolo.

* * *

Il fruscio dei sandali avvisava i grilli. I solchi delle vecchie coltivazioni, nascosti nell'erbaccio, davano ai passi un senso di instabilità.

Smise di nuovo di far rumore. Porse l'orecchio a fondo valle...

Una Macchina. Corse a guardare di che colore era. Niente, era la macchina scura di qualche viaggiatore. Era niente.

Inizialmente dei Fratelli Maristi se n'era fatto un'idea di frati da poco. Come di una squadra di calcio che si sente nominare per la prima volta e di cui ci si chiede in che serie giochi e cos'abbia vinto.

Tutti conoscevano infatti solo il nome dei domenicani, quello dei benedettini e dei francescani, e si sapeva che tra loro c'erano molti santi. Così, quando Fratel Ludovico gli aveva detto d'essere un Marista e che nella sua squadra non c'era nemmeno un santo, un po' Gregorio c'era rimasto male.

Anche Secondo, che in vallata non si portava nemmeno più in processione, relegato in una cappella che cadeva a pezzi, era un frate che era stato fatto santo.

Il sogno era cominciato un giorno di maggio, Fratel Ludovico era entrato in classe dopo aver bussato, s'era presentato e aveva fatto compilare dei fogli dove si chiedeva se si volesse aiutare i bambini africani e se si desiderasse giocare in campi di calcio veri, in campi di pallacanestro, se si volesse sciare. Gregorio aveva risposto di sì a tutto.

Le macchine, ogni tanto, provenienti dal mare, spuntavano da dietro il costone di San Secondo.

San Secondo era un posto che Gregorio conosceva bene, quando non sapeva cosa fare andava lassù a sbirciare la navata della chiesetta attraverso la ferrata, l'altare sconsacrato e ingombro di calcinacci, e la statua di gesso, la testolina inclinata del santo.

Dal sagrato di San Secondo si prendeva d'un'occhiata il nodo di case di San Rocco, le terrazze in faccia dov'era ora, e fin su a Villa e a Leve, paesi spartiacque.

A Leve ci vivevano quattro ragazzi che frequentavano le medie nei collegi di Mondovì e Albenga. Anche Leve era un posto dove Gregorio quell'estate era stato almeno una decina di volte, era stato in piazza e aveva chiesto, s'era informato, aveva voluto sapere da chi era a Mondovì se era vero che c'erano campi di calcio e si dormiva tutti in una camerata e d'inverno scendeva la neve.

Seguì con lo sguardo il volo di piccioni che s'era alzato dal campanile di San Rocco (aveva suonato una mezza), e si rimpiccioliva contro la spalliera di monti arsi e scogliosi. Dove la valle moriva e cominciava il Piemonte.

Sentirsi in linea d'aria vicini al Piemonte lo confortava. C'era un passo, di qui non si vedeva, era il Colle di Nava, poi la strada scendeva in Piemonte e prima delle colline, gli pareva gli avessero detto, c'era Mondovì.

Le tre non erano ancora suonate.

Seduto sul bordo del muretto, le nude gambe penzoloni a contatto con le pietre, in un fastidio d'erba secca che punge e di formiche che ti salgono addosso, ogni tanto distingueva un rumore. Un vociare proveniente dagli orti, o un cigolio come quello che sentiva adesso.

Si alzò per vedere chi era. Il sabbioso cigolio dell'irroratrice, qualcuno che dava il verderame, addormentava le terrazze.

Gettò uno sguardo alle logge di casa. Rimase come in attesa, le braccia lungo il corpo, immobile, e provò a materializzare una vestaglia piena di colori nel biancore dell'intonaco, e fare urlare a quelle logge che era arrivato il momento...

Quando il cigolio dell'irroratrice cessò, salì dagli orti un: *stentuassu, maie*![*]

Ci si poteva accanire contro le cose, ecco, contro il soffoco, contro l'acqua del condotto irriguo che non arrivava, e lasciare che la rabbia contro tutto anestetizzasse il resto. Scordarsi di quest'agonia.

Provò a pensare anche a questo e si rese conto che per la prima volta nella vita pensava a cose nuove.

Ma poi per risentire il male pensò alla sera, al sole che avrebbe scalato le pietraie come un ragno rincorso e la valle sarebbe arrugginita ancora a lungo. I rondoni avrebbero gridato in cielo e i vecchi si sarebbero seduti sui gradini di San Rocco a maledire i perdigiorno che impennavano coi motorini per farsi notare dalle tedeschine della colonia.

Il caldo gli incollava la maglietta alla schiena, gli faceva venir voglia d'ombra, ma obbedendo a una strategia, non si spostò, perché era come se una voce gli dicesse che se non si toglieva da quel castigo non succedeva niente... Un'agonia che non doveva finire dunque, perché il silenzio delle campane durasse, e la voce dalle logge non lo chiamasse mai...

---

* Che soffoco madre!

* * *

Le tre.

I rintocchi l'avevano colto sdraiato nell'erba, pancia all'aria, una posizione dalla quale non si capiva bene se erano state le campane di San Rocco o quelle di San Pancrazio.

Gli occhi stretti e un esercito di insetti intorno che saltavano, Gregorio imitava ora i gesti di un rito notturno, il lenzuolo fresco fin sul pomo d'adamo, le mani dietro la testa, in attesa che sua madre avesse spento la luce e la cameretta si facesse a poco a poco più chiara, la fila d'acqua nel pozzo di sotto diventasse un organo a mantice, quella T di luce che la luna si ritagliava dopo un po' attraverso la persiana aperta un palmo, e le gambe che uscivano dal lenzuolo...

Rotolò nell'erba e vi sprofondò la faccia.

Si accorse che dal punto in cui era non poteva controllare la strada neanche se si fosse rizzato sui gomiti, e allora era come se da quel punto il cosmo esistesse solo attraverso il fruscio continuo dell'erba popolata dagli insetti, e oltre la coscienza non andasse. Mentre senza il minimo sforzo era sempre possibile capovolgere tutto e realizzare che anche ciò che era attorno faceva fin troppo parte del resto, era e dipendeva dal resto, e doveva esserlo perché questa erba era e odorava già a fieno e pungeva, e tutto intorno era.

* * *

Il Probandato dei Fratelli Maristi di Mondovì è frequentato principalmente da ripetenti, pomeridiani battitori di carruggi, rari i casi di fede solida. Insomma chi andava nei frati apparteneva alle famiglie numerose di Leve e la sua storia era una storia di figli di madri incalzate dal ritmo uliveto-casa-uliveto, madri costantemente sul bordo della terrazza a gridare ai figli se avevano mangiato – attenzione al gas – la pietanza già bella calda messa a bagnomaria, se avevano studiato. I ragazzi non studiavano, tornavano da scuola, mangiavano un boccone e uscivano in carruggio. Per questo alla fine, perché riuscissero a finire almeno le medie, i genitori li mandavano a studiare dai frati.

A spingere Gregorio al collegio invece non erano state né le necessità di casa (la madre era casalinga senza urgenze di corse negli uliveti), né la scarsità dei risultati scolastici.

Naturalmente Gregorio ne aveva parlato ai due soli amici che aveva. A Edoardo, Edo, due anni più vecchio e pluriripetente, specie di testone dall'occhio stanco, che gli aveva detto: «Dammi retta, da Mondovì stacci alla larga, io lo sai quanto ci ho resistito?».

Due settimane, sapeva Gregorio, l'anno prima Edo era partito per Mondovì ai primi di agosto e prima dell'Assunta il padre era andato a riprenderselo. Ma era Edo.

L'altro che aveva tentato di farlo desistere era il Putrella, un nome di famiglia, generazioni di muratori, e il putrellino parlava parlava ma in collegio non c'era mai stato, e così Gregorio gli aveva potuto dire: «Cosa parli te, che te un collegio non l'hai mai visto neanche in cartolina?».

Un giorno di giugno Gregorio aveva ricevuto posta da Mondovì. Fratel Ludovico diceva che passava a trovarlo il giorno 6 di luglio.

Gregorio ne aveva approfittato per fare le ultime indagini.

Partiva da San Rocco appena dopo il pranzo, con ancora il risotto nello stomaco, e saliva a Leve. Vi arrivava col respiro corto e per le scalinate della chiesa trovava il raduno dei campioni.

Per campo lo spiazzo limitato dalla ringhiera e dalle scalinate. Si sedeva in cima e li osservava. Anche senza saperlo, avrebbe capito subito chi frequentava un collegio, perché se ce n'era uno che si staccava dal gruppo per morbidezza di tocco e palleggio, ecco che saltava fuori che costui studiava nel seminario di Albenga o dai salesiani di Alassio o a Mondovì dai Maristi. Naturalmente quelli che frequentavano le medie alle statali di Porto Maurizio, giocavano in difesa, non battevano mai una punizione ed erano loro che andavano a cercare il pallone quando scendeva negli orti.

Il sogno era lì, davanti a lui...

Il 6 di luglio Fratel Ludovico aveva posteggiato la sua Cinquecento color del cielo a San Rocco e s'era presentato a casa di Gregorio con la cartella di cuoio come un esattore. Il padre quel giorno non era andato a faticare apposta per incontrare il frate.

S'erano seduti al tavolo rotondo, il padre e la madre accanto, Gregorio di fronte a Fratel Ludovico.

Dopo aver spiegato loro sommariamente chi erano i Maristi, da quanto esistevano come educatori e fin dove erano sparsi, Fratel Ludovico aveva preso a lavorare i genitori sulla credibilità della congregazione, e dalla cartella di cuoio aveva tirato fuori un mazzo di fotografie dove si vedevano ragazzi che giocavano al calcio, ragazzi in aule soleggiate, ragazzi in camerate ordinate, ragazzi che mangiavano nel refettorio e ragazzi che pregavano in chiesa. Il padre riceveva le foto dalla madre, ci dava uno sguardo sazio e le lasciava sul tavolo. Fratel Ludovico si studiava i loro volti, ogni tanto sorseggiava un po' di tè e chiedeva: «Ci sono domande?».

Del fatto che Gregorio andasse in collegio il padre non ne era convinto, ma domande non ne aveva poste. Così il frate era passato a parlare dei prezzi e il padre s'era lasciato scappare: «Non staccano neanche la testa».

Il prezzo era tutto compreso, libri, alloggio, vitto, aveva detto il frate.

Dopo un'ora e un quarto, la decisione era presa: Gregorio provava un mese, partiva il 3 agosto, Fratel Ludovico lo veniva a prendere nel pomeriggio, e se non ci stava bene, pagavano solo quella mesata e a settembre si andavano a riprendere il ragazzo.

* * *

A cena quella sera il padre aveva scosso la testa. Non capiva come un figlio al quale non mancava nulla (cosa ti manca, dimmelo, gli aveva chiesto anche la madre) s'era messo in testa di andar in un collegio.

Non capiva, quel padre non poteva capire il sogno.

Inizialmente Gregorio sarebbe dovuto partire il 26 luglio. Era la data in cui i probandi, i ragazzi di Leve e tutti gli altri (c'erano savonesi, torinesi, genovesi, spezzini, anche qualche milanese) rientravano dalle vacanze. Ma per Gregorio il padre era riuscito a strappare qualche giorno in più e s'era stabilito che il frate veniva a prenderlo il 3 agosto.

Il padre portava a tavola un odore di sterpaglie bruciate, di legna tagliata, di verderame. La madre stendeva al sole camicie sporche di cemento.

Le solette della nuova casa erano state gettate, l'impermeabilizzazione dava dei problemi; un giorno di fine luglio un piccoletto a cavallo di una ruspa aveva allargato l'intercapedine.

La sera il padre, dopo il lavoro negli ulivi o alla nuova casa, aveva la verdura da bagnare e Gregorio lo seguiva nell'orto.

Guardava quel padre che provava ancora a fargli cambiare idea e avrebbe voluto chiedergli perché invece non si sforzava di capire quel sogno.

Scendevano nell'orto. Il giorno era un ritaglio di luce intorno ai monti, nel resto del cielo gridavano i rondoni, e la sera odorava di fango e di verdure innaffiate.

D'altro, a quel padre avrebbe chiesto dove la prendeva tutta la forza per fare tanto lavoro. Un uomo così, un uomo che costruiva una casa da solo non poteva non capire che anche gli altri avevano un sogno.

Gregorio ci resisteva poco nell'orto. Scappava in carruggio e si sedeva a cavallo del muretto lungo a guardare i perdigiorno che aspettavano l'uscita delle tedesche della colonia.

La colonia era un edificio rinnovato da poco, un tempo quei locali erano stati stalle, ora un prete protestante ci aveva realizzato bagni e camere, una grande sala da pranzo e una piscina dove prima c'era un orto.

Gregorio stava lì, assieme a Edo, a Putrella e ai quattro vecchi magri, seduti al fresco, il cartone sulla panca di pietra e la camicia sulle spalle.

* * *

Di scatto si alzò dall'erba. Si staccò dalla schiena la maglietta acrilica.

Mise la mano contro il sole e guardò la strada sotto San Secondo, poi le logge di casa. Tutto taceva.

Contro il muro passava un tubo di ferro che attraversava il terreno a mezz'aria, appeso a due pali, e scendeva nella terrazza di sotto che era coltivata a orto e a vigna.

Un cane era spuntato dalla mulattiera, dopo qualche passo nella terrazza coltivata, aveva guardato anch'egli il paese attraverso le foglie e s'era sdraiato all'ombra del filare.

Gregorio saltò il muretto, affondando con i sandali nella terra arata fine, e scavalcò i tentacoli della zucca che avanzavano in diverse direzioni.

Passò sotto l'ombra di un pero. Le pere erano mature, in parte cadute, e attiravano un volo di vespe.

Il cane, vedendolo avvicinarsi, si allontanò e andò a sdraiarsi sul gradino della mulattiera.

Gregorio tolse dai grappoli qualche acino maturo, lo lavò con lo stesso succo liberato dall'uva, fin quando la traccia azzurra del verderame non spariva.

Sputava lontano le pelline, le braccia sul fil di ferro del filare.

Una mezza, dalle parti di San Rocco. In attesa del rintocco di San Pancrazio, i suoi occhi si spalancarono un istante. E se fosse successo qualcosa, se Fratel Ludovico avesse telefonato che non poteva venire? Per questo quel giorno aveva chiesto il numero di telefono di qualche vicino di casa. L'unico telefono del carruggio era quello della Pia e la madre ce l'aveva scritto su un foglietto.

Ma dopo un po' una possibilità del genere non riusciva più a immaginarla.

Una parlata lenta, una cantilena come di fontana, si stava diffondendo negli orti.

Erano canottiere bianche, ben visibili nella verdura. Ne contò una decina.

Per ripararsi dal sole, che gli bruciava la testa, usava le mani, incrociando sui capelli le dita appiccicaticce di uva e verderame.

Per una disposizione del sindaco, fino a una cert'ora del pomeriggio le tedesche della colonia non potevano fare il bagno in piscina. Era dunque l'ultima mezz'ora di quiete per la popolazione, poi il fondovalle sarebbe esploso, tuffi e schiamazzi, seguiti da un rombo di motorini che venivano dal lago e si fermavano a San Rocco.

Ricordò che fino alla notte prima, i pochi minuti che precedevano il crollo, li aveva sempre dedicati all'inventario delle cose: la camerata del collegio, ad esempio, quanto doveva essere grande e tutta coi letti messi per zona, gli avevano detto quelli di Leve, la zona dei liguri, quella dei lombardi, e la sala da pranzo che si chiamava refettorio o qualcosa del genere, coi tavoli dei ragazzi e la tavolata dei frati.

Un grido, avrebbe voluto gettarlo con tutta la forza alle logge. Un grido che spaventasse quel cane e zittisse le irroratrici negli orti e facesse voltare tutte le canottiere bianche. Getta un grido! Dire a sua madre che non sarebbe partito.

Il grido gli restò in gola.

S'avvicinò al filare e col mento abbassò il fil di ferro, lo sentì scivolare fino alla gola e non si fermò, spinse ancora sentendo che la ruggine gli solcava qualcosa.

Ora la piscina si riempiva di corpi. Per sorvegliarla dovette abbassare il fil di ferro a livello del mezzano e spostare tralci e foglie, e subito riconobbe la figura di Ulrike, ci sarebbe riuscito anche da più distante.

Capì che se non aveva ancora pensato a lei era perché quest'attesa aveva rovinato anche la cosa più bella dell'estate. Ulrike, più grande di lui di quattro dita e di almeno tre anni. Pensò che fra un po' sarebbe uscita a passeggiare, lei e le sue amiche mezze nude, con quell'odore di cloro sulla pelle, e i ragazzi della valle le avrebbero accompagnate di sghembo per i vicoli.

S'era informato se anche a Mondovì si andava a passeggiare per le strade, questo aveva chiesto a quelli di Leve, come se fossero state le cose che poi sarebbero contate.

E ora sapeva: a Mondovì si usciva la domenica, in fila per due, sui marciapiedi e si andava alla messa al Santuario di Vicoforte. E a maggio, che era il mese dedicato alla Madonna, ogni santa mattina s'andava al Santuario.

Maggio, un futuro di cui oggi dubitava l'esistenza...

Sentì una voce alle spalle. La riconobbe subito. Rialzò alla bell'e meglio il fil di ferro, riassestò i tralci e tolse in fretta le mani dal filare.

Era Anselmo, il padrone della vigna. Bordeggiò il filare e venne a controllare il danno, tese il fil di ferro e disse: «È un nuovo sport, quello di appendersi ai filari?».

Gregorio tacque, gonfiò le guance.

«Fai qui?».

«Aspetto».

«Aspetti?» ripeté l'uomo. Si diresse verso la capanna di lamiera e dopo un attimo uscì con l'irroratrice. Se la mise addosso che penzolava da una parte, come uno zaino appoggiato a una sola spalla. Cominciò dal fondo, dove d'inverno scolava l'acqua piovana, e venne fino in cima. L'ugello spruzzatore non sputava che poche gocce di un liquido azzurro sui grappoli.

«Togliti, vuoi che t'avveleni?» disse l'uomo a Gregorio quando gli era quasi accanto. Anche il cane s'era spostato.

Giunto in cima al filare, l'uomo si portò a ridosso del muretto, che era alto poco più di un metro, si chinò un poco e si liberò dell'irroratrice.

«Hai già finito?».

L'uomo non rispose. Mandò via le vespe dall'albero, abbassò un ramo e staccò due pere. Le lavò sotto il rubinetto e si sedette su uno dei due bidoncini vuoti della pittura, la schiena contro il muro. Non era famoso in vallata per fatti di lavoro.

Offrì la pera più bella a Gregorio, che s'era venuto a sedere sull'altro bidoncino, sotto il vecchio pergolato di uva fragolina.

Appoggiarono entrambi la testa e la schiena alle pietre e l'uomo sbuffò per il caldo.

«Non è un cane del paese» disse Gregorio.

L'uomo doveva essersene accorto allora che c'era un cane.

«Li portano a perdere» disse.

Gregorio teneva le gambe larghe e il busto in avanti per non sbrodolarsi.

Un odore di acqua stagnante usciva da un grosso fusto. Un mazzo di rami di salice spuntava un palmo dal fusto. Servivano per legare la vigna. Dall'acqua spuntava anche il manico di una pala o di una vanga, era perché il legno al fondo gonfiasse bene nel ferro dell'arnese, pensò.

Cose che gli sembrava di conoscere da secoli e non gli avevano mai fatto male.

Erano cose – queste terrazze e l'ombra magra nell'odore di verderame – che non gli avevano mai chiesto nulla, tanto meno di andarsene.

Era rimasto col busto proteso in avanti e guardava le cose, provava a scoprirle per la prima volta, erano le cose che restavano. Per la prima volta.

Quanti pensieri nuovi oggi!

«La sete la toglie, vero?» disse l'uomo.

«La toglie». Fece di sì anche col mento. Gettò il torsolo nel bidone, l'uomo lo prese e lo buttò via.

«La vuoi adesso o dopo l'altra?».

«Adesso».

L'uomo lavò sotto il rubinetto anche l'altra pera e gliela diede.

«Lavati le mani» gli disse l'uomo.

Gregorio ubbidì, si alzò, si sciacquò le mani sotto il getto bollente, e si lavò braccia, collo e faccia.

«Berla no» disse l'uomo.

Quando tornò a sedersi, Gregorio chiese all'uomo: «O Anselmo, quanto ci vuole di qui in Piemonte?».

«Due ore e mezza, tre, poi dipende dove, il Piemonte non è mica il carruggio».

«A Mondovì?».

«Dai frati?».

Sapeva dunque, forse il paese intero, la valle sapeva che era per oggi.

«Parto, un frate mi viene a prendere, da un momento all'altro...».

L'uomo disse che non c'era mai stato a Mondovì ma doveva essere una bel posto, una cittadina piena di negozi, ci sarebbe stato bene. C'era anche una bella fiera l'8 di settembre, disse.

Non capiva, quest'uomo non capiva, erano angosce che non poteva conoscere, gente che non era mai dovuta partire, gente fortunata che non aveva mai dovuto sognare.

L'uomo aveva estratto dal taschino l'astuccio del tabacco e le cartine, alla cartina passò la lingua dove attaccava, strappò la striscetta. Separò un po' di tabacco, gettò un tronchetto, arrotolò nella cartina, leccò e accese, stringendo gli occhi per il fastidio del fumo. Poi si alzò, collegò la gomma al rubinetto e aprì.

Aveva messo la gomma nella buca e mentre la zucca si innaffiava, recideva qualche ciuffo d'erba o si chinava a prendere una scaglia e la gettava nello scagliaio a ridosso del muro. Gregorio ricordò che anche il padre si chinava nei solchi se c'era una scaglia e la gettava fuori dal coltivato.

Dopo un po' l'uomo guardò Gregorio e provò a dire: «Dai frati? Dai frati si mangia da papi...».

«Perché, qui non si mangia?».

L'uomo rispose qualcosa, Gregorio rimase a sentire fino a metà e si allontanò.

Era per non fargli vedere che piangeva. Ma l'uomo se ne accorse lo stesso, perché ora gli dava la schiena.

Quando Gregorio si tornò ad avvicinare, senza cercargli gli occhi, l'uomo disse ancora qualcosa ma non finì e con Gregorio guardarono le logge.

Gregorio sentì giungere da là il suo nome, a più toni, come un lenzuolo che copriva l'intera collina. E si mise a correre.

* * *

Fratel Ludovico era seduto in sala, la tazza del tè in mano.

«Spero che d'ora in avanti avremo un po' di rispetto per gli orari».

Gregorio ansimò e rispose di sì, avanzò titubante sul pavimento di cotto come se non fosse più casa sua.

Papà l'aveva già salutato dopo pranzo. La mamma gli mise fretta ma non lo rimproverò.

Quando uscì dal bagno, aveva una maglietta pulita e la pettinatura dei giorni festivi, la riga da una parte, e al posto dei vecchi sandali le scarpe nuove da ginnastica.

«Ti fanno male?» gli chiese la madre.

Disse di no.

Per strada incontrò di nuovo il cane, vide che rasentava il muro all'ombra, il passo svelto e l'occhio che ti guarda d'in sotto dei cani mandati via.

Il frate, con la sua tunica nera e lucente di sole, mise nel bagagliaio la valigia.

Gregorio si voltò verso la madre.

Adesso che ci aveva camminato un po', la madre ripeté: «Ti fanno male?».

Le disse di no, e l'accolse nell'abbraccio.

Fratel Ludovico gli aprì la portiera del passeggero, Gregorio salì.

La Cinquecento color del cielo scese il carruggio e Gregorio si mise a salutare la madre. Passando davanti a San Rocco, vide il gruppo di tedesche e di perdigiorno seduti sui motorini, e nessuno parve accorgersi che andava via.

La valle si allargò quasi subito, dal finestrino entrava l'aria bollente. I sedili erano neri e bruciavano e ormai c'era solo questo frate accanto.

Gregorio lo vide allentarsi il colletto e tirarsi su la tonaca nera fino alle ginocchia, i pantaloni grigio scuro fin su ai polpacci, guidare sicuro e ogni tanto cercargli gli occhi e sorridergli.

«Lo sai chi è il nostro fondatore?».

«In che senso?».

La speranza di far il viaggio in silenzio era persa.

«Il nostro fondatore, Beato Marcellino Champagnat, te ne avevo parlato quel giorno a scuola, non ricordi?».

«Adesso sì».

Guardava gli ulivi, le serre di vetro sopra la strada, le cisterne dell'acqua irrigua, e i paesi che lo lasciavano passare, e non trovò niente che lo tenesse.

Sei tu che ti dovresti aggrappare alle cose. Pensieri nuovi.

Il brusio di insetti li accompagnò fino a Porto Maurizio. L'attraversarono in un traffico di macchine e motorini, lo stesso in cui gli capitava di trovarsi un paio di volte a stagione, e accanto a loro passò il mare. Un mare non gli sarebbe mancato, la gente dei paesi non aveva un mare. Giusto quel paio di volte tra luglio e agosto i genitori lo portavano a fare il bagno in un groviglio di ghiaia, di sabbia e di treni che sbucavano dalla scogliera.

Dal finestrino la spiaggia non si vedeva, solo i marciapiedi lungo l'Aurelia e i pini e, attraverso i pini, un po' di quel blu solcato dal molo.

Era un molo lungo, e non ci aveva mai fatto caso a quanto si allontanasse dalla città, un molo con un faro quasi in cima e sopra l'asfalto un muraglione spartivento, e sullo spartivento tanta gente piccola.

«Ci sei venuto al mare?».

Si voltò a dirgli di sì.

A Oneglia la Cinquecento lasciò la riviera per una vallata scura e stretta.

Guardò gli edifici accanto al torrente perché gliene parlò il frate.

«Quello» ne aveva indicato uno «è il più moderno mulino ligure».

«È grande». Non gli pareva d'esser più in Liguria.

Alberi pieni di rami, sul ciglio della strada, riempivano d'ombra l'asfalto. Ogni tanto su un tronco un manifesto affisso. Faceva in tempo a leggerci SI BALLA, la data, il nome del paese no. Allora si convinceva d'essere ancora in Liguria e ricordava che anche i giovani di San Rocco per la festa avevano tappezzato di manifesti le strade.

Poi un paese, e un altro subito dopo, con poche case sulla strada. Cartelli, borghi dai nomi strani, Caravonica, Bestagno, Lucinasco. Posti mai sentiti. E verdura di ippocastani e l'immensità azzurra degli ulivi.

La strada incideva ora la fiancata in salita, dai tornanti si rivedeva la strada percorsa, il torrente arrendersi in anse di ghiaia e si passava accanto a case cantoniere, a cartelli che segnalavano neve, frane.

Chiudeva gli occhi e quando li riapriva vedeva l'ombra inghiottire i fondi della valle, una luce bionda dorava solo le pietraie in cima.

Fu più o meno quando il frate aprì il cruscotto, cercò un rosario di plastica, glielo diede e pregarono.

Cinque misteri, i gloriosi, dieci Ave Maria e un Padre Nostro per ogni mistero. Pregava pensando a quel cane e al molo di Porto Maurizio, alla gente che si vedeva immobile e piccola sul muraglione spartivento. Un giorno con suo padre e sua madre c'era stato sul molo e la gente non era immobile ma passeggiava sul muraglione, e avevano visto un gatto malato e i pescatori col collo basso, ragazzi in bici e tuffatori che si arrampicavano sugli scogli. Pregava pensando che da lontano le cose in movimento sembravano ferme come gli aerei che passavano sopra San Rocco, alti nel cielo, forse ancora più alti delle montagne che vedeva ora.

Pregava pensando a San Rocco e lo vedeva con tutte le cose ferme come la cartolina del carruggio che si vendeva al negozio, fermo come gli aerei in cielo e la gente sul molo, pregava cercando di pensare con precisione a tutto ciò che si muoveva e stava fermo e a tutto quello che stava succedendo a San Rocco in questo momento senza di lui, al carruggio che si riempiva di voci e alle montagne che incendiavano la tovaglia di plastica su cui fra poco la madre posava la cena. E si accorse che pregava.

«Mi si sono tappate le orecchie».

I misteri gloriosi li avevano terminati da un pezzo, in mano gli era rimasto il rosario.

Il frate gli aveva chiesto se doveva andare al gabinetto.

«Non ancora».

Dove si fermarono il frate disse: «Questa è Nava».

Nava era il passo e c'erano prati falciati da poco, fortini e falesie. Qualche albergo mezzo in legno.

Gregorio andò sotto un pino a orinare.

Passata Nava presero a scendere, e quasi subito trovarono altri paesi a stringere la strada. Ora erano in Piemonte, disse il frate. Lo diceva anche un cartello, oltre un torrente e un ponte. Provincia di Cuneo.

Il Piemonte. Spalancò gli occhi sui lampioni accesi, sulle reti che tenevano le frane e i torrenti che sbattevano. Dunque questo era il Piemonte di cui parlavano le raccoglitrici d'oltre Tanaro. Ora le macchine che incontravano avevano acceso i fari. Guardava la gente piemontese seduta sulle panchine fuori delle case, si chiedeva chissà se sanno che passi tu.

A Ormea il frate disse: «Ci siamo quasi. Hai patito la macchina?».

«No».

«Siamo stanchi?». Vide che non rispondeva e allora aggiunse: «Sai quanti amici ti aspettano?».

«Lo so».

Se il frate non gli parlava, poteva guardare nel vetro i suoi occhi riflessi. Li avrebbe voluti vedere sparire, entrare nella notte sconosciuta, li avrebbe voluti far diventare la notte, gettarli nel fiume schiumoso che il frate gli aveva detto essere il Tanaro, avrebbe voluto essere uno di quei pioppi piantati nella ghiaia, una di quelle colline che sembravano nascondere un mare, ma era lui e l'esserlo gli gonfiava gli occhi.

Poi, quando meno se l'aspettava, senza mai lasciare la strada provinciale, la Cinquecento risalì una collina e davanti a un grande cancello rallentò.

Cortili asfaltati, luce di faretti. L'edificio lungo, gli spiegò Fratel Ludovico, era il refettorio, quello alto invece comprendeva classi, camerata, sala giochi, e accanto c'era la chiesetta.

Si salutarono. Un frate molto giovane, che si presentò come Fratel Luca, abbracciò Fratel Ludovico, prese la valigia e accompagnò Gregorio attraverso i corridoi.

In camerata il frate accese le luci e gli assegnò un letto. Ogni letto aveva il suo armadietto di legno, ogni dieci posti letto c'era una finestra enorme.

Pensò a come non indovinava mai com'erano fatte realmente le cose.

Aveva lasciato la valigia sul letto – per ordine del frate –, si era lavato le mani alla fila di lavandini, poi col frate ridiscese al pian terreno, percorse un altro corridoio ed entrò nel refettorio.

«Questo è Fratel Economo» disse Fratel Luca, presentandogli un vecchietto arzillo. La cena era pronta. Fratel Economo portò le ultime cose e se ne andò.

C'erano sul tavolo un piatto di minestra col riso, il pane, un formaggino, una mela e una caraffa di acqua. Prima di lasciarlo sedere, Fratel Luca disse: «Ripeti con me: benedici o Signore... il cibo che ci hai dato... e fa' che ce ne serviamo sempre in bene, amen».

Rimase solo e mangiò guardandosi attorno. La ventina di tavoli era messa a ferro di cavallo, e per ogni tavolo c'era un'oliera. Le finestre, tutte con la ferrata, davano sulla strada.

Dai cortili giungevano rumori di corse e grida, fischi e incitamenti alla corsa.

Pensava al molo.

Dopo un po' Fratel Luca tornò a vedere se aveva finito.

Si alzò, sparecchiò il tavolo come gli era stato ordinato e portò tutto in una grande cucina.

Uscirono in un giardino di ghiaia e buganvillea e da lì in un cortile dov'erano radunati un centinaio di ragazzi, sistemati in quattro colonne.

Lo impressionò il silenzio, dopo tante corse sfrenate e grida. Riconobbe i quattro o cinque di Leve. Si misero a ridere silenziosamente, quando Fratel Luca disse: «Gregorio è ligure, qualcuno di voi lo conosce, gli spiegherete le regole, ciò che è dovuto e ciò che no...».

Una voce arrivò da metà, appena un sussurro.

«Da domani Ramoino fa l'inserviente per tutta la settimana» disse Fratel Luca perché sentissero tutti.

Ramoino era uno dei ragazzi di Leve.

Poi il primo di una fila alzò la mano e chiese il permesso per parlare. «Con chi sta?» disse.

«Chi è che ha uno in meno?» chiese Fratel Luca.

Il primo di un'altra fila fece un passo avanti e disse: «Io».

Gregorio venne assegnato alla sua squadra. A quel punto Fratel Luca soffiò nel fischietto che portava al collo all'altezza del crocifisso di ottone, e seguirono gli urli delle squadre.

Il primo della prima fila si voltò verso i suoi e gridò loro: «Lupi!».

«Dell'Ontario!» risposero i Lupi.

Gli Spitfire, sollecitati, gridarono Urrà. Poi toccò agli Scout e infine alla squadra di Gregorio. Erano i Rari Nantes, e gridarono qualcosa che Gregorio non aveva capito.

Tornato il silenzio, le quattro squadre entrarono in chiesa e ogni squadra si inginocchiò nella propria zona, occupando quattro panche.

Si sentivano là dentro i respiri di cento ragazzi che avevano corso, il sudore scendeva dalle tempie di qualcuno.

Fratel Luca era andato in cima per la navata centrale, leggero, nonostante la mole.

Mentre recitavano preghiere a lui sconosciute, Gregorio non toglieva gli occhi di dosso a quelli di Leve, pensava al giorno di festa in paese, a quando li aveva interrogati. Non gli avevano mentito, c'erano davvero cortili con campi di pallamano disegnati sull'asfalto e squadre di gioco, camerate immense.

Dalla chiesa si usciva anche da una porta interna che dava su un corridoio e alle scale. Salirono alla camerata squadra per squadra, ma a un certo punto i Rari Nantes si fermarono per ordine di Fratel Luca.

«Chi è il furbone che sale aiutandosi con la ringhiera come i vecchi?».

«Ce l'ha con te» disse il caposquadra a Gregorio.

Seppe così che le scale, i corridoi e le camerate erano luogo di silenzio e la ringhiera non andava toccata.

In camerata si svestirono ognuno guardando il proprio armadietto.

Aprì la valigia, vide tutta quella roba piegata e numerata, ogni capo col suo 66 e la cucitura rossa sotto il numero di modo che non si confondesse con un 99, e non poteva immaginare che per così poco gli sarebbe risalita in gola la minestra.

Squadra per squadra si andarono a lavare i piedi ai lavandini, poi si misero a letto e le luci vennero spente.

Mancavano i riferimenti della persiana aperta quattro dita, la T di luce di luna, e la cantilena dell'acqua nel pozzo, la pausa delle rane.

Quando gli occhi si abituarono al buio, e le cose presero forma, il soffitto altissimo e la riga degli armadietti, si accorse che tre ragazzi non erano a letto, ma se ne stavano in ginocchio accanto all'armadietto. Decise che non poteva aspettare l'indomani per saperne il motivo, così si sporse dalla branda e chiese al vicino.

«Sono puniti» gli sussurrò costui.

«E fino a quando devono rimanere in ginocchio?».

«Finché vuole Fratel Luca... Taci adesso che ci becca».

Gregorio non disse più nulla.

«Dormi» sentì dopo qualche istante.

Si sporse dalla branda a guardare il vicino. Mise una mano sul pavimento e si avvicinò ancora un palmo per vedere se aveva gli occhi aperti.

«Cazzo fai?» gli disse quello.

«Ho sentito: "dormi". Sei stato tu?».

«Cazzo dici?».

«Sento delle mosche» uscì a dire Fratel Luca da una tenda nell'angolo lontano della camerata.

Gregorio si ricatapultò tra le lenzuola. Se non era stato il vicino a dirgli «dormi», chi era stato?

«Sono io» sentì.

«Io chi?» bisbigliò a fil di lenzuolo.

«Io te, sono Gregorio. Parla piano, vuoi mica già farti punire fin dal primo giorno…».

Ma Gregorio voleva delle risposte e allora si mise sotto le lenzuola a far domande.

«Te l'ho detto chi sono… Un Gregorio che è già stato qui, e che c'è mentre ci sei tu, ma dormi adesso, se non t'avessi detto niente dormiresti già…».

«Da dove parli?» disse Gregorio.

«Da un posto che era fatto di posti e immagini, che sono esattamente riconducibili ai tuoi, dormi, ne parliamo».

«Adesso hai un'altra voce».

«Adesso sono un altro Gregorio, dormi».

* * *

Mondovì, 4 agosto 1969

A precedere l'esplosione di luce elettrica fu un sostenuto battere di mani. Durò qualche istante, e quando Fratel Luca cominciò a recitare l'Ave Maria, tutti quanti erano già scattati in piedi e pregavano vestendosi.

Incrociò lo sguardo del vicino di letto, lo incontrò anche ai lavandini, era quattro dita più alto di lui, doveva essere uno di seconda, forse di terza, aveva capelli sul rosso e molte lentiggini in faccia.

Uscite dalla camerata, le quattro squadre si trasferirono in ordine in chiesa. Dalle alte vetrate la luce attaccava gli spazi. Gregorio era abituato ad altri giorni, alla timidezza delle mattinate liguri che s'infilavano col contagocce nella valle, alla lenta resa del buio sotto i suoi portici.

Dopo la messa s'incamminarono in silenzio verso il refettorio e fecero colazione.

Si poteva scegliere il tè o il latte e nei piatti c'erano due fette di pane e un dado di marmellata.

Poi ringraziarono il Signore del cibo e si radunarono nel cortile, dove le quattro squadre gridarono. Gregorio imparò subito un altro nuovo termine: gli «impieghi», che consisteva nelle grandi pulizie.

Ai Rari Nantes, la sua squadra, venne assegnata la pulizia del pian terreno, ossia dei corridoi, delle aule, e della chiesa, ma non del refettorio. Un paio di Rari gli insegnarono come si lavorava in squadra. Alla fine degli impieghi, scope e strofinacci vennero consegnati al caposquadra che li chiuse in uno stanzone, mentre gli stracci venivano lavati e appesi ai fil di ferro oltre i cortili.

Ogni volta che si sentiva un fischio le squadre si radunavano e gridavano.

I capi si consultarono con Fratel Luca e decisero che si giocava «ai quattro colori».

Alle squadre vennero distribuite le fascette col colore. Ai Rari toccò il verde, Gregorio si legò la fascetta al braccio come fecero tutti. I Rari erano alleati degli Scout. Un Rari dava la mano a uno Scout, che aveva la fascetta gialla, e assieme giravano per il cortile in cerca di nemici. Il verde poteva uccidere il blu, ossia uno Spitfire, ma non doveva farsi toccare da un rosso, ossia da un Lupo. A sua volta uno Scout poteva uccidere un Lupo. Un gioco di coppia, dunque, dove uno, per sopravvivere, difendeva l'altro. Chi veniva toccato, veniva ucciso e si trasferiva nel posto dei morti, contro il muretto, al fondo del cortile.

Prima di iniziare ci furono le manovre di alleanza, ognuno si cercava un compagno e Gregorio notò che ad alcuni non importava molto, se ne stavano seduti, la schiena contro il muro, nella zona dei morti. Tra questi anche il suo vicino di branda, aveva la fascetta gialla degli Scout, così Gregorio andò da lui e gli chiese se si alleavano.

L'altro alzò gli occhi per vedere chi gli stava parlando e disse: «Va bene».

Il gioco ebbe inizio, e durante i primi cinque minuti ci furono molti morti. Gregorio e il vicino di branda erano tra loro. Si portarono nel posto dei morti e si sedettero sull'asfalto, la schiena al muro.

«Ti piace come gioco? A me non è mai piaciuto».

Gregorio guardò l'alleato.

«Che c'è?».

«Ci hanno fregato subito». Non ebbe il coraggio di dirgli che aveva risentito la voce.

Si alzò e si portò in disparte dove i morti non potevano sentirlo. Ora se la voce gli parlava ancora una volta la mandava affanculo.

«A quest'ora le tedesche fanno i tuffi in piscina» sentì.

Si mise una mano davanti alla bocca e disse: «Come fai a sapere che a San Rocco c'è la piscina... da dove parli t'avevo chiesto?».

«Da altre epoche, te l'ho detto, sono un Gregorio di altri tempi. Mi credi o no?».

Gregorio si rimise la mano davanti alla bocca.

«Va bene, ti credo, ma non parlarmi più... per adesso, poi sì». E si riandò a sedere in mezzo ai morti accanto all'alleato.

Si chiamava Falconi Leo e faceva la terza. Era di un paese vicino a Milano e anche a pranzo Gregorio avrebbe voluto sedercisi accanto, ma nella disposizione dei tavoli i Rari erano lontanissimi dagli Scout.

Durante il pranzo non si parlava, un ragazzo dei Lupi si alzò in piedi e lesse dei salmi. Lesse per almeno una decina di minuti, poi smise e dopo un altro po' di silenzio rotto dai rumori dei carrelli che passavano, per un ordine che Gregorio non aveva colto, sia i probandi che i frati poterono parlare.

Ramoino, che era quello di Leve, era tra gli inservienti che passavano col carrello e lasciavano sui tavoli i piatti di portata.

Sui tavoli dei probandi s'era fermata una verdura strana, fumante e odorante di salciccia, mentre ai frati furono serviti piattoni di arrosto, con patatine, e dolci gialli e molli, forse budini. Anche i piatti di portata erano diversi, di un alluminio ammaccato per i probandi e lucidi, di ceramica colorata per i frati, di modo che gli inservienti non si sbagliassero.

Il direttore, un pacioccone calvo e sempre sorridente, suonò un campanello, ottenendo il silenzio assoluto. Al secondo suono di campanello, probandi e frati si alzarono dai tavoli e ringraziarono Dio per il cibo ricevuto.

I frati uscirono da una porta secondaria e sparirono. I probandi si spostarono in cortile, le squadre si radunarono e gridarono. I capi si consultarono con Fratel Luca e vennero a riferire che si giocava a «due bandiere», e poi verso le tre s'andava al campo di calcio.

Gregorio cercò subito Falconi Leo perché gli spiegasse anche le regole di «due bandiere».

«Stavolta siamo contro» disse Falconi Leo. I Rari erano alleati degli Spitfire.

Gregorio gli fece lo stesso un mucchio di domande. A Falconi Leo non doveva piacere granché neanche «due bandiere». «È un gioco che bisogna essere veloci» disse. «Sei veloce tu?».

Gregorio non sapeva se era veloce, le mulattiere le scendeva a rompicollo, i muri delle terrazze li saltava uno dopo l'altro senza fermarsi, e dal ponte romanico fin su al carruggio, passando davanti ai gradini dove si sedeva Ulrike, ci metteva un amen. Ma se era veloce non lo sapeva, non s'era mai misurato con nessuno, e le sue corse sotto gli ulivi più che a gesti di potenza si affidavano a intuizioni rurali, conoscenza del terreno, malizie, scarti.

«Devi essere veloce in modo da arrivare alla bandiera, altrimenti ti spaccano e allora devi fermarti sul posto e aspettare che un alleato ti liberi».

«Mi spaccano?».

«Nel senso che ti toccano e allora sei morto».

Nei primi cinque minuti di gioco Gregorio capì più di quanto non gli avesse spiegato Falconi Leo, intanto s'era accorto che chi si lanciava alla conquista della sua bandiera partiva col vantaggio della sorpresa, ma in un batter d'occhio gli avversari erano su di lui e lo spaccavano.

Partivano a turno, uno di un blocco e uno dell'altro blocco e dal fondo del cortile, chi aveva la bandiera doveva portarla nel proprio campo.

Ne erano già partiti una dozzina per parte e presto sarebbe toccato a Gregorio, lo venne a sapere dal capo dei Rari, che gli bisbigliò di tenersi pronto.

Gregorio attese il suo turno, il piede contro il muro per darsi slancio.

«Non guardare indietro quando sei lanciato» gli suggerì la voce.

Un paio di Rari simularono una falsa partenza in modo da costringere gli avversari a tornare a ritoccare la linea... Fu allora che il capo dei Rari lo toccò. Gregorio strinse gli occhi e scattò in avanti nel cortile.

Lo stratagemma dei simulatori aveva funzionato assottigliando il gruppo di inseguitori, ma ora Gregorio perdeva metri, le guance gli rimbalzavano, correva verso la sua bandiera e mentre correva ricordava il consiglio della voce. Con la coda dell'occhio cercò lo stesso di capire la posizione degli inseguitori e vide che erano a pochi metri, allora, nella disperazione, tentò una sterzata: fu un suicidio, un paio di avversari intuirono, gli tagliarono la strada, e sentì addosso una mano che lo spaccava.

Aspettando che lo liberassero (era andato a farsi uccidere in disparte, dove non passava mai nessuno) pensò ai posti di cui gli parlava ora la voce, alla vigna di Anselmo, al cane che avevano portato a perdere e al molo, poi al carruggio, alle sue logge e a dov'erano a quest'ora le cose e il sole.

* * *

Il campo di calcio distava cinquecento metri dal recinto del collegio, bisognava camminare un tratto in fila indiana lungo la strada provinciale, poi prendere uno sterrato. Era un campetto tutto spellato, di erbetta corta e gialla, con porte di legno e linee marcate in calce.

Era stato il sogno di Gregorio, quel campo, e ora l'aveva davanti.

La prima partita toccava proprio ai Rari. Giocavano contro gli Spitfire.

Gregorio, per ordine del capo, finì tra le riserve. Era la quarta riserva.

Chi non giocava, o era in riserva, doveva stare seduto sul muretto, gambe penzoloni, a guardare la partita, oppure, se Fratel Luca non se ne accorgeva, poteva sgattaiolare dietro una delle porte, dove faceva ombra una riga di pini, ma una volta là doveva sdraiarsi nell'erba perché Fratel Luca ci guardava di continuo.

Gregorio cercò Falconi Leo lungo il muretto dov'erano seduti gli Scout, e non lo trovò. Così capì che poteva essere uno di quelli dietro i pini, che ogni tanto alzavano appena la testa dall'erba.

Aspettò che Fratel Luca fosse altrove e raggiunse l'ombra dei pini.

Falconi Leo se ne stava sdraiato dietro un leggero dosso, come in una trincea, pancia all'aria, le mani dietro la testa e un filo d'erba in bocca.

Più in là, dal gruppo di quelli di terza se ne rizzò uno sui gomiti.

«Cazzo fai, i primini non ci possono stare qui».

Falconi Leo aprì gli occhi per vedere chi era il primino e disse: «Sta giù almeno».

Gregorio ubbidì, si sdraiò a mezzo metro da Falconi Leo e rimase a lungo in silenzio ad ascoltare le grida della partita.

«Come funziona la cosa delle squadre?» disse dopo un po'.

Falconi Leo aprì gli occhi, gli gettò una specie di occhiata annoiata e riabbassò le palpebre. Gli spiegò che alla sera ogni squadra segnava i punti, quelli vinti a quattro colori, a due bandiere, al calcio, alla caccia ai tesori, ai tornei di dama, tutto s'annotava su una tabella e alla fine dell'estate premiavano la squadra vincitrice.

Perché a calcio, volle sapere subito dopo Gregorio, stava giocando gente che in camerata e in refettorio non aveva mai visto?

Falconi Leo aprì di nuovo gli occhi e gli spiegò anche questo. Erano gli «esterni» ed erano una dozzina, costoro giocavano a calcio e d'inverno frequentavano le scuole in collegio, ma a dormire andavano a casa. Abitavano nei paraggi.

Esterni... Gente che ogni sera poteva scappare, forse non si faceva neanche in tempo a star male se ogni sera si tornava ognuno nella propria stanza.

Si voltò sul fianco e guardò la funicolare che saliva al colle di vecchie case gialle di Mondovì alto, e la città che dilagava al fondo. Esterni a questo mondo... A tutto.

Falconi Leo lo tolse dall'angoscia. «Guarda senza farti vedere dov'è Fratel Luca».

Gregorio alzò quattro dita la testa dall'erba.

«Dietro l'altra porta che passeggia con un Fratello».

«Perché sei in collegio?».

«Così... perché si gioca a calcio». Avrebbe voluto spiegarlo meglio quel motivo, ma tacque non trovando una risposta più sintetica e vera.

Falconi Leo si mise sul gomito e lo guardò. «Sei cretino?».

Gregorio non rispose, e Falconi Leo tornò a guardare il cielo tra i pini.

«I tuoi sono separati?».

«Perché dovrebbero essere separati?».

«Perché è così, io i miei sono separati e quelli delle tue parti è perché i loro genitori sono separati o hanno ripetuto alla grande come Ramoino».

Gregorio disse che non aveva mai ripetuto.

«Fratelli sorelle?» chiese Falconi Leo.

«Figlio unico, tu?».

«Otto, tre sorelle, e i tre fratelli più grandi sono già stati qui gli anni scorsi».

Lasciò passare di nuovo qualche minuto prima di riparlare al cielo.

«Se ai tuoi gli dici che non ci stai bene ti vengono a prendere?».

«Anche domani. I patti sono che provo il mese di agosto e a settembre si decide, oh ma verrebbero anche domani a riprendermi, c'è una vicina di casa che ha il telefono...».

«E cosa aspetti allora?».

Gregorio tacque.

«L'anno scorso ce n'è stato uno della tua valle che dopo due settimane s'è fatto venire a prendere» disse Falconi Leo.

«Edoardone… Tu se chiedessi ai tuoi…».

«Se mi farebbero tornare a casa? Pensi che se potessi sarei ancora qui?».

Si guardò attorno senza alzare la testa e bisbigliò in modo che sentisse solo Gregorio: «E non è detto che un giorno… hai capito?».

«No, un giorno cosa?».

«Taglio, via, non mi vedono più… Va nelle orecchie di Fratel Luca e ti stacco la testa. Ora non parliamo più». Ma dopo un po' fu di nuovo lui a dire: «Lascia passare una settimana, poi chiedi di parlare al direttore e gli dici di telefonare ai tuoi che ti vengano a prendere».

«Va bene… Che tipo è Fratel Luca?».

«Fa rispettare le regole, ma va a lune. Gira voce che a ottobre ci sia il cambio di direttore, e quello che viene è un bastardo… Tanto te a ottobre sai manco più com'è fatto un collegio…».

Gregorio ascoltò e annuì soddisfatto.

* * *

La voce adesso gli parlava solo la notte, a volte erano due o tre voci nello stesso tempo, ma si mettevano subito d'accordo e a parlare ne restava una. Succedeva dopo l'Ave Maria, all'ora in cui si spegnevano le luci e il lenzuolo si posava lentamente su ogni tratto di pelle. La voce gli raccontava ogni volta cose di una vita parallela o di un altrove, dov'era un collegio esattamente come questo, con frati molto simili e un Falconi Leo identico preciso a quello che dormiva nella branda accanto. Oppure gli raccontava di Cobre, così si chiamava secondo la voce, il cane che aveva incontrato nelle vigne di fronte al paese. Quando la voce parlava di Cobre, Gregorio sapeva già che poi il discorso finiva sul molo di Porto Maurizio, e su altre cose collegate al molo, e stava a sentire volentieri.

Una notte si sporse dalla branda per vedere se Falconi Leo aveva gli occhi stretti, e chiese alla voce se nel suo mondo Falconi Leo ce l'avrebbe fatta a scappare come diceva sempre di voler fare.

La voce gli rispose di sì, sarebbe successo proprio mentre tutti dormivano, sì, sarebbe venuto il tempo in cui Falconi Leo avrebbe scavalcato il muro di cinta e non sarebbe mai più tornato.

Allora Gregorio chiese alla voce se anche lui a settembre tornava a casa per sempre, e la voce gli spiegò che questo non glielo poteva dire perché se l'avesse saputo avrebbe pensato che sarebbe stato meglio non saperlo.

Un giorno Gregorio ricevette notizie da casa, e verso la fine di agosto una seconda lettera, la grafia da bambina della madre gli chiedeva come stava e diceva che loro stavano bene e venivano a trovarlo il giorno 8 di settembre, che era il giorno della fiera di Mondovì.

«Vengono l'otto, manca poco. Vado a casa» riferì quella notte alla voce.

«Bene».

«Parlami di Cobre».

«Io parlo e tu ti addormenti subito».

«Se vedi che mi addormento smetti».

«Se fosse durata, Gregorio, sarebbe stata la quinta estate sotto le palme. Ma il padrone teneva le bestie solo per un periodo e poi le abbandonava, e un giorno toccò anche a Cobre.
Successe tra luglio e agosto, una sera di vento, con cavalloni bianchi sul mare e su a mezza costa un gran numero di palme sconvolte».

«Questo pezzo gliel'hai già raccontato, è quando comincia» disse un'altra voce.

«Non fa niente, lasciacelo raccontare, raccontalo di nuovo» s'intromise Gregorio.

«Va bene» disse la prima voce.

Quando Cobre pensava a quel giorno, ricordava che dapprima il padrone l'aveva lasciato correre a piacere, e un po' quell'impressione di libertà e il poter agire di sua volontà, come ad esempio il fatto curioso di poter orinare sui ceppi delle palme

senza ricevere rimproveri e pietrate, l'aveva riempito di brutti presentimenti. Inoltre, benché il suo in particolare fosse un legaccio esageratamente lungo, mai come quella volta gli era capitato di arrivare così lontano. Forse il legaccio s'era sciolto e per liberarsi bastava saltare la rete a maglie elettrosaldate?
Venti, trenta passi, non c'era bisogno di allontanarsi tanto per capire se il legaccio era davvero sciolto.
Così ci aveva provato, ma dopo vari tentativi lasciò perdere, perché la rete era troppo alta, gli era sempre parsa più alta di quanto non fosse lungo il legaccio, e l'idea che il legaccio si tendesse prima di lasciargli guadagnare il terreno, lo terrorizzava.
L'ultimo cane che il padrone aveva seppellito era morto proprio impiccato a quel modo.
Di solito, per portare i cani a perdersi, il padrone sceglieva qualche paesino dell'entroterra e aspettava la sera in modo da non avere testimoni.

Le mattinate passavano tra chiesa e pulizie, i pomeriggi a rincorrersi nei cortili o a giocare a calcio. L'arsura di agosto aveva lasciato il posto a qualche pioggia e, finite le piogge, l'aria aveva rinfrescato.

Il mattino dell'8 settembre la Seicento del padre apparve nei cortili e Gregorio uscì dal cancello con loro. Si recarono al santuario di Vico, dov'erano la fiera, i banchi di stoffa e i recinti del bestiame.

Era una fiera frequentata anche da tanta gente della valle di San Rocco e si sentiva parecchia gente parlare in dialetto ligure. A Gregorio sembrava d'essere già tornato a casa.

La madre gli comprò una camicia e delle scarpe da ginnastica. La giornata era bella e girarono a lungo tra i banchi, il padre gli teneva la mano sul collo. A mezzogiorno andarono a pranzare in una trattoria dalla cui vetrata si vedeva la cupola verde del santuario e parlarono di San Rocco. Il padre disse che il carruggio era rimasto spazzato, deserto, le tedesche partite e anche la gioventù qualcosa s'era messa a fare. In campagna c'era l'annata e la mamma voleva aiutare.

«E la casa?» chiese Gregorio.

«Oh, siamo a buon punto». Le piastrelle le avevano messe la settimana precedente, bagno e cucina, questa settimana finivano la sua stanza. Da quando la mamma gli dava una mano i risultati si vedevano. Ma ora bisognava mettere le reti per la raccolta e preparare ancora il terreno di qualche uliveto. La madre voleva stendere reti dappertutto, partivano la mattina all'alba e tornavano la sera col buio, si portavano il pranzo in campagna.

«Sai com'è tua madre quando s'impunta nei lavori».

Ma ora Gregorio doveva decidere se rimanere o se venire a casa, disse alla fine il padre.

«Come ci stai, è questo che vogliamo sapere... te ne sei pentito?» disse la madre guardandolo negli occhi.

Come ci stava, gliel'avevano già chiesto cento volte. Ci stava bene, disse. L'aveva scelto lui, perché ci sarebbe dovuto star male?

«Devi decidere te» disse la madre.

«Vado al gabinetto».

Si chiuse nel cesso. Disse alla voce: «Allora me ne vado, glielo dico... Tu resti?». Non ci fu risposta. «Me ne vado?» chiese allora.

«Non puoi... Pensi che non me ne andrei anch'io, pensi che io non abbia detto lo stesso alla voce che la sera parlava a me?».

«A me non me ne frega niente, io torno a casa».

Verso sera la Fiat Seicento tornò a fermarsi davanti al cancello del collegio.

Gregorio rimase il più a lungo possibile a salutare con la mano. Sarebbe potuto rimanere anche dopo che le luci della macchina erano scomparse nella sera e le luci rosse dei freni inghiottite dalla curva della strada provinciale. Poi avrebbe sempre potuto dire a Fratel Luca che i suoi l'avevano riaccompagnato tardi. Si sarebbe potuto nascondere nei cespugli e starci fin quando non risentiva l'ultimo fischio, ma non riuscì a fare nulla di quanto avrebbe potuto e quando la sua mano smise di salutare, tornò a ripercorrere i cortili. Ora le voci tacevano.

Entrò nella mischia di un gioco, il tempo di stare alle regole e di scappare, di correre per una bandiera e farsi «spaccare» e di avviarsi nella zona dei morti.

Le voci non gli parlavano neanche ora. Falconi Leo era ancora «vivo», correva controvoglia, lui che dei giochi attendeva sempre la fine prima del tempo.

Al fischio, le squadre si radunarono e gridarono. Fu allora che Falconi Leo lo vide. Non sembrava neanche stupito di ritrovarlo al suo posto, e questo malgrado stamane si fossero salutati come se non si fossero mai più dovuti vedere.

Raggiunsero la chiesa, Gregorio si inginocchiò tra i Rari. Ascoltava i sospiri, pregava e guardava le gocce di sudore sulle tempie dei probandi.

Dalla sua zona Falconi Leo incrociò il suo sguardo con la coda dell'occhio.

* * *

Il buio li coglieva ora durante la cena. Nei cortili si respirava un'umidità nuova e sulle gobbe di vigna e alberi da frutta che circondavano il recinto, si riconoscevano i segni gialli di un autunno che sarebbe comunque durato poco.

A ottobre iniziò la scuola. I filari dei peri, dove, terminati gli impieghi, si andava a stendere gli stracci, annerivano sotto la pioggia.

Gregorio si fermava sempre un attimo a guardare la campagna gocciolante.

Qui poteva parlare a voce alta, senza mettersi la mano davanti alla bocca, e la voce passava con lui qualche minuto quasi bello. C'erano ancora incomprensioni, sempre le stesse, a volte Gregorio diceva alla voce cose di cui magari avevano parlato poco prima nel gabinetto, e la voce faceva come se non ne sapesse niente. Allora Gregorio capiva che il Gregorio di prima non era il Gregorio che gli parlava adesso.

Certi giorni venivano a visitarlo anche una decina di se stesso diversi, alcuni erano dei Gregorio già in terza media e sapevano se era stato promosso, se era rimasto in collegio ancora per tanto. Con questi Gregorio ce l'aveva a morte, perché a certe domande dicevano sempre che non potevano rispondere, ma una volta insistette tanto che, sì, la voce di un Gregorio gli disse chiaro e tondo che a

Mondovì ci avrebbe fatto prima seconda e terza com'era toccato anche a loro. Allora Gregorio non ci aveva creduto e ne aveva parlato a Falconi Leo.

Con l'inizio dell'anno scolastico s'erano sciolte le squadre. Avevano vinto gli Spitfire. Le regole interne rimasero le stesse, zone di silenzio, ringhiere e reti di recinti da non toccare. Anche i giochi, rincorse e volate verso una bandiera, tagli di cortile, braccati dall'avversario e la zona dei morti, erano gli stessi.

Della condotta di Gregorio i Fratelli erano pienamente soddisfatti, si sforzava di farsi punire il meno possibile, e di non farsi sorprendere a parlare con la voce.

Naturalmente l'unico che sapeva dell'esistenza delle voci, e in presenza del quale discorreva tranquillamente con gli altri Gregorio, era Falconi Leo.

Anche il profitto scolastico fu sempre eccellente, e quando il padre e la madre lo andavano a trovare, Gregorio si prendeva le lodi dei professori.

Ragazzo diligente negli studi, pieno di entusiasmo, forse un chiamato.

Passeggiavano per la città alta di Mondovì qualche ora, poi lo riaccompagnavano al cancello e lui faceva loro ciao con la mano.

Le volte in cui riceveva le visite dei genitori, la sera, prima di addormentarsi, le voci gli parlavano e lui taceva. Allora le voci cercavano di farlo ridere e gli insegnavano i trucchi. Bisognava collezionare il tempo, metterne assieme il più possibile. Quando le voci gli insegnavano cose del genere, Gregorio tornava a parlare un po' e chiedeva loro di raccontargli di Cobre.

Sapeva tutto ormai di Cobre, di quanto ci aveva impiegato a raggiungere il mare, di chi aveva incontrato lungo il percorso e di cosa aveva visto.

A volte iniziava *Spogliato dai morsi del sole*... E la voce proseguiva... *il fondovalle diradava la sua segreta frescura.*

> *Si andava incontro a spazi sempre più aperti e chiari, anche se il dilatarsi del giorno assomigliava ancora così poco a cosa cercava Cobre.*

L'abbassarsi delle colline moltiplicava i paesi, borghi annodati o lunghi, trapunti di campanili, e paesi assediati da ulivi e rovi come da eserciti pronti a entrare tra le mura.
Cobre pensava a come si sarebbe messo a correre se al posto di tanta fronda, passata una di quelle curve, l'avessero sorpreso la vastità del mare e le vele bianche che vedeva dal colle delle palme.

* * *

I frati, con la loro testolina bianca e la tonaca da prete, facevano vita a parte, raramente si mischiavano col probandato e ancor più raramente dispensavano castighi. Finite le lezioni passeggiavano per i corridoi, oppure, nelle rare giornate ancora di sole, camminavano sulla ghiaia, sotto il pergolato spoglio, col rosario in mano.

Con chi aveva sempre a che fare Gregorio da mattina a sera era Fratel Luca, ma neanche lui era il colpevole della sua malinconia.

Finché un giorno, appena passato Natale (l'aveva festeggiato in famiglia, due settimane come nell'agonia), un mattino buio, svegliato dal battito di mani di Fratel Luca, Gregorio corse assieme agli altri alla finestra e la vide scendere. La neve che marcava i ritani come trincee, la neve sugli alberi neri, sui tetti e per le strade, la neve in cielo nel fumo dei comignoli. La neve che tutti in paese gli avevano assicurato: ce la troverai, era scesa. E non finiva più di passargli davanti agli occhi, zitta, calma, e rotta dalle grida dei corvi.

Non si uscì più, questo fu il primo risultato della nevicata. Di rado in cortile, per una battaglia a palle di neve o per spalare trincee.

Le ore libere si passavano ora in sala giochi, al quarto piano, sopra le camerate. Dai finestroni della sala giochi si prendevano d'un occhiata le gobbe bianche fino al Monviso. Si giocava a ping pong, a calcetto, a un paio di biliardi sgangherati, oppure si finiva per vagare da una finestra all'altra.

A guardare la cripta innevata del Monviso Gregorio ci trovava sempre Falconi Leo, i vetri appannati dall'alito. Al fatto di sentirlo parlare alle voci, come se parlasse dentro la camicia, Falconi Leo non ci faceva nemmeno più caso. Gregorio gli aveva confidato che durante le vacanze natalizie al paese, una sera in cui s'era messo a dormire e si sentiva ancora il crepitio delle radici di ulivi nella stufa, l'aveva visitato un altro, non la voce di un se stesso, ma di un altro più vecchio, forse già sui vent'anni che si chiamava Lukas ed era appassionato di deltaplano.

Falconi Leo gli aveva detto che ci credeva.

«Anche Lukas conosce la storia di Cobre» disse Gregorio.

«Immagino... Cos'hai?».

«Mal di testa, la neve mi fa venire mal di testa».

«Vedi oltre il cortile e il pergolato, la lamiera dove Fratel Ernesto ci tiene gli attrezzi per spalare? Ancora un pezzo a destra, tra la lamiera e il punto dove stendiamo gli strofinacci... è lì...».

Non disse cosa, non ce n'era bisogno, Gregorio conosceva bene anche quella voce, di ogni tre cose che Falconi Leo diceva, una parlava di quel muro.

Visto dai finestroni non sembrava un buon progetto per scappare, un muro troppo alto, la stazione più vicina quella di Breo e distava un'ora a piedi. Tutta quella neve.

I frati avrebbero fatto in tempo ad accorgersene mille volte. Ma Gregorio sapeva che avrebbe funzionato e un giorno, mentre erano ai vetri, aveva rivelato a Falconi Leo che la risposta della voce era stata sì.

«Sì cosa?».

«Ce la farai a scappare, mi ha detto» disse Gregroio. Sarebbe successo. Perché era già successo...

Quella notte, per la prima volta, fu la voce a tenergli il broncio.

«Non era nei patti, non ti si può confidare niente».

«Dovevo».

«E invece non dovevi... i patti erano patti».

Ora, davanti ai vetri della sala giochi, erano le cose che Falconi Leo amava sentire.

«Di notte a che ora?» gli chiedeva.

«Non me l'ha mai voluto dire, quante volte te lo devo ripetere, non è che sta lì a dirmi quel che voglio... Non mi ha parlato per dei giorni... Immagino che sarà nella notte fonda».

«Scappa con me allora» gli propose quel giorno Falconi Leo.

«Sei matto!» scosse la testa. «Il muro per me è troppo alto».

«Ti do una mano, sali sulla lamiera e io da lì ti tiro su».

«Bravo, così svegliamo i cani di mezzo Piemonte... e poi non capisci che io non posso: ti rovinerei tutto, io da qui non sono mai scappato, non credi che non gliel'abbia già chiesto?».

«Piantala di dire cazzate».

Dopo un po', siccome Falconi Leo aveva detto così e taceva, Gregorio gli chiese: «E poi dove andrei?».

Falconi Leo non rispose neanche a quella domanda. Disegnò sulla condensa del vetro il profilo di un uomo dal mento faraonico. Era molto bravo a disegnare i profili dei volti, ne lasciava a decine sui vetri appannati, tracce che duravano anche qualche minuto.

Il tempo invece si ammucchiava e non lasciava tracce, come la neve che scendeva sulla neve.

Il gioco preferito di Gregorio era quello di vagare da una finestra all'altra della sala giochi e scoprire sui vetri la presenza dell'amico. Come una voce.

Un giorno, al posto del solito profilo di volto, trovò su un vetro un meraviglioso disegno. Erano linee rovinate ormai dal tempo, le goccette si staccavano e scendevano lentamente distruggendo quello che per qualche minuto era stato il muso di un cane.

Gregorio liberò presto l'alito, riprese con l'indice le linee del muso del cane e sotto vi scrisse Cobre.

La notte, non il buio ma la vera notte, il periodo della vita in cui si dorme e non si esiste nemmeno per sognare, si faceva attendere sempre troppo. Al contrario, il mattino, il battito di mani che svegliava, seguito dall'Ave Maria, e la luce di camerata accecante, sembravano arrivare dopo un attimo. Notti che non portavano mai via. Eppure si collezionava ogni notte e se ne andavano i giorni, le settimane, parlavano le voci, e malgrado la neve non si decidesse a sciogliersi, la primavera era da tempo nell'aria.

Un giorno di quelli passati davanti ai vetri a parlare nella camicia (qui solo i Gregorio comunicavano con lui, Lukas a Mondovì non c'era mai stato, né nel presente né in passato, e l'ultima notte delle vacanze natalizie l'aveva salutato dicendogli che si sarebbero rivisti in estate a San Rocco alla spiaggia, o sul molo di Porto Maurizio) Falconi Leo portò brutte notizie.

Era arrivato il nuovo direttore.

Era un uomo piuttosto piccolo, tozzo, tra i trenta e i quaranta, faccia rossa e capelli corti corti, e aveva fama di duro. Se lo trovarono la sera a cena al posto del direttore vecchio. Girava voce (cose che sapevano i quindicenni) che fosse lì per castigo, allontanato dalla casa madre di Roma per un fatto di gonnella.

Il nuovo direttore si rivelò subito essere uno strano frate, sovente ubriaco, amante dei metodi educativi all'avanguardia. Uno dei più stupidi e dannosi era quello della «medaglia». Chi commetteva un'infrazione, chi parlava in corridoio o per le scale, chi sputava per terra in cortile o toccava la rete del recinto, riceveva la medaglia da chi già l'aveva in quel momento. Alla sera chi aveva la medaglia veniva punito. Era un sistema per aver sempre addosso l'occhio della guardia, per tradirsi l'uno con l'altro, per non fidarsi più di nessuno. La medaglia si passava al reo colpevole da sotto, in modo che nessuno all'infuori di chi l'aveva e di chi gliel'aveva consegnata sapeva chi ne era in possesso.

Quando la medaglia finiva nelle mani di Falconi Leo non cambiava più padrone, se la teneva in tasca fino a sera e la sera veniva punito.

Una cosa non era cambiata: i castighi, servire in tavola prima i frati e sedersi a mangiare quando la pasta era ormai fredda, o stare un'ora la sera in ginocchio, nel pianerottolo dove si mettevano scarpe e calze, mentre gli altri erano a letto. Oppure trenta righe a memoria sennò non si entrava in sala giochi, queste punizioni il direttore le aveva trovate belle pronte, sperimentate, e le aveva tenute per buone. In più aveva introdotto una specie di sistema capitalistico secondo il quale d'ora innanzi il probando doveva pagare i lussi consentiti, lussi come guardare *Novantesimo minuto* la domenica alle sei, o *Pinocchio* il sabato sera, o la passeggiata il sabato, e il pomeriggio a sciare con la slitta sulle gobbe vicino al santuario, fin quando durò la neve. Col tempo si finì per pagare anche il dolce la domenica. La moneta si chiamava IUS, e dava appunto il diritto a certi benefici. Gli IURA si guadagnavano in base al rendimento scolastico, ogni mese si riceveva un rapporto e attraverso un calcolo basato sulla somma dei voti, si otteneva una paga. Non di rado si guadagnavano IURA anche per altri meriti, come aver aiutato il frate sacrestano, oppure per l'arrivo di un pezzo grosso, un frate direttore provinciale, un frate dell'economato generale, e all'arrivo di un frate gallonato seguiva pure un'amnistia dei castighi.

* * *

La notte prometteva ancora il paradiso, l'aria si scaldava un poco e la neve spariva dai cortili e da sotto i peri lasciando il fango. Un pomeriggio che era andato a cercare la palla tra abeti e rampicanti gocciolanti, dove Fratel Ernesto teneva le pale e le carriole, Gregorio rivide la terra e le pozzanghere e gli fece un forte effetto.

Verso la fine di aprile, come succede a tutti i bambini col cambiamento di stagione, Gregorio ebbe un periodo di debolezza, tosse dapprima e poi – che non l'aveva beccata in tutto l'inverno nel magazzino di batteri che era la camerata – l'influenza, con febbre per qualche giorno. Gregorio restò, come dire, mezzo mezzo.

«'Sto bambino mi sembra mezzo mezzo» disse la madre quando lo vide.

Non raccontava mai niente a lei, ma le assicurava che era felice. I trucchi del tempo, le cose aveva imparato a scordarle o a raccontarle alle voci, e poi c'erano cose che non si potevano raccontare, nemmeno alla voce, erano cose che nessuna voce la notte chiedeva a Gregorio di ricordare. Cose che erano successe durante l'ora di latino che precedeva l'intervallo, quando Gregorio aveva avuto bisogno di andare al gabinetto e aveva chiesto il permesso al frate, ma il frate gliel'aveva negato. Gregorio aveva resistito ed era tornato a chiedere quando mancava forse meno di mezz'ora all'intervallo. Di nuovo il frate non gli aveva concesso il permesso, e dopo un po' Gregorio aveva sentito il caldo dell'orina gonfiargli i pantaloni. Era successo due volte, sempre con lo stesso frate. Un vecchio frate dai capelli grigi e ricci ricci.

Di notte la voce poteva solo parlargli del viaggio di Cobre.

«Raccontami il momento preciso in cui vede il mare» chiedeva Gregorio.

E assieme alla voce egli parlava a se stesso.

Correva da mezz'ora, forse più, di rado riposandosi qualche istante, le zampe sul guardrail, e poi si rimetteva a inseguire i grandi spazi, a sbandare nelle curve, e a far appena in tempo a sentire che i suoi passi scatenavano altri cani di là dei recinti. Immerso in rumori di acqua, torrenti, pompe a motore, tubazioni e cisterne, e voci di rane, egli sentiva che la sua corsa ammutoliva i grilli e l'asfalto gli bruciava la pelle sotto le zampe. Continuò a correre anche quando ai suoi fianchi crescevano nella notte le palme, e l'avrebbe fatto chissà ancora per quanto, se attraverso le sbarre del guardrail egli non avesse visto tutta quella collina tagliata di netto. Allora sbarrò gli occhi e in quell'istante si fermò.

Con Falconi Leo si trovavano ogni giorno dopo gli impieghi dove si appendevano gli stracci al fil di ferro legato ai due peri. Guardavano gli alberi fioriti e Falconi Leo taceva, un'abitudine che gli lasciavano le prolungate punizioni del silenzio, silenzio a tavola mentre gli altri, se non venivano letti i salmi, potevano parlare, silenzio in passeggiata. Silenzio ovunque. Così, anche le volte che non era punito e avrebbe potuto parlare, Falconi Leo finiva per tacere.

Poi arrivò maggio, il mese mariano, e una di quelle mattinate scintillanti in cui il sole entrava dai listelli delle persiane e finita colazione si andava a messa al santuario, Gregorio, al sentire il battito di mani di Fratel Luca cui seguiva l'Ave Maria, balzò dal letto, e la prima cosa che vide fu la branda di Falconi Leo vuota.

Di Falconi Leo Gregorio non ebbe mai più notizie e in seconda e terza media, dopo gli impieghi, quando d'inverno attraversava i cortili pieni di neve e andava ad appendere gli stracci laggiù dai peri, si avvicinava al punto in cui con un salto Falconi Leo aveva trovato la libertà. Era un punto da cui si vedevano le gobbe bianche e si sentivano i corvi sugli alberi neri che poi a marzo fiorivano, e Gregorio stava lì a parlare alle decine di se stesso che abitavano ognuno il proprio mondo.

Seconda parte – La frontiera

Legnano, 18 settembre, 1980. Caserma Cadorna, Secondo battaglione bersaglieri Governolo. Prima Compagnia Falchi.

Ore nove e trenta circa.

Dalla vetrata della camerata, del mondo civile che oggi l'aspettava per sempre fuori dalle mura, si vedeva un pezzo di strada quando la porta carraia si apriva.

Non era il posto dove Save l'avrebbe aspettato. Sempre che avesse mantenuto la parola, Save si sarebbe fatto trovare davanti all'ingresso principale. C'era solo una remotissima possibilità, ed era quella che nel momento in cui la porta carraia si apriva per l'ingresso di qualche mezzo, e restava aperta un paio di minuti, il maggiolino giallo di Save transitasse per strada.

Gregorio si soffermò nei pressi della vetrata a guardare fuori, fin quando la porta carraia non si richiuse e tornò a sdraiarsi sulla branda.

Non aveva granché motivo per pensare non ci sarà, ma se lo disse lo stesso.

Un urlo provenne dal cortile di adunata. Rumori a cui non faceva più caso, gli occhi chiusi continuarono a guardare un posto. C'erano libere uscite trascorse con Save, e ore pomeridiane, seduti nella segatura della sala vassoi, con la nebbia fuori, erano ore trascorse assieme in silenzio, senza dirsi quasi nulla, senza chiedersi nulla, Save era stato il collega delle cose tacite con cui aveva perso il tempo.

Poi, da quando a maggio Save s'era congedato, Gregorio aveva trascorso le libere uscite tra i muri di questa camerata e l'appuntamento che nei mesi scorsi s'erano dati era per oggi.

Alle voci non serviva chiedere nulla, da anni non contava su nessuna loro risposta, i suoi io l'assordavano con rumori che contenevano troppo tempo. Era lui ora a parlare, raccontava di cose passate, di quando aveva sedici anni e andava a nuotare sul molo e prima ancora dei giorni lontani in collegio, parlava a un Gregorio bambino, stando bene attento a cosa rivelargli. Gli avrebbe detto che tutto si sarebbe risolto, ma non poteva, allora gli insegnava i trucchi, il tempo da collezionare; avrebbe voluto sentire su di sé tutto quanto il piccolo immenso dolore di quel bambino in un letto di camerata, ma niente poteva fare per quest'attesa se non consolarsi col solo pensiero che fra poco Save là fuori non c'era.

Immagini del molo, racconti fatti di parole antiche, come di nomi propri, che lo cercavano.

Le onde fingevano di arrivare a riva, poi onde come rincorse salivano a slavare fino alla seconda riga di scogli. Un battello era passato e aveva allungato il mare. Le alghe, ritirandosi ogni volta, era come se ogni volta il mare accorciasse loro i respiri.
Da qui si sentiva la costa dormire, nel silenzio i grugniti delle macchine, solitarie, sempre più di rado, rimbombavano nel vuoto, la città era lì, a pochi passi. Sembrava aspettarlo.
«È l'accampamento nemico, una distesa di antenne della televisione e di tetti e campanili popolati da colombi» gli aveva detto poco prima il poeta. «Le ore suonate dalle campane del duomo hanno l'effetto di uno scrollone, in realtà spaventano solo i colombi, il volo guadagna le logge di Santa Chiara e attraversa lo sputo bianco che solo più per un paio d'ore sarà la luna».

Seduto sulla rete in alto della branda a castello, il materasso piegato in due che faceva da cuscino, Gregorio puntellava le scarpe contro la spondina.

Ora c'erano intorno cortine di fumo, odori acri, caos di brande disfatte e laghi d'acqua sui pavimenti, qualcuno s'era divertito a bagnare i materassi delle reclute.

A parte lui che indossava la divisa per fare l'autostop, gli altri congedanti vestivano abiti civili e si spostavano pigramente da una vetrata all'altra.

Di rado un altro grido: finita! Ma senza più entusiasmo, era finita da tempo, aspettavano solo che un capitano bastardo salisse in compagnia a firmare i congedi.

In cortile era ripresa la corsa dei bersaglieri, massiccia e incazzata come gli avevano insegnato che doveva essere.

Morire, disse dalla sua branda un congedante con l'erre moscia.

Gregorio strinse gli occhi e badò solo a quel rombo di corsa... Ecco, l'avrebbe ricordato così, ogni volta che gli fosse tornato in mente quell'anno, ogni volta che una voce l'avesse riportato qui, avrebbe risentito questa corsa, ogni volta che avesse sentito una corsa avrebbe ricordato questo posto.

Da qualche parte cominciarono a ridere. A Gregorio arrivarono le ultime due note dello spinello. Gettò il filtro appena sentì il bruciore sulle labbra. Si mise sul fianco, gli occhi fissi alla vetrata, tentò di ricostruire qualcosa, la stanza con la loggia a San Rocco, e una delle stanze della nuova casa, che prendeva molta più luce, quel padre che si spegneva in un letto, il mobile pieno di medicine...

Quasi senza accorgersene, ma forse incoscientemente nel tentativo di aggrapparsi alle parole scritte, mise la mano dietro, aprì la cerniera del borsone, che aveva alle spalle, e cercò tra i vestiti la superficie cartacea del quaderno.

L'aprì dove ci sapeva un incontro e lesse qualche riga. Erano le cose vecchie, i racconti delle voci, da tempo non riportava più nulla su queste pagine, cose che appartenevano ad altri Gregorio.

In prossimità di un ponte di ferro molto più largo degli altri, si addossò al muro. Un fischio assordante annunciò il passaggio del treno. Tutto tremò. Le carrozze sfrecciarono sopra la scarpata di ghiaia arrugginita e lasciarono nell'aria quel fischio. Cobre proseguì fin dove il torrente si nascondeva nella selva di palazzi. La città faceva ombra e le strade e gli argini del torrente non terminavano mai.

Solo quando leggeva il viaggio di Cobre la voce l'accompagnava, puntuale. Era la voce di un Gregorio bambino.

Chiuse gli occhi e il quaderno e lasciò che la voce continuasse, e assieme alla voce, in un bisbiglio che nessuno mai in quella camerata aveva capito cosa fosse, egli andò a memoria.

> *Pensò d'essersi perso, e che non sarebbe mai arrivato a destinazione, il giro largo e curvante l'avrebbe allontanato dalla costa, come quel treno. Forse non vuoi neanche arrivare da qualche parte, si disse, tu vuoi solo passare come il treno. Sei qui solo per ricordare le palme.*
>
> *Poi, di colpo, mentre alzava gli occhi ai palazzi, cercando risposte, la luce cambiò e prima ancora di vederlo sentì che il mare gli era entrato dentro.*

Lo scrollarono lo sbattere della porta della fureria, passi in corridoio. Rimise il quaderno dietro la testa, nel borsone, chiuse un pezzo di cerniera.

I passi si avvicinavano. Forse era ora.

Erano un caporale, gradi freschi, e un bersagliere della corveé. Quello con l'erre moscia chiese al caporale se andavano, insomma se il capitano saliva a firmare o se dovevano spaccare la compagnia.

Gregorio richiuse gli occhi quando al caporale aveva sentito rispondere: «È prestoski ragazzi».

Prima che il caporale tornasse a uscire dalla camerata, Gregorio gli disse: «Caporale, una parola...».

Il caporale si avvicinò alla sua branda.

«Sei passato davanti all'ingresso principale?... Hai mica visto se c'è un maggiolino sul giallo, ti ricordi di Filippo Save? Quello del quinto che era con me in mensa...».

Il caporale disse che non ci aveva fatto caso. Qualcuno chiamò: «Caporà, viè qua!».

Gregorio lo lasciò andare.

Uno spinello mezzo intero aveva preso la strada giusta, qualcuno dalle brande in fondo l'aveva dato al caporale che lo portasse ai congedanti vicino alla vetrata.

Gregorio diede tre succhiate avide, si sporse nel vuoto e lo passò al congedante della branda accanto.

Il padre se n'era andato ai primi di giugno, malato a fondo. Per stargli accanto Gregorio aveva riempito un mucchio di fogli, fatto un sacco di domande, e le avevano accolte tutte, nella caserma di Albenga, dove aveva fatto il Car, qui a Legnano, al Ministero, ma non era mai ora, e il padre era morto.

Non fumava per dimenticare il presente, ma per non far esistere più quel bambino, se quando fumava le voci lo cercavano, lui non rispondeva, non chiedeva nulla.

Le voci non si dannavano, facevano del rumore, lo salutavano ogni giorno e ogni notte, quando si metteva a letto, e gli ripetevano le parole della prima notte a Mondovì: «Dormi, Gregorio». A volte, al risveglio in fondo alla notte, le voci gli raccontavano il viaggio di Cobre. Ma erano sempre le stesse cose, le parole antiche, come tormenti. Allora le faceva tacere e si metteva a parlare lui col bambino che ora era a Mondovì.

Spinelli non ne giravano più, il caposcaglione aveva proposto di mandare il furiere al magazzino vestuario, là c'era uno che il fumo l'aveva, bastava metterci un cinquino per uno. Contribuì anche Gregorio, con tremila lire, di più, disse, non aveva.

Dopo un po' il furiere portò il fumo.

Ora nella vetrata c'erano estati, lontanissime, una vita piena di mesi di luglio a guardare San Rocco dalla vigna di Anselmo, e mesi di agosto in cui l'aspettavano i cortili.

Il ricordo di Falconi Leo. Quante volte questa parola l'aveva chiesta alle voci. Era milanese, Locate Triulzi. Può darsi che vivesse ancora là... Quando da Albenga l'avevano trasferito nella caserma di Legnano, la prima cosa che aveva pensato era che sarebbe potuto andare a trovarlo. Più vecchio di un paio d'anni non c'era nemmeno il rischio che fosse anche lui sotto naja. Ma aveva sempre rimandato, bisognava andare alla Centrale a Milano e prendere un trenino, Locate Triulzi era dall'altra parte della provincia. Avesse avuto un numero di telefono, sull'elenco i Falconi di Locate Triulzi non conoscevano nessun Leo. Così durante l'inverno aveva rimandato alla bella stagione, a quando le giornate erano lunghe e un autostoppista di giorno in divisa lo caricavano facilmente. Poi invece con la bella stagione era finito all'ospedale militare di Baggio e da lì era uscito solo per il funerale del vecchio.

Ma oggi, fra poco, sì... dopo aver parlato con Save, un salto a trovare Falconi Leo ce lo faceva. Era per vedere se almeno lui riusciva a salvarlo dal tempo.

Falconi Leo... Se stringeva gli occhi e pensava a Mondovì risentiva l'odore dei guanti sporchi di neve... Dopo la prima media ci aveva frequentato la seconda e la terza.

Quand'era infine ora di dare l'addio ai cortili, e il padre e la madre gli avevano chiesto che scuola voleva fare, se gli piaceva di più ragioneria o geometra, o il nautico, Gregorio aveva scelto di restare nei frati. Era andato a Velletri, vicino a Roma, un bel posto sui colli, la Via Appia che passava accanto al collegio. Là aveva frequentato le magistrali...

La porta della camerata si aprì di colpo. Era uno dei suoi, uno della cucina, reparto lavaggio vassoi, il luogo dove lui aveva passato la naja. Riconobbe da lontano l'odore di vomito che s'impregnava nella mimetica.

Lo chiamò, non lo conosceva. Sapeva solo che era quello della sua compagnia che aveva preso il suo posto alla macchina dei vassoi.

Il vassoista si avvicinò alla branda.

«Non dirmi che avete già finito, noi mettevamo l'ultimo vassoio sul carrello alle undici e mezza... Dalla mensa hai mica fatto caso se in strada c'è uno maggiolino giallo, mezzo ammaccato...».

Il vassoista disse che non ci aveva fatto caso. Allora Gregorio gli chiese se gli faceva il favore di andare a dare un'occhiata. «Un maggiolino sul gialletto».

«E torno ad avvisarti anche se non c'è?».

«Certo, torni in ogni caso». *Ma ci sarà.*

Gli ripassarono uno spinello. L'ultimo del pezzo che aveva portato il furiere, dissero.

A Velletri era rimasto solo un anno, poi una sera aveva interrogato le voci e le voci gli avevano raccontato di una Liguria dove c'era un altro sole e c'erano spiagge e la gente nuotava sul molo, in cielo gridavano i rondoni e la sera le strade si riempivano. Non aveva terminato l'anno scolastico, un giorno di fine maggio un treno l'aveva riportato a casa. A giugno aveva dato l'esame da privatista all'Istituto Carlo Amoretti di Oneglia per l'ammissione al secondo anno di magistrali. Un mondo nuovo, sonnolento e incredibilmente ignorante, l'aveva accolto nelle scuole statali. L'esame era stato un gioco, lui che traduceva Catullo e gli sembrava di conoscere gli inganni di Hegel e Kant, quando aveva letto il programma delle scuole statali s'era messo a ridere e quando aveva presentato il suo il preside gli aveva assicurato che se era preparato su tutta quella roba lì poteva dare la maturità.

Si assopì qualche minuto. Lo ritolse dal vuoto la voce del vassoista.

«Un maggiolino giallo in strada c'è, e c'è un tipo appoggiato al cofano».

Gregorio abbassò le palpebre. C'erano cose che uno sperava non succedessero, eppure era come se le aspettasse.

«Un nonno dice che era uno del quarto, un vassoista».

«Quando ne aveva voglia sì» disse Gregorio.

«E gli avevano dato un mese di erre, è vero?».

«Credo di sì, un mese o addirittura quaranta giorni».

Save era di Milano. Era del quarto scaglione ma aveva preso molti giorni di rigore e s'era congedato a maggio. Durante l'inverno avevano lavato i vassoi nella sala piena di vapori e passeggiato nella nebbia di Legnano. Il progetto era che a fine settembre quando Gregorio fosse uscito sarebbero andati in Spagna…

Scese dalla branda e barcollò fino alla vetrata, il colletto della drop aperto, la cravatta male allacciata.

* * *

Verso le undici il capitano salì in compagnia a firmare i congedi, e tutti balzarono giù dalle brande.

Attraversando il cortile, il borsone in mano, Gregorio si fermò un istante a sentire il frastuono di ferrame e il vapore che annebbiava i vetri della sala vassoi.

Poi puntò il cancello.

Save era oltre la strada, i capelli cresciuti. Gregorio gli andò incontro.

«Non pensavo ti facessi vivo».

«Una volta sono passato, ma eri in licenza, "GMF",* immagino sia stato per tuo padre».

«Sì, non me l'hanno riferito che eri passato». Gettò il borsone sul sedile dietro e salirono in macchina.

«Come mai ti sei lasciato la divisa?».

«Per l'autostop, faccio un salto a Locate Triulzi. Voglio salutare un amico, se vive ancora lì, sono quasi dieci anni».

«Ti ci porto, tanto devo tornare a Milano».

Disse di no. «In divisa non hai ancora alzato il dito che si ferma qualcuno».

Lasciarono l'area della caserma, i muri di mattoni con le garritte armate e le palazzine. Entrarono nella città di Legnano. A un semaforo Save tirò fuori il pacchetto duro di sigarette dalla manica della camicia e ne offrì una a Gregorio. Simultaneamente ognuno accese la sua.

Imboccarono un viale alberato. Erano i posti della libera uscita. La luce penetrava la fronda raggrinzita, la mano fuori del finestrino, la sigaretta si consumava più in fretta.

Il sole gli scaldava il braccio, pelle che quest'anno non s'era quasi neanche abbronzata. Guardava la fronda, solo oggi gli sembrava che avesse perso il verde estivo. C'erano alberi nella memoria per la strada che dal mare saliva al Colle di Nava, tronchi su cui avevano affisso manifesti di ballo...

Chiuse gli occhi e gli occhi di un Gregorio bambino gli mostrarono quegli alberi sul ciglio della strada e paesi di pietra con campanili che sovrastavano le case e gli ulivi.

E case di cantonieri.

Il maggiolino si fermò davanti a un bar. Le mani in tasca, la divisa in disordine, e il fez rosso col pon pon blu nella tasca della drop, Gregorio camminò in silenzio accanto a Save.

---

* Gravi motivi familiari.

Il bar era quello della libera uscita, a quell'ora era deserto. La tendina delle mosche dava su una grande sala senza finestre. Una luce azzurrina scendeva dalla riga di neon sui tavoli e sui due calcetti.

Save entrò in bagno e quando uscì trovò un soldato smarrito.

«Di' la verità, ci hai ripensato?».

Gregorio sospirò. «È che poco fa mi sono fermato a sentire per l'ultima volta il rumore dei vassoi in sala lavaggio... sembravano rumori di galera».

Save cambiò tono. «Se hai cambiato idea devi dirlo subito».

«Ho detto forse che ho cambiato idea?».

Venne la donna del bar, ordinarono due toast, da bere spuma sanguinella.

Save s'accese un'altra sigaretta, la posò nel portacenere, infilò le dita nel pacchetto delle sigarette e tirò fuori una bustina, col gomito pulì un palmo di tavolino, aprì con cura la bustina e con le chiavi della macchina fece scendere sul tavolo una rocchetta bianca. Chiuse la bustina, la infilò nel pacchetto di sigarette, lasciò una sigaretta sul tavolo.

«Arriva» gli fece capire Gregorio.

Save mise una mano sulla rocchetta, senza toccarla, come s'imprigiona una farfalla.

La signora servì le sanguinelle, i toast erano quasi pronti, disse.

Quando la signora se ne andò, con la chiave Save schiacciò la rocchetta di cristalli fino a farla diventare polvere. Tirò fuori dal portafoglio un piccolo calendario plastificato, il portafoglio lo lasciò sul tavolo, e con un gesto sicuro col calendarietto sparse un paio di volte la polvere bianca, radunandola alla fine in una sola striscia. Diede un colpo di tosse a lato e prima di rimettere la chiave in tasca e il calendarietto nel portafoglio, passò su entrambi la lingua. Prese dal portafoglio una banconota da cinquantamila, l'arrotolò, si chinò sulla striscia e con la cannuccia di carta aspirò tutto in una sola narice. Gettò la testa indietro e respirò forte.

Mandò giù metà sanguinella. Sul tavolo ci passò il dito e con lo stesso si fregò i denti.

Siccome la sigaretta che aveva lasciato nel portacenere era al filtro, la spense e si accese quella che aveva lasciato sul tavolo. Srotolò la banconota e quando giunse la signora coi toast, pagò e disse: «Ancora due sanguinelle, per favore».

La signora prese i bicchieri vuoti, portò il resto e le sanguinelle.

Gregorio soffiò sul toast e con un morso ne staccò via quasi la metà. Lo tenne in bocca a lungo perché scottava.

«Ne mangi ancora uno?».

«Ne faccio un altro?» chiese la signora prima di sparire attraverso la tendina delle mosche.

Gregorio fece segno di no a bocca piena. Save fece alla signora di no.

«Allora, ci hai pensato?» disse poi sottovoce.

«Intanto non m'hai ancora detto il programma». Bevve, mantenendo in bocca la sanguinella in modo da calmare la scottatura al palato.

«È lo stesso, non cambia una virgola...».

Era tutto pronto nei dettagli. Il fumo l'andavano a comprare a Ceuta, per entrare in Francia avevano una dritta, se ne occupava un tipo, un gitano, in contatto con la Guardia Civil di un paesotto dei Pirenei. Il gitano prendeva il carico a Barcellona e lo consegnava loro a Perpignan, oltre frontiera. Era una storia che Gregorio aveva ascoltato fino alla nausea, seduti sugli sgabelli nella sala fumosa del lavaggio vassoi, a far schizzi di autostrade sulla segatura... In dirittura della frontiera di Ventimiglia – quella dell'autostrada che passava alta sui ponti – appena oltre il terzo tunnel dopo Mentone, c'era un punto in cui tutto ciò che si lanciava cadeva in Italia. Questo perché la frontiera dell'autostrada era in pieno territorio italiano. Però doveva succedere tutto in fretta, non potevano rallentare che un paio di secondi e Gregorio doveva star pronto col finestrino aperto, sporgersi e gettare il carico oltre la rete...

«Una volta passata la frontiera, puliti, come se niente fosse, scendiamo sull'Aurelia e prendiamo la stradina che passa sotto l'autostrada. Dal punto in cui lanci il carico scende in una zona disabitata. Recuperiamo e via... Semplice».

«Un paio di chili va bene ma non di più, da una macchina in movimento fargli passare una rete, non so...».

«È alta un metro, uno e venti, due chili ce la fai comodamente». Le quattro banconote da dieci e da cinque e da mille che la signora aveva lasciato sul tavolo non le rimise nel portafoglio, ma con la mano le spostò fino davanti a Gregorio.

Salirono in macchina e Save gli chiese: «Chi è questo che vai a trovare a Locate Triulzi?».

«Uno che eravamo in collegio assieme».

«Fuma?».

«Che ne so, l'ho lasciato che aveva tredici anni».

Per come s'era sistemato sul sedile, il sole gli scaldava gran parte del corpo, e la divisa, fatta di una stoffa maledetta, gli faceva pizzicare la pelle, la giacca gli stava stretta, i pantaloni gli arrivavano a malapena alla caviglia.

Allentò un altro po' la cravatta. Cercò qualcosa in un posto buio

la rete... Così ci aveva provato, ma dopo vari tentativi aveva desistito, perché la rete era troppo alta, gli era sempre parsa più alta di quanto non fosse lungo il legaccio, e l'idea che il legaccio si tendesse prima di lasciargli guadagnare il terreno lo terrorizzava. L'ultimo cane che il padrone aveva seppellito era morto proprio impiccato a quel modo.

Ci pensò controvoglia, si sforzò di sorridere, poi si arrese e lasciò che la mente e le labbra pronunciassero altre parole antiche.

S'erano fermati, non capiva perché, non si rendeva conto di nulla, nella mente i risciacqui ventriloqui di un molo... e quando tornò a essere cosciente vide che erano fermi a un semaforo. Guardò Save e si accorse che aveva parlato a lungo da solo.

«Che c'è?».

«Niente...». E dopo un po': «Anche quest'inverno ai vassoi ti mettevi a discorrere coi muri».

Gregorio non rispose e continuò a pensare alla rete. Se fosse stato il Gregorio di Mondovì ora non avrebbe permesso che il futuro passasse quella frontiera. Gli parve fin troppo una banalità.

Era venuto il verde, erano ripartiti e Save gli chiese: «Che c'è?».

«Che vuoi che ci sia?».

«Fai di nuovo le facce?».

Gregorio sbadigliò.

Al semaforo dopo, prima che giungesse il verde, Save mise la mano sotto il sedile.

«Te la senti di piazzarlo?». Aveva tirato fuori un pezzo di hashish, nero e grande come una saponetta. «È pongo, come quello che portiamo da Ceuta... Ma lo sai a chi piazzarlo?».

Disse di sì. Conosceva uno alla Marina di Porto che faceva storie, era uno che aveva conosciuto con Edo.

«Quanto glielo metto?».

«Gliene fai provare una canna e se gli dici sei e mezzo non farà una parola. A me lo paghi cinque e mezzo...».

«Quanti sono?».

«Duecinquanta».

«Pesati?».

«Certo che sono pesati, i panetti sono tutti da un quarto».

Mentre guidava infilò la mano destra in tasca e tirò fuori un altro pezzetto di hashish, ci diede un morso. Il pezzo grosso lo mise sotto il sedile, e la buona scaglia bagnata di saliva la diede a Gregorio.

«Ti ci stoni per un po'».

Gregorio appiccicò la scaglia alla saponetta di hashish, vi premette il dito fino a saldare tutto assieme, poi si voltò e fece per nascondere il tutto nel borsone, ma cambiò subito idea e mise l'hashish nella tasca interna della giacca della divisa.

Si riabbottonò e chiese: «Si vede?».

* * *

Il maggiolino l'aveva lasciato sullo svincolo dell'autostrada. Save gli aveva chiesto nuovamente se voleva che lo accompagnasse, ma Gregorio non aveva accettato.

La divisa avrebbe funzionato.

La terza macchina alla quale fece autostop infatti si fermò. Una signora sui quaranta, per niente scassata, né lei né la macchina.

Disse che era fortunato, a Locate Triulzi ci passava proprio accanto.

Salì e si sistemò il borsone tra i piedi. Lei glielo prese e lo mise sul sedile di dietro.

«Sei in licenza?».

«Per sempre».

«Sei di Locate Triulzi?».

«No, dell'entroterra di Porto Maurizio».

Sarebbe arrivato a casa nella notte, da Locate Triulzi c'erano sicuramente dei treni per Voghera, o forse era ancora chiaro e avrebbe provato ancora con l'autostop.

Dal vetro vide degli alberi da frutta. Le parole lo trovarono in un cortile...

Con l'arrivo della notte, Cobre pensò al padrone e la pietà gli strinse gli occhi. Accompagnava a mente la luce delle macchine, quella che l'assaliva frontalmente e quella dei freni che spariva nelle curve, e provava a risentire un dolore, ma non ci riusciva, il gesto che gli aveva staccato la carne era di ieri, e ciò che sentiva nella carne di oggi era solo il vuoto del morso.
Il castigo era questa attesa, alzare gli arti sul guardrail, guardare lo stellato, e non capire. Ricordare che sotto le palme, questa era l'ora in cui la schiuma del mare si faceva più chiara della luna, e l'ansia di sentire il legaccio allora si faceva pace.

«Se l'aria condizionata ti dà fastidio dillo».

«Va benissimo così».

Sentì su di lei un rumore di calze e le guardò le gambe. Poi le macchine che uscivano a uno svincolo.

Save diceva che si partiva per Ceuta fra un mese, ma tra una cosa e l'altra magari si rimandava alle feste natalizie, quando alle frontiere c'era più traffico e i finanzieri di Ventimiglia ti facevano così con la mano. Cosa c'entrava la frontiera di Ventimiglia se tanto loro gettavano l'hashish dall'autostrada... Muovendosi avvertì l'ingombro dell'hashish nella tasca interna della giacca. Ebbe un attimo di terrore, poi pensò che mai più in divisa l'avrebbero perquisito o gli avrebbero chiesto i documenti, e subito si traquillizzò... Come arrivava a casa comunque cercava l'Edoardone e si faceva accompagnare alla Marina di Porto. Bisognava localizzare il tipo delle storie, Edoardo lo conosceva bene. E se non lo trovavano? Se non lo trovavano allora si faceva riportare a casa e il fumo lo imboscava in qualche muro.

Avrebbe fatto così.

Guardò di nuovo la pianura. Edoardo, lui la naja l'aveva già finita, l'aveva preceduto in tutto di un anno, Edoardo, nella nascita e nell'andare in collegio (ci aveva resistito soltanto due settimane), nel farsi gli spinelli e nel sapere dove comprare il fumo. La tradizione dei perdigiorno in vallata continuava. Putrellino invece era di un'altra pasta, lavoratore quel giusto che bastava, buon muratore, solo qualche bicchiere in più alle sagre, un moderato in tutto, anche nelle canne.

«Guarda quello dei Putrella» gli aveva detto il padre quando parlava ancora.

Serio, lavoratore, che si diverte, ma serio, ricordò.

Come se per salvarsi fosse bastata la fatica, si disse guardando una città in lontananza. Ceuta, Melilla, regioni lontane, ecco, andarsene e tornare fra dieci anni, pensò.

Davanti al bar della stazione di Locate Triulzi (la signora era uscita dall'autostrada e l'aveva voluto accompagnare, un giro che le allungava la strada solo di un paio di chilometri, disse) la macchina si fermò e il gesto di Gregorio colse la signora di sorpresa: si era avvicinata per baciarla sulla bocca, lei strinse gli occhi e si abbandonò un attimo. Le andò rabbiosamente con la mano destra sul seno e scese alle gambe, si poté solo stordire di tanto profumo, lei s'era staccata in fretta. Gli pulì il rossetto dalla guancia.

Al bar della stazione ordinò una sanguinella e andò al bagno.

Si riaccomodò i genitali e si lavò la faccia. Faceva caldo a Locate Triulzi.

Guardò nello specchio se si notava il gonfiore dell'hashish sotto la divisa. Non si notava niente.

Nel bere la sanguinella, sentì in bocca la scottatura che gli aveva provocato il toast.

Tornò al bagno, accese la lucetta del lavandino e si guardò la lingua nello specchio.

Sorseggiò un po' d'acqua.

Camminò per via Pietro Nenni, la via dei negozi, dietro la stazione, come gli aveva spiegato il casellante. Qua e là alle vetrine s'alternavano portoni.

Il numero 84 di via Pietro Nenni corrispondeva a un portoncino verde che dava su un cortile.

Al citofono i cognomi non erano segnati. Una scala mezza buia, con graffiti di calcio, W MILAN e una scritta, il nome di un calciatore, seguito da: VIENI A PESCARE CON NOI CI MANCA IL VERME...

Salì accompagnando la ringhiera, pieno di pensieri. Questa ringhiera. Chissà quante volte ti ci sei attaccato, si disse. Lui sapeva cosa sognava guardando d'inverno dalle vetrate della sala giochi di Mondovì, guardava gobbe bianche, alberi fradici, voli di corvi sullo sfondo del Monviso, e sognava terrazze ulivate, paesi di pietra e logge bianche di luce. Cosa sognava Falconi Leo guardando dalle vetrate su cui disegnava i profili dei volti non l'aveva mai saputo, e lo scopriva adesso e allora gli pareva di saperlo da sempre: sognavi scale buie e paesi di pianura, la stazione vicino a casa tua, rumori di palazzi... Al primo piano lesse i cognomi dei tre appartamenti. Nessun Falconi. Magari non abitavano neanche più qui, magari sei lontano da anni, si disse.

Tra il primo e il secondo piano la luce arrivava da una finestra rotonda. Un intonaco pieno di polvere e il vetro che dava sul retro, su un parcheggio.

La voce gli suggerì qualcosa, non ci fece caso, mollò la borsa e si diede un colpetto col palmo della mano sull'orecchio, come per farla smettere o smuovere qualcosa dentro.

Al terzo piano posò di nuovo il borsone e dal vetro rotondo guardò le macchine. Provò a indovinare quale poteva essere la sua. Non riusciva ancora a immaginarlo cresciuto, adulto, con una macchina nel posteggio sotto casa. La voce vinse. Strinse gli occhi, era sdraiato sotto i pini, dietro la porta del campetto di calcio a Mondovì.

Era il secondo o il terzo giorno, Falconi Leo gli spiegava le regole...

«Guarda, senza farti vedere, dov'è Fratel Luca».
Gregorio alzò quattro dita la testa dall'erba.
«Dietro l'altra porta che passeggia con un Fratello».

«Perché sei in collegio?».

«Così... perché si gioca a calcio».

L'appartamento dei Falconi era al quarto piano. Posò il borsone, si sistemò la divisa e suonò, emozionato.

Non veniva ad aprire nessuno. Aspettò. Niente. Così suonò alla porta di fronte. La porta si aprì quattro dita e apparve la faccia di una vecchia.

«Sono un amico di Falconi Leo, signora. Passavo di qui...».

Un uomo, vecchio pure lui, prese il posto della donna. Appena vide la divisa aprì del tutto la porta. La donna gli disse in dialetto chi cercava.

«Mia moglie dice che cerca il Leo».

«Esatto, ho suonato ma non risponde nessuno».

«Il padre rientra tardi, dalle sei in su lo trova, a volte si ferma dal bar dei biliardi, dietro la stazione...».

«E Falconi Leo, lo vedete, vive ancora con la famiglia? So anche che aveva tanti fratelli».

L'uomo si grattò un'orecchia e disse che Leo era morto, il padre era separato, la famiglia era sparsa. Ma era tutto finito e il Leo era morto.

«Morto... quando?».

«Quando sarà morto?» chiese l'uomo alla donna.

Lei disse qualcosa in lombardo. L'uomo non era d'accordo, pareva discutessero sul servizio militare di Leo. Lei diceva che era morto l'anno dopo il soldato, l'uomo sosteneva che Leo il soldato non l'aveva neanche fatto. Disse che si confondeva con il fratello di Leo, col Riccardo.

«Di che classe era il Leo?».

«Era del '55, aveva ripetuto in quinta, faceva la terza media quando io facevo prima...» rispose senza rendersi neanche conto di cosa stava spiegando.

Leo era morto?

Trovato morto, sì, con l'ago nelle vene, a Milano, dissero più o meno assieme il vecchio e la vecchia.

«Erano una banda» disse il vecchio piano e accertandosi che per le scale non ci fosse nessuno.

«Ma il Leo meno, il Leo salutava, era gentile, se t'incontrava per le scale ti portava su la borsa della spesa...».

«Adesso qui, soldato, ci vive solo il padre, convive, i fratelli di Leo e la madre chissà dove sono... Un po' sfasciata come famiglia lo è sempre stata... Se vuol parlare al padre, comunque, alla sera, a casa ce lo trovi, altrimenti devi provare al bar dei biliardi alla stazione».

D'altro Gregorio chiese loro se sapevano dov'era sepolto, e l'uomo disse di sì, era al secondo piano, nei loculi dopo i rubinetti, a metà circa, e prevedendo che fosse senza mezzo, gli spiegò anche dove prendere l'autobus e che numero.

* * *

Era sceso in strada e guardava la gente. Aveva l'impressione che tutti potessero parlargli di Leo. Questo vecchietto distinto che ciondolava sul marciapiede con la borsa della spesa. L'aveva conosciuto? I ragazzini in motorino, dovevano essere bambini quando lui aveva la loro età e girava per queste strade... La bella bionda che passava a testa alta, sicuramente s'era fatta desiderare... Si rimproverò di non essersi fatto dire abbastanza dai vicini di casa, non aveva chiesto loro nemmeno che scuole aveva fatto dopo le medie... Camminò, col borsone nella mano. Questi alberi gli avevano fatto fresco? Vide un autobus, non era la linea che portava al cimitero. Per andare al cimitero doveva prendere quello con su scritto «La Pineta» e scendere al canale. Aveva deciso di non andarci, di restare qui, Falconi Leo era qui, in ciò che aveva sempre guardato, in questi alberi, in queste panchine. Si sedette, il borsone come cuscino, la mano toccò il gonfiore dell'hashish... Certo, chissà quante volte si era seduto qui. Giocato, lottato, pianto, sognato. Libere uscite, alla fine... Cercò la voce, non gli parlava. Allora fu lui a dire ad alta voce: *lui che dei giochi attendeva sempre la fine prima del tempo*.

Ma di nuovo non sentì nulla.

Cosa bisognava fare per tornare da Falconi Leo? Da sdraiato, recitò nella mente un'Ave Maria e un Padre Nostro.

Dopo un po' passò una pantera della polizia, Gregorio si rialzò dalla panchina, temendo di dare nell'occhio.

Entrò in un bar, lasciò cadere il borsone accanto a un tavolino e andò al banco a ordinare una sanguinella.

Riuscì a far venire le sette, e a far scendere il sole al fondo dei palazzi e della pianura. A rendere le cose di quella città appiccicose, a far affollare di treni i binari.

Tornò al portone, era chiuso, suonò a un interno del quarto piano. I cognomi non c'erano. Sbagliò: non risposero i Falconi. L'altro erano i due vecchi e al terzo campanello, che doveva essere per forza dove viveva il padre, non rispose nessuno. Riprese il borsone e provò al bar dei biliardi alla stazione.

Ordinò un'altra sanguinella. Quando beveva, il palato gli bruciava ancora.

Era un posto poco illuminato, con un odore di tavola calda, e al fondo si passava nella sala dei biliardi.

Si fece fare un toast. Lo lasciò raffreddare. Pagò coi soldi che gli aveva lasciato Save a Legnano.

Un ragazzo bestemmiava davanti a un flipper, ogni tanto ci dava qualche calcetto e il barista gli mugugnava qualcosa in dialetto lombardo.

Poteva essere stato anche il bar di Falconi Leo, sebbene fosse difficile che padre e figlio frequentassero lo stesso bar. Certo qualche volta Leo doveva pure esserci entrato, era un bar troppo vicino a casa sua per non conoscerne i tavolini, la vetrata, l'odore di cucina.

S'alzò a chiedere: «Viene ogni sera il signor Falconi?».

«Quale?».

«Il padre di Falconi Leo...».

«Stasera non c'è, se non c'è a quest'ora mi sa che non viene più».

Si risedette, provò a interpretare la faccia che il barista aveva fatto al sentire il nome di Leo Falconi. Un nome che non gli aveva fatto né caldo né freddo, ma che doveva conoscere se sapeva chi era suo padre.

Tutt'assieme entrarono nel bar parecchi clienti, alcuni erano uomini di mezza età.

Cercò gli occhi del barista che fece di no con la testa.

Perché non tornava a casa? In treno. I soldi per il biglietto li aveva, la stazione era qui dietro e questa era l'ora buona dei locali per Voghera. Poteva fare Locate Triulzi- Voghera e a Voghera prendere il rapido Verona-Ventimiglia, quello su cui saliva sempre alla stazione Centrale di Milano quando gli davano una licenza. Arrivava a Imperia verso mezzanotte, l'una. Macchine che salivano a San Rocco ne trovava ancora.

Fuori, nei giardini lungo i binari, la riga di lampioni s'accese a domino. In strada circolavano meno macchine e i negozi abbassavano le serrande.

Tornò al portone numero 84. Suonò al citofono che per esclusione doveva essere quello giusto.

Rispose una voce di donna... Tremò dicendole: «Sono un amico di Leo».

«Salga pure» sentì. Il portone si aprì. La donna non gli era parsa affatto sorpresa quando le aveva detto che cercava Leo.

Al quarto piano, trovò davanti al portone dei Falconi un uomo sulla sessantina, non alto, i capelli rossi ancora bagnati, una camicia aperta, e sotto una canottiera bianchissima. Si presentò come il padre di Leo.

«Io ero con Leo a Mondovì».

«E stai facendo il servizio militare da queste parti? Ma entra» disse senza dare neanche il tempo a Gregorio di rispondere. Lo fece accomodare sul divano, venne la signora con cui aveva parlato al citofono e gli chiese se aveva già cenato.

«Ho preso un toast al bar dei biliardi».

«Mi hai cercato là?» disse il padre sorridendo.

«Me l'hanno detto i suoi vicini».

«Hanno avvisato anche noi... Veramente pensavamo a qualche amico di tempi più recenti... Ma fagli qualcosa, non so, un po' di macedonia di frutta...» disse alla donna.

Tutti e due l'osservavano come per trovargli somiglianze con Leo, affinità.

Gregorio gettava invece sguardi sui mobili, dove c'erano fotografie in cornice.

«La passione del regatare...» disse l'uomo indicando col mento una delle foto.

Si alzò, la prese e la porse a Gregorio. «Sempre in sella alla moto...». E poi, di scatto: «Ma te l'hanno detto come se n'è voluto andare?».

«Sì».

La donna aveva portato sul tavolo una grossa scodella di macedonia. Chiese a Gregorio se si voleva togliere la giacca della divisa. Se la tolse, l'appoggiò con cura sul divano, dissimulatamente la mano tastò per vedere se la saponetta di hashish era al suo posto.

Inghiottì con una certa fatica qualche cucchiaiata di macedonia.

«Se non ti piace lasciala».

«Tutt'altro, è che stamattina mi sono bruciato il palato con un toast... La frutta rinfresca».

Posò la scodella, si pulì le mani sui pantaloni e prese le tre o quattro foto che il padre aveva trovato nei cassetti. Le altre, aveva detto, ce l'ha mia moglie.

Gliele restituì. «Son tutte foto che è già grandicello... Gliene manderò io qualcuna di quando eravamo nei cortili».

«Prima fai delle doppie, non si sa mai... Anche lui li chiamava i cortili».

«Erano cortili».

La donna sentì il singhiozzare e riapparve in sala, ma l'uomo le aveva fatto un gesto e la donna li lasciò soli.

Vedendo Gregorio piangere, pianse anche l'uomo, piangeva parlando e sputacchiando sul tavolo dov'era la scodella di macedonia. Poi si alzò, si assentò un istante e tornò con un'altra foto. Un Falconi Leo abbronzato, spiaggia adriatica, sui diciott'anni.

Volle fargliene omaggio. Ce l'aveva doppia, disse.

Prima di custodire la foto nel borsone lo sguardo di Gregorio cadde sulla spalla di Leo. «Che tatuaggio s'era fatto?».

«È stato dopo il processo... è il volto di una Madonna».

«È stato in prigione?».

«Entrava e usciva, ma cose da poco...».

«Mi ricordo il giorno che è scappato da Mondovì... Tutto mi ricordo».

«Era arrivato a casa dopo tre giorni, affamato».

«Quell'anno avevamo un direttore che si ubriacava, ci umiliava... gratuitamente».

Stava per dire che il direttore con Falconi Leo ce l'aveva in modo particolare, ma si tenne. Buttò lì: «Io mio padre l'ho perso a giugno».

«Era malato?».

«Sì».

«Ti sarà spettata qualche licenza» disse l'uomo.

«Oh anche il precongedo mi spettava di diritto, anzi, io non dovevo partire proprio. Figlio unico di genitori anziani, di cui il padre in fin di vita. Bastava che mi fossi presentato al distretto di Savona coi documenti richiesti e la cosa si sarebbe risolta».

L'uomo lo lasciò finire e gli chiese: «E perché non ti sei presentato?».

«Mi ci sono presentato tre volte».

Ci si era presentato coi documenti richiesti, tutte le cartelle cliniche del vecchio, una diagnosi che non lasciava scampo: pochi mesi di vita. A Savona gli avevano detto: non parti, sei esentato. Ma poi era arrivata la cartolina. Destinazione Albenga, battaglione fanteria Puglie. Allora era andato dai carabinieri di Dolcedo e lì gli avevano detto di tornare al distretto di Savona. Allora aveva telefonato a Savona e gli avevano detto che il precongedo era in corso, e che partisse, che tempo una settimana da Albenga lo mandavano a casa. E così era andato ad Albenga e alle furerie di Albenga aveva consegnato i referti medici del padre. Sapevano tutto, gli aveva assicurato il capitano. Il distretto li teneva informati, tempo una settimana lo lasciavano tornare a casa. Visto che le settimane erano diventate tre e dal Ministero non arrivava niente, il capitano gli aveva consigliato di inoltrare una domanda di avvicinamento alla caserma di Diano Marina, che era a pochi chilometri da San Rocco.

Poi c'era stato il giuramento e un tenente aveva gridato le destinazioni, e anziché a Diano, il fante Gregorio Sanderi era diventato bersagliere ed era stato destinato al secondo battaglione Governolo di Legnano. Prima compagnia Falchi.

Così al posto del basco gli avevano assegnato il fez rosso col pon pon blu e il cappello piumato per la divisa di alta uniforme, e il 10 novembre dell'anno prima aveva messo piede nella caserma di Legnano.

Il comando di Legnano sapeva tutto, c'era stato un errore, doveva andare a Diano, ma entro breve sarebbe arrivato il precongedo. Nel frattempo aveva bisogno di un incarico e l'avevano mandato in mensa, al lavaggio vassoi.

I mesi erano passati e in primavera Gregorio aveva spaccato vetrate e gettato pile di vassoi per terra, aveva urlato che li uccideva tutti, l'avevano mandato alla neuro dell'ospedale militare di Baggio e là l'avevano nutrito di farmaci.

In una cella con le ferrate alle finestre, senza coltelli, stringhe, oggetti di vetro. Era rimasto là molte settimane, alla neuro il tempo si collezionava a settimane, la messa che ogni giorno il cappellano militare celebrava alla sera la domenica si diceva il mattino. Era rimasto là dentro, col suo pigiama spesso e marrone, a rispondere alle voci. Suo padre nel frattempo era morto. Ma fin qui col racconto non arrivò.

* * *

L'avevano invitato a restare. Era una casa dove a suo tempo avevano dormito otto figli, posto ce n'era, disse l'uomo.

Ringraziò, ma proprio non poteva, disse. Fra poco passava un locale per Voghera, e alle undici a Voghera aveva la coincidenza per Ventimiglia. Disse che le fotografie con Leo gliel'avrebbe mandate l'indomani stesso. Ringraziò ancora la signora che gli aveva messo in un sacchetto due panini e un succo di frutta. Aprì il borsone, fece posto per il sacchetto e indossò la giacca della divisa.

Per la strada deserta, piena di umori padani e di luci di lampioni, di cartacce, di sterpaglie, si avviò alla stazione. Una solitudine antica gli parlava di moli e di frontiere, era una solitudine che avvelenava. Parole che lo graffiavano.

Gli sembrava una preghiera.

I treni, il paio di locali corti, un paesaggio che odorava di ferro, mondi fatti di quotidianità, una panchina incisa da un comunista e una scarpata piena di ghiaia e cartacce – e tutte queste cose per il solo fatto d'esser passate nelle pupille di Falconi Leo – lo trascinavano nei cortili.

Domani mandava le foto al padre, prima ne faceva delle copie.

No, prima si sbarazzava dell'hashish.

Chissà dov'erano quelle foto. Dentro qualche armadio pieno di naftalina, quasi sicuramente, nella vecchia casa con le logge. La madre tutto ciò che era passato, mobili tarlati, foto, piatti sbeccati, tutti i segni delle ristrettezze, nella casa nuova non l'aveva portati, era rimasto tutto negli armadi, sotto quelle volte di carruggio che un giorno o l'altro avrebbero venduto a qualche tedesco.

Risultò che il locale arrivava a Voghera troppo tardi per poi riuscire a salire sul rapido Verona Ventimiglia. E per passare la notte a Voghera tanto valeva fermarsi a Locate Triulzi.

Lasciò il borsone al tipo del deposito bagagli (con una mossa veloce s'era tolto l'hashish dalla divisa e l'aveva infilato tra le maglie) e uscì.

Gironzolò a mani libere e quando lo colse la fame ricordò i panini che aveva nel borsone. Poteva fare una cosa, poteva mangiare ora una pizza e l'indomani, invece di spendere dei soldi per il biglietto, rimettersi sull'autostrada e fare l'autostop fino a Imperia. Ora gli pareva una grande idea.

Entrò in pizzeria, ordinò una margherita e una sanguinella.

Si chiese se Falconi Leo aveva mangiato a questi tavoli, se aveva conosciuto questo cameriere con gli occhi da stonato.

Fermò in tempo il boccone, lasciò raffreddare la pizza.

Rimase là dentro il più possibile. Comprò le sigarette, prese un amaro.

Fuori si alzò il bavero della giacca e allungò i polsini delle maniche, mani in tasca vagò per le strade.

Si vedevano per le strade solo macchine di sbirri e fantasmi. Un giro largo lo riportò alla stazione. In sala d'attesa c'erano un paio di barboni. Si rannicchiò su una panca di legno e dormì una mezz'ora.

Quando si svegliò sbarrò gli occhi. Aveva toccato la giacca dalla parte dell'hashish e non aveva sentito niente. Riabbassò le palpebre ricordando dove l'aveva lasciato.

Mise le mani sotto la testa e guardò il soffitto, altissimo. Disse a voce bassa ma udibile:

E sognava i monti che lui aveva conosciuto nell'entroterra, e i monti che un gabbiano non aveva mai sorvolato, e il mare che per i gabbiani sarebbe rimasto lo stesso mare anche se fossero scappati in Corsica. Ma dove stava andando? Gli pareva di tornare alla paura di una notte, molto indietro nel tempo.

Il seguito a memoria non lo ricordava bene, nel quaderno che aveva lasciato nel borsone, su quell'immagine di gabbiani aveva ancora scritto mezza pagina…

«Gregorio» sentì. Era una voce affaticata. Si rizzò sui gomiti, poi scattò in piedi e disse: «Parlami, dove sei? Io sono da Falconi Leo».

I barboni non reagirono. Andò alla vetrata che dava sui binari e la voce gli rispose: «Nel bosco, al Nord, quasi sul mare, c'è tanta sabbia al posto della terra… c'è un'acciaieria di là di un canale… e sto correndo, l'affanno che senti è perché corro…». Poi più nulla. Gli aveva già parlato parecchie volte un Gregorio da un bosco sul mare al Nord. Ogni volta gli spiegava che era in affanno perché correva e c'erano dune di sabbia e canali, ciminiere. Il contatto non durava mai che pochi istanti.

Si tornò a sdraiare. Lo stridio di un locale si fermò là fuori. Richiuse gli occhi e dopo un po' sentì i passi della gente che attraversava la sala e usciva.

Quando tutto tacque, un poliziotto della Polfer lo scrollò e un altro passò a dire anche ai barboni che la stazione chiudeva.

Uscì, faceva freddo e la divisa non scaldava niente. Cercò di capire dove andavano a ripararsi i barboni, ma erano scomparsi. Attraversò la strada, c'erano dei giardini, e si rannicchiò su una panchina. Luce di lampioni, ogni tanto uno stornello si svegliava nella fronda di un pino. Rumori di una notte qualsiasi in una cittadina qualsiasi di pianura.

Un bosco nel Nord, non lontano dalla spiaggia, le dune lungo un canale… Pensò a Save e a Ceuta, Melilla, e i due chili di hashish da gettare da un'autostrada, passato il terzo tunnel dopo Mentone… Non ce l'avrebbero fatta mai… Per questo tornò a Falconi Leo. Aveva cercato di crearsi di lui un'immagine come di un martire, di un eroe, ma era sbagliato, forse era sbagliato completamente, forse Leo s'era trasformato in uno come Save... Cosa lo salvava allora ai suoi occhi, la pietà della morte, l'eroe libero che aveva identificato nella sua mente per tanti anni con quel salto oltre il muro a Mondovì? Quello era il giorno in cui Leo era morto? E il tatuaggio che s'era fatto fare in galera (non aveva neanche chiesto al padre perché c'era stato, se per furto, rapina, o per spaccio), quel viso di Madonna tatuata addosso per l'eternità? Niente sapeva di Leo, solo che era morto... Che significava essere morti? Non pregare più? Le voci che lo andavano a stanare (anche qualche minuto prima in sala d'attesa) erano dei morti? Si correva da morti?

* * *

Locate Triulzi, 19 settembre 1980

Quando il deposito bagagli riaperse albeggiava. Ritirò il borsone, passò a far colazione al bar e si lavò la faccia. L'hashish lo lasci nel borsone o te lo rimetti in tasca? Se lo rimise nella giacca e tastò il gonfiore all'altezza della tasca interna.

Cercò tra le magliette, il vecchio quaderno con dentro la foto di Leo che gli aveva dato il padre. La sfiorò col dito.

Per fare autostop era una bella giornata, ma lo svincolo di Locate Triulzi contava su poco traffico e le macchine rallentavano solo per far segno che si sarebbero fermate appena più avanti.

Finalmente gli frenò al fianco con stridore di gomme una grossa macchina.

L'uomo disse che andava verso Genova.

Gregorio salì, mise il borsone sul sedile dietro.

«Dove vai tu?».

«A Imperia».

«Oh allora sei veramente fortunato, t'ho detto Genova perché pensavo ti fermassi a Voghera o Tortona, ma passo anch'io da Imperia».

Andava in Francia, era rappresentante, disse. Cosmetica.

Elegante, aveva capelli ricci, grigi, mascelle appena cadenti. Disse che lui il soldato l'aveva fatto nell'artiglieria pesante, s'era congedato sergente capopezzo, a Bolzano, zona calda in quegli anni, pullulava di indipendentisti.

Gregorio dovette mostrarsi interessato. Dai vetri vedeva piantagioni gialle, un odore di letame entrava in macchina. Il sole scaldava la divisa e asciugava l'umidità accampata nella notte. Gli stava venendo mal di testa, non forte, un fastidio coinciso con l'odore di letame. Ed era strano, di solito gli piaceva l'odore di letame, ma questo non assomigliava al letame delle stalle sotto il portico.

Quando l'ex sergente tornò a rovinare il silenzio, Gregorio aveva gettato l'ancora in stagioni di neve, in pomeriggi passati alla finestra della sala giochi.

Gli chiese quanto gli mancava. Gregorio disse che s'era congedato il giorno prima. Rocamboleschi ritorni a casa in divisa.

«Io è nel '62 o nel '63 che mi sono congedato? È possibile che dopo i quaranta uno cominci a rimbecillire?».

Gregorio accennò un sorriso, pensò ai suoi quarant'anni, a dove li avrebbe messi assieme. Quell'improbabile bosco del Nord, forse, da cui lo chiamava una voce. Le voci non davano mai garanzie. Il futuro rispondeva solo ai nomi di Melilla e Ceuta.

Erano comparsi, al posto della pianura, i primi rilievi, l'erba meno gialla e la terra più nera, sulle colline filari di vigna che ingiallivano.

Di questi tempi, tanti anni fa con Falconi Leo, eri in collegio da almeno un paio di mesi.

Poi valli strette e contorte come serpie di lago. Terrazze sul vuoto e i palazzoni di Genova.

Era la sua terra, d'ora in avanti era Liguria. Gli occhi restavano ogni volta un attimo sorpresi.

«E adesso?» gli chiese il sergente capopezzo. Cosa faceva, intendeva, aveva un lavoro? Qualcosa in mente.

«Da noi si fabbrica» cercò di spiegargli come in un bisogno di giustificarsi. «Tedeschi benestanti che comprano case e pagano bene ce ne sono sempre. Anche dalle stalle ci ricavano appartamenti... Altri lavori scarseggiano».

«Allora siete tutti muratori» la mise sul ridere l'uomo.

«Oh è la verità, sono un po' tutti dalle mie parti che sanno tenere una cazzuola in mano».

«E a scuola, cos'hai fatto?».

«Magistrali, ma non le ho finite».

La macchina smise di avere sulla sinistra il mare ed entrò in una galleria. Poi un altro tunnel. La macchina sorpassava, rientrava, risbucava nella luce.

«Cambio musica?».

«Per me va benissimo». Era un cantautore che parlava di giornate uggiose. In caserma ci si era macerato i pomeriggi.

«E cosa ti piacerebbe fare?».

«Girare, andarmene».

Se la lingua toccava il palato sentiva la piaga della scottatura.

Gli piacevano i film, parlarne, in classe, fin quando aveva frequentato, quando c'erano i temi raccontava dei film, o allungava il viaggio di Cobre verso il mare.

Gli sarebbe piaciuto sapere delle lingue e tradurre il viaggio di Cobre in quelle lingue. A scuola era bravo nelle lingue.

La prima magistrale l'aveva frequentata ancora in collegio, poi i Fratelli Maristi l'avevano scoperto che nascondeva giornali pornografici dietro la cisterna e l'avevano mandato a casa. Era stato allora che il preside del Carlo Amoretti di Oneglia leggendo il suo programma, gli aveva detto che se sapeva tutta quella roba poteva presentarsi direttamente per la maturità. Lui non s'era stupito. Giungeva da quattro anni di latino e francese, migliaia di ore di studio, tra Mondovì e Velletri, sopravvissuto pregando e studiando, letteratura classica, storia, storia della filosofia...

Il trucco per sopravvivere.

Naturalmente l'esame era andato bene ed era stato ammesso alla seconda magistrale con ottimi voti. In seconda magistrale era stato promosso senza mai più aprire un libro, vivendo di rendita. Ma in terza l'avevano bocciato perché frequentava un giorno su tre.

Allora aveva detto al padre che adesso faceva vedere loro, tornava all'assalto da privatista, tornava a essere quello che era, e l'anno dopo avrebbe dato l'esame di terza e quarta magistrale.

Era il 1977, durante l'anno aveva studiato ed era andato pure a lezione da un vecchio professore di matematica in pensione che abitava nelle case sopra San Rocco.

A giugno aveva dato l'esame. Ma, strano, quel giorno vide che si presentavano all'esame di Stato pure una dozzina di persone in là con gli anni, poliziotti, postini, bidelle del comune, avevano frequentato i corsi serali di una scuola patrocinata da un grande partito poi scomparso, e ora si presentavano per i quattro anni in uno.

Questa gente, uomini e donne, tutti tra i trenta e i quaranta, l'anno prima aveva ottenuta la licenza media, i tre anni delle medie in un solo anno, e ora, in un anno solo, tentavano di prendere il diploma di maturità.

Dalla quinta elementare alla maturità in due anni... Dovevano essere dei fenomeni, si disse. Parlò con loro, lesse il loro programma, era vasto, lessero il suo, gli fecero delle domande, rispose, e ne fece lui. Non ci capì più niente, questa gente non sapeva nulla, presentava un programma enorme senza avere una preparazione degna della licenza media, non capivano nulla di algebra, non conoscevano i confini della Germania Ovest, ignoravano Foscolo, Monti, Manzoni, Kant, Platone, s'accorse pure che qualcuno, parlando, usava regolarmente i verbi nella forma condizionale al posto del congiuntivo.

Poi l'esame di Stato c'era stato e a lui era parso d'essersela cavata bene. Specie negli orali, i poeti maledetti e la seconda guerra mondiale. Alla fine era rimasto bocciato, dei due anni non gliene avevano passato neanche uno...

La grande città di cemento sotto i ponti dell'autostrada era Savona, la luce del mare aggrediva le colline. L'autostrada dava il punto di vista come di un telescopio. I cantieri, le mine che avevano fatto esplodere la Liguria, la terra morsa dagli escavatori, cantieri e polvere ovunque. Eppure per chi cominciava, per chi tornava a casa e decideva di gettarsi nell'edilizia, di riparare un rustico e rivenderlo ai tedeschi e poi comprarne un altro, pareva già tardi.

Quante volte era venuto al distretto militare di questa città, a portare fogli che parlavano di morte.

«Bella Savona» disse l'uomo alla guida.

«È grande». Lo guardò d'in sotto come a supplicarlo. Che non parlasse, che guidasse e non parlasse, non gli chiedesse più nulla.

All'uscita di un tunnel strinse gli occhi, inclinò la testa all'indietro, gli veniva sonno e poggiò la tempia destra al vetro. Il freddo gli diede un senso di sollievo, s'accorse che il mal di testa era passato. Ne soffriva da anni, un mal di testa che doveva fare il suo corso, come la scalata di una montagna, in cima scendeva e il male se ne andava, a volte la cima era solo un po' più lontana.

«Oh neanch'io ho finito ragioneria» disse l'uomo quando si taceva da troppo.

Non aveva aggiunto altro, era stato come se l'avesse detto a se stesso.

Forse aveva gettato ancore anche lui.

E i poliziotti, gli impiegati comunali, le bidelle, le postine, la dozzina di trentenni che l'anno prima avevano frequentato i corsi serali patrocinati dal grande partito scomparso, ottenendo in un solo anno la licenza media, quell'anno avevano ricevuto il diploma di maestri. Tutti promossi, tutti quattro anni in uno, in due anni dalla quinta elementare al diploma, senza sapere il nominativo di rosa, senza sapere cos'era un nominativo.

«Ha detto che va in Francia, vero?» disse verso Albenga.

L'uomo confermò.

«Allora ne approfitto, scendo a Ventimiglia... vado a trovare un amico».

Gli era venuto in mente che poteva andare a controllare. Il progetto, quel carico da gettare dall'autostrada, prima della frontiera, pensò che non c'era niente di meglio che darci un'occhiata fin da oggi.

«Qui ci ho fatto il Car» fece sopra Albenga. La piaga nel palato gli dava fastidio anche se parlava.

«Ci sono i bersaglieri?».

«Bersaglieri e fanteria, prima ero fante...» si pentì d'essere stato lui a ricominciare.

«Io il Car l'ho fatto a Belluno, artiglieria pesante, poi Bolzano, mettevano le bombe, gli indipendentisti».

Il caldo ligure sulla divisa, era un'iniezione di passato quel calore. Forse le voci non parlavano d'altro che di secoli di malinconia, di salso e riverberi all'orizzonte dei giorni.

Sentì come da lontano la voce dell'uomo, aveva ripreso a parlare di cose liguri, chiedeva il prezzo dell'olio extravergine, quello dell'entroterra di Imperia, naturalmente.

Qua e là l'autostrada rientrava fino a perdere la luce del mare, penetrava rocce, illuminava cartelli, e quando usciva dai tunnel sfiorava paeselli, binari dei treni, passava su piazze assopite e di nuovo erano le spiagge.

«Non lo so quanto lo mettano l'extravergine» gli rispose. Non sapeva neanche se era annata. E ancora: «Noi le campagne le abbiamo abbandonate quasi tutte».

«Non sei il solo...» commentò l'uomo.

Oltre i vetri, ulivi randagi e terrazze crollate, rovi, colline devastate dagli incendi.

L'autostrada, poco più di uno sputo di cemento, di modernità, attraverso la ruralità rantolante.

Riappoggiò la testa al vetro. Era nei suoi uliveti. Avevano nomi che avvelenavano la saliva che ingoiava. Robavilla, Crosa, Colombaie, Ciaze. Un giorno, prima di partire con Save per la Spagna, ci saliva. A rompersi nella mano la corteccia lichenosa.

Poi Imperia Est e Ovest. Fece in tempo a scorgere la Val Prino e la macchietta chiara di San Rocco nella cenere degli uliveti. Era una valle piena di voci e di calma, con pini di mare sui crinali, ville sormontate da orli e c'era anche il paese di Leve sotto i boschi di quercia, e vide che tutto esisteva anche se lui non c'era...

Si fece lasciare poco prima della frontiera, dove uno svincolo a doppia corsia scendeva alla città di Ventimiglia. Salutò e ringraziò l'artigliere.

Studiò a lungo la frontiera, da lontano. Le macchine che venivano dalla Francia uscivano da un tunnel e dopo un rettilineo si trovavano davanti le palazzine basse della dogana. Il carico, loro l'avrebbero gettato dal penultimo tunnel, il terzo dopo Mentone. Naturalmente da qui non si vedeva.

Il Confine di Stato iniziava proprio dentro il penultimo tunnel, il sottosuolo e ciò che stava ai fianchi e sopra le volte del tunnel era Italia, il traffico sull'autostrada era ancora Francia.

Costeggiò il guardrail dello svincolo, camminò fin giù alla città, senza fez in testa, il borsone in spalla e la giacca della divisa aperta.

Arrivò alla stazione che erano le tre circa. Prese con sé il sacchetto dei panini, di nascosto mise nel borsone l'hashish e consegnò il bagaglio al deposito.

Uscì nella piazza dei taxi e degli autobus e chiese un'informazione ai tassisti.

Save gli aveva dato il nome di una via.

Seguì le indicazioni. Lasciò la zona del torrente Roja e abbrivò per scalinate, tra palazzi del dopoguerra. Ogni tanto bisognava di nuovo chiedere a qualcuno.

Ora aveva paura di dare nell'occhio, un soldato che vagava lungo i confini...

Alla fine trovò la via e al fondo, verso levante, come gli aveva descritto Save, entrò in una zona di orti incolti. Qui ci doveva essere una stradina di terra che aggirava il costone e dopo un po' si doveva sentire l'autostrada...

Trovò la stradina e un ventriloquo rimbombo lo guidò ai ponti dell'autostrada, piantati di traverso nella valle come una diga.

Le macchine uscivano dal tunnel lassù e andavano sulla sopraelevata fino al fianco di là del vallone, poi rientravano in un tunnel, che era l'ultimo prima della frontiera.

Save aveva dunque ragione: quaggiù, su questa stradina tra rovi e ulivi carbonizzati, s'era da noi, mentre le macchine sull'autostrada erano in territorio straniero. Si spostò di qualche metro per studiare la rete fissata al guardrail.

Il guardrail non superava il metro e la rete era poco più alta. Forse un paio di chili, ma non di più, si disse. E bisognava gettarli da una macchina in movimento, oppure gettare più avanti, dove la rete mancava e a protezione non c'era che il guardrail. Il fatto è che più avanti, il carico cadeva in un'area infestata da molti più rovi e sterpaglie, e trovarlo poi non sarebbe stato facile.

Ora doveva tener d'occhio tutto con calma, capire se c'erano dei movimenti, delle ronde in borghese che passavano lì sotto.

Non deve scapparti niente, si disse.

Perché l'inganno da qualche parte ci doveva pur essere. Se fosse stato così semplice sarebbero stati tutti buoni a gettare hashish in Italia.

Era qui da più di un'ora, appostato tra i rovi, a pensare, a ricordare le reti del passato, nei cortili. Era qui ad aspettare, e non era ancora successo niente. In silenzio, riducendo al minimo i rumori di mandibola stava finendo anche il secondo panino.

Si ridisse: certo, se credi che ogni cinque minuti scenda da lassù un pacco di hashish e qui qualcuno esca dai rovi, lo ricuperi... Smise di masticare.

Dei passi si avvicinavano... Non più di una persona, ed era piccola o stava attenta a non far troppo rumore. Si fermava e riprendeva. Ogni tanto copriva i passi il frastuono dell'autostrada. Quando non passavano macchine, si sentivano i passi riavvicinarsi di qualche metro. Riconobbe i graffi di un arbusto sulla stoffa. Poi di nuovo passi nel pulito, corti, lenti, pietruzze schiacciate. Era qualcuno che andava da un lato all'altro della stradina come se cercasse qualcosa ai bordi.

Si disse: fra poco sei qui... Chiunque fosse non l'avrebbe mai potuto vedere, nascosto com'era nei rovi.

A qualche metro i passi si fermarono e ripresero... Tirò un sospiro, era solo un'anziana che raccoglieva l'erba per i conigli, i piccoli cespi che assomigliano alla rucola e crescono sui cigli dei sentieri.

La vecchia si chinava, strappava e metteva nel grembiule, che con una mano teneva chiuso alla maniera di un marsupio. Al frastuono alto dei motori, non ci faceva neanche caso. Doveva vivere nei dintorni, nelle casette quadrate che Gregorio aveva notato prima di aggirare il costone.

Non si accorse di Gregorio, ma oltrepassati i pilastri dell'autostrada, come se avesse raccolto abbastanza foraggio, si voltò e si diresse di nuovo verso l'abitato.

Gregorio poté rialzare la testa.

In cima, le pietraie contro il cielo dovevano già essere Francia. *A Fransa* si chiamava nel suo dialetto. Il mito delle emigrazioni corte: da bambino aveva fatto in tempo a conoscerli gli stagionali che da giovani si erano fermati dietro quei monti e avevano disboscato colline, raccolto le pesche nei frutteti di Frejus...

Un merlo rasentò sopra la sua testa il frondame secco. Fermandosi liberò un verso di paura. Dopo un po', nel momento in cui lassù non passavano macchine, si sentì un rumore di motore provenire dai rovi... Ecco cosa aveva spaventato il merlo.

Era un'Ape car, passò sotto i ponti, il fascio d'erba sul cassone.

Ci dovevano essere coltivazioni di ginestre e mimosa lungo il confine, lo sterrato doveva essere l'unica via di comunicazione tra la bassa e l'alta valle.

La linea retta e ombrosa che rincorreva il giorno era già alta, molto più in alto dell'autostrada, quasi all'altezza delle pietraie. Quaggiù i rovi gonfiavano nel buio. Erano le sei, le sette?

Quando alzò di nuovo la testa e guardò la recinzione da sorpassare col lancio del pacco, gli sembrò ancora più alta. Save, che s'era studiato tutto, aveva detto che prima del lancio passavano una volta «puliti». Appena dopo il tunnel, nel punto in cui bisognava lanciare, rallentava e così si rendeva conto personalmente se ce la faceva o no... In caso l'avessero giudicata troppo alta, aveva preparato una seconda soluzione. Appena usciti dal tunnel, Save avrebbe accostato e atteso a motore acceso, Gregorio sarebbe sceso, avrebbe gettato il carico in un punto dove c'era solo il guardrail, senza rete, e sarebbe risalito in macchina. Un lavoro da fare in meno di venti secondi, alla Nembokid, aveva detto Save, che se nel mentre, dal tunnel, fosse uscito un tir li avrebbe portati a Bordighera...

Decise di cambiare tattica, uscì dai rovi (il traffico lassù era diminuito, i fari delle macchine e dei tir foravano il buio) calpestò erba, provocò rumori, camminò nell'erbaccio come se stesse cercando qualcosa. Niente. Cosa pensava, che a un certo punto si fossero accesi su di lui i riflettori e una ventina di guardie della Finanza e di poliziotti coi cani gli avessero intimato l'alt?

Forse chi era appostato qui nei dintorni e controllava l'intero vallone era dotato di micidiali binocoli all'infrarosso, e sapeva con certezza che dall'autostrada non era stato lanciato nessun pacco. Sì, doveva essere così, i finanzieri scattavano solo se avveniva il fatto.

* * *

Alla stazione ritirò il borsone e salì su un locale. Senza biglietto. Il mare sulla destra si rovesciava stancamente sulla ghiaia. Sembrava l'estate a essere stanca e che ora cominciasse un autunno infinito.

Il treno si fermava ovunque. Le banchine deserte, la riviera da anni aveva perso i turisti.

Arrivò a Porto Maurizio che erano le nove e mezza. Nei giardini della stazione guardò la vasca dei pesci rossi. Era la vasca dove Cobre s'era dissetato. Ricordò alcune parole:

> *Dalle parti della stazione ferroviaria, in un giardino pubblico, Cobre trovò una vasca piena di pesci rossi, ne bevve fino a saziarsi, poi scelse un angolo d'ombra che gli pareva tranquillo e si coricò.*

Passando sotto le palme, per giardini odoranti di orina, tra i palazzi sottostanti del porto e le vecchie raffinerie che confinavano con gli scogli della spiaggia, si vedeva il viaggio del molo fin verso il largo, sormontato dal faro.

«Lo chiamerai *L'architettura del molo di Porto Maurizio*» sentì.

Posò di nuovo la borsa e si fermò.

La voce non era quella di un Gregorio, ma la riconobbe subito con piacere e rispose: «Lukas?».

«Sì, bersagliere, sono io... sei arrivato? Ti aspettavo».

La voce di Lukas l'ascoltava volentieri perché parlava solo quando Gregorio era in Liguria, a San Rocco, in campagna, al torrente o qui a Porto. A Legnano e a Mondovì Lukas non l'aveva chiamato mai, non lo assaliva, come le voci dei suoi io, con malinconie e cazzate, Lukas gli parlava del suo lavoro di venditore di multiproprietà e di una Liguria che non esisteva ancora.

«L'ultima volta, Gregorio eri in licenza per il funerale» disse.

«Sì… Poco fa sono stato alla frontiera».

«Lo so».

Una signora anziana passandogli accanto lo guardò che parlava all'aria e allungò il passo.

«Cosa dicevi a proposito dell'architettura?».

«Il racconto di Cobre, il sogno che stai facendo da sempre… Lo intitolerai *L'architettura del molo di Porto Maurizio*».

Riprese il borsone, guardò ancora il molo camminando e lo perse.

La strada per la valle era poco distante dalle palme.

Si mise bene sotto il lampione perché vedessero chi era e che portava una divisa. Alzò il dito. Quasi subito si fermò un pensionato.

Era un coldiretto di un paese vicino a San Rocco. Lo fece salire e gli chiese quanto gli mancava. Parlava in dialetto.

Rispose in dialetto che era finita. Era finita ieri. A volte anche le voci, i Gregorio parlavano in dialetto. Lukas mai. Quanti ritorni, pensò. E poi: ma non sei mai più tornato.

A ogni curva apparivano gruppi di case, luci di paesini e vigne, sui cui filari biancheggiavano nella notte le reti per la raccolta delle olive. Era per proteggere l'uva dalla grandine.

«È scesa?» chiese. Pensava a quel titolo. *L'architettura del molo di Porto Maurizio.*

«Qui poca roba, nel dianese ci ha fatto come in mano» aveva detto l'uomo.

E dalla grandine erano passati a parlare di olive, discorsi che l'avevano sempre dilaniato, parole fatte per gente che non era mai dovuta scappare.

L'uomo disse che era un'annata discreta, ma vermavano, bisognava darci presto parecchio veleno, altrimenti per i Morti erano tutte per terra. S'era acceso una Nazionale senza filtro, impestava di fumo l'abitacolo. La teneva su un lato della bocca, il fumo gli usciva dalle narici.

«Salici a vedere in Robavilla, la carica dovresti averla…» disse sapendo dove suo padre aveva le campagne. E poi: «Tuo padre teneva le terre pulite come biliardi».

Sì, rispose, ci saliva e ci puliva, almeno sotto le piante che ne avevano.

Appena poté ripensare alle priorità, mise la mano sul borsone e premette nervosamente, cercando la saponetta di hashish. Lo nascondi nella casa vecchia, decise.

Era la casa col loggiato, nel carruggio, dove avevano vissuto prima che il padre terminasse di costruire la casa nuova sopra il paese. Sì, momentaneamente avrebbe nascosto l'hashish laggiù, anche se sarebbe stato meglio convincere Edoardo a farsi portare subito a cercare il tipo della Marina.

La luce dei fari restituiva squarci di canneti, frane e muri che conosceva a memoria. Un mondo che non aveva mai finito di franare. Ma non c'era tempo per rivedere le cose come quando tornava da bambino. Forse, se il giorno prima non avesse accettato di mettersi in borsa l'hashish...

Poi San Rocco. Uno strano ponte in salita, costruito in questo secolo, di fronte a un ponte di pietra in stile romanico, e le case con qualche palma intorno alla chiesetta di San Rocco, e le logge. Il bar sotto la grande acacia. Seduti su muretti e sedie una dozzina di perdigiorno rimasti senza tedesche.

Si fece lasciare in cima al carruggio, dove da una parte erano case e dall'altra una ringhiera di ferro dava sugli orti. Posò il borsone e guardò la notte in faccia, oltre gli orti e il torrente, la sagoma chiara di un casone e la vigna di Anselmo.

«Sei arrivato» gli disse Lukas.

«Non me n'ero mai andato» rispose.

Alle spalle passò la macchina dei carabinieri, l'aveva vista arrivare da lontano. Non si voltò, rimase calmo, il piede sulla sbarra della ringhiera.

Poi afferrò il borsone, scese anch'egli il carruggio e imboccò un portico. Alla terza arcata alzò un vaso di margherite e prese una chiave.

Lasciò al fondo di una scala il borsone, prese con sé solo l'hashish. Salì gli umidi gradini di ardesia. In cima aprì uno dei due portoni. L'accolse un odore che non ricordava, quello del tempo passato senza di lui. Non c'era la luce, la madre l'aveva fatta togliere, andò lo stesso a passo sicuro sul pavimento di cotto ingombro di scatole di cartone e vecchi mobili. Nascose l'hashish tra i libri, nella sua cameretta.

Illuminò con l'accendino e abbassò lo sguardo. C'era pieno di escrementi di topi, anche in sala e sul tavolo. La tovaglia di plastica che un tempo d'estate durante le cene tratteneva i tramonti, era tutta screpolata e annerita. L'accendino gli bruciò le dita.

Un rumore in strada. Si affrettò, urtando un tavolo e le sedie, e uscì nella loggia per sentire se era la moto di Edoardo. Se lo becchi, ci andate ancora stasera alla Marina, si propose.

«Era da qui che tua madre ti aveva chiamato quel giorno?» gli chiese Lukas.

Era da qui, rispose. Ma ora non c'era tempo.

Rientrò e chiuse la porta della loggia, il portone di ingresso, si mise in tasca la chiave, e prese il borsone.

A metà carruggio, un bambino gli camminò un tratto accanto, chiedendogli una stelletta. Ubbidì senza protestare, posò il borsone, tolse dalla giacca, da vicino alla mostrina granata da bersagliere, una stelletta, e gliel'appuntò sul colletto della camicia. Il bambino prese a camminare rigido per qualche passo, poi si mise a correre.

San Rocco suonò una mezza. Un anziano, la faccia scura di sole e di luna, la camicia sulle spalle, se ne stava seduto sulla panca di pietra accanto alla porta della chiesetta.

«Allora, abbiamo finito o ci mettiamo la firma?».

«Siamo in libera uscita illimitata» rispose. E rimproverandosi di perdere altro tempo, prima di proseguire, aggiunse: «Anselmo, poco fa dalla loggia ho guardato la tua vigna in faccia... Il giorno che sono andato nei frati – te lo ricordi che ero nei frati a Mondovì, no? – prima di partire ero nella tua vigna, eravamo di agosto, di pomeriggio presto, tu innaffiavi e mia madre dalla loggia mi ha chiamato... Guarda cosa mi ricordo».

Anselmo sorrise. «Ci prendevo due ettolitri di americano in quella vigna».

Gregorio mosse qualche passo e tornò a voltarsi. «Hai mica visto Edoardo?».

Tenendosi con una mano la camicia sulla spalla, Anselmo allargò l'altro braccio in un gesto di avanti e indietro.

«Ci avrà già fatto trenta volte dal carruggio al ponte» disse.

Allora Gregorio mostrò un sorriso soddisfatto. «Ti starà cercando» pensò.

«Se lo vedi, digli che sono arrivato, che salgo in casa a togliermi di dosso questa roba e scendo, digli che m'aspetti».

La casa dove abitavano da sette anni era sopra i tetti del carruggio.

Per arrivarci in macchina bisognava fare un giro largo, a piedi si scivolava nel buio di un sentiero che divideva orti e vigne, e si sbucava sotto la decina di case costruite dopo la guerra.

Casa loro era quadrata, bianca, al pian terreno una serranda dava sul magazzino.

Entrò a respirare un antico tanfo di insetticidi, di benzina agricola, erano sensazioni strane, tutto ciò che gli trasmetteva questa casa si poteva dire anche moderno, il ricordo era composto da frammenti di vita, di agonia, di settimane di vacanze, due a Natale, una a Pasqua e un mese d'estate, poi di ritorni quotidiani dalle magistrali di Oneglia e di pranzi scaldati, mentre la casa sotto il portico esalava nel cadavere di notti sepolte, lo riportava a fessure di luna, alla preistoria, ai sogni, un mondo abitato ormai solo dai topi.

Guardò gli attrezzi agricoli lasciati dal padre. Gli appartenevano ora, ma dolorosamente, come tutto ciò che conteneva questa casa apparteneva a un Gregorio lontano, che aveva passato una frontiera.

Salì la scala esterna di marmo che aveva un vaso per gradino e piante che pendevano dai ganci. I fiori erano la passione della madre.

La trovò seduta al tavolo in cucina, che disse subito: «Non una telefonata, niente... ero in pensiero. Dovevi essere a casa ieri pomeriggio. Fra poco avrei chiamato i carabinieri».

Posò il borsone e venne a baciarla sulla fronte. Prima di sedersi a tavola si tolse la giacca.

«Lavati le mani» gli ordinò lei.

Si rialzò, portò il borsone nella sua stanza, si lavò le mani e la faccia al lavandino in cucina. Quando si risedette lei gli aveva messo davanti un piatto di minestrone.

Ci soffiò e ne mangiò qualche cucchiaiata.

«Cos'hai?».

«Niente, mi sono bruciato il palato, un toast ieri».

«Fai vedere».

Si alzò, senza protestare, sapeva che avrebbe insistito. Andò sotto la luce e spalancò la bocca.

Lei era venuta con la pila e gliel'accese in faccia. Gli guardò il palato da una posizione ideale essendo molto più piccola di lui e teneva anche lei la bocca aperta. Poi lui si stancò e disse: «Basta».

«Mal di testa ne hai ancora?».

«Oggi sì, prima, adesso no».

«Devi andare dal dottore».

«Per portarci dei soldi e la tanichetta d'olio?».

«Ti capita più di rado o più spesso?».

«Cosa?».

«Che senti quella confusione?».

«Molto più di rado».

«Ogni quanto?».

«Di rado di rado».

«E che parli da solo?».

«Anche, molto più di rado, quasi niente, anzi niente».

«Il dottore dice che non devi guidare».

«E chi è che guida?... Se m'han fatto fare il soldato sarò normale, no? Perché quando ce l'ho detto alla visita mi han detto va bene e m'han fatto abile, eh? Perché il dottore non ce l'ha detto, eh?».

Lei guardò una cesta di mele, come se fossero state loro a parlare.

Lui andò a bere al rubinetto. Poi si risedette a mangiare e sentì che lei era nella sua stanza. Aveva aperto il borsone e separava le cose che andavano lavate.

Diede qualche cucchiaiata veloce e disse forte: «Ha piovuto qui, mà?».

«Stamattina... non ha bagnato la terra».

«Anche sopra il Turchino era brutto, poi sempre sole».

Mentre parlava lo sorprese il rumore della lavatrice.

Il frigo, i mobili, le sedie e le mensole, ora gli sembrava già tutto vecchio anche in quella casa. S'incantò un attimo a guardare una macchia di umidità nell'intonaco, era sempre stato un difetto di costruzione l'umidità, il padre non aveva lasciato abbastanza intercapedine. Se stringeva gli occhi sentiva che il rumore della lavatrice assomigliava a quello della ruspa, agli scavi nella roccia dietro la casa. Ricordò il giorno in cui aveva dormito lì per la prima volta, era Natale, faceva la seconda media ed era tornato per le feste da Mondovì.

Un cane, fuori, da qualche parte in carruggio, abbaiò.

Lei tornò in cucina e lo trovò assente.

«Mangia!».

Ubbidì, ma si portò alla bocca solo un paio di cucchiaiate. Poi spinse di quattro dita il piatto, al centro.

«Non ne vuole più» disse lei. «Ci ho messo di tutto. Lo mangi un pezzo di gruviera?».

«Ho mangiato già due panini...».

«Fanno bene». E dopo un po', essendo che la guardava e stava zitto: «Cosa c'è?» volle sapere.

Sospirò e rispose: «Mi devo ancora abituare all'idea che è finita». E aggiunse: «Una volta portavano a perdere molti più cani, vero?».

«Perché portavano a perdere più cani?».

«Lo sto chiedendo io a te, mamma, una volta, da un giorno all'altro c'erano in paese dei cani che poi non li vedevi più...».

«Può darsi» disse lei guardando le poche cose sul tavolo.

Anche lui tenne qualche istante lo sguardo a poca distanza dove guardava lei.

Poi si alzò di scatto, passò in camera sua, si tolse la camicia e i pantaloni della divisa, lasciò tutto sul letto.

Dal guardaroba prese un maglione e un paio di jeans sbiaditi, s'infilò i jeans, calzò un paio di stivaletti di pelle chiara. Tolse dal portafoglio due banconote da diecimila e se le ficcò in tasca. Prese una bottiglietta di profumo e volle fare una prova: era più o meno grande quanto la saponetta di hashish. Se la mise nella tasca davanti, si piegò due volte sulle ginocchia: gli dava appena fastidio. Guardò che non l'avesse visto lei. Si tolse la maglietta dell'esercito (nello specchio, ma solo perché era notte, notò su di sé i segni dell'estate) si passò una gran manata di profumo sul collo.

Lei era venuta in camera, notò il cerotto sul braccio, gli chiese cos'era.

«Le analisi che m'hanno fatto». S'era scordato il cerotto.

«Perché ti sei fatto fare le analisi?».

«Le fanno a tutti, vogliono sapere se quando hai finito sei sano». Si strappò il cerotto col cotone, non sapeva dove buttarlo.

«Dammelo» disse lei. «Non la fai la doccia?». E quando vide che si metteva il maglione con le righe: «Quando ce lo dai 'sto maglione?».

Era un maglione di Edoardo.

«Adesso attacchiamo anche coi maglioni». Gli occhi andarono sul vecchio quaderno che lei aveva trovato nel borsone e messo sul comodino.

Guardò che la foto di Falconi Leo fosse ancora in mezzo alle pagine e custodì tutto nel cassetto del comodino. Scrisse *L'architettura del m.p.m.* su un vecchio calendario del '79 appeso al muro.

«Cosa ci hai scritto?» chiese lei.

Vagò per la casa, più per scappare a lei che per cercare qualcosa.

Sul comò della stanza di lei, la foto del padre di quando non era più giovane ma ancora in forze, era l'immagine che avevano deciso di mettere sulla tomba, quando la terra si fosse posata. L'odore di medicina, così intenso i mesi passati, era scomparso.

Ecco cosa scordava: rientrò nella sua stanza, si sedette sul letto e aprì un cassetto del comodino. Tirò fuori buste piene di fotografie. Non erano quelle che cercava.

Dove potevano essere?

«Mà!» gridò.

Lei venne sulla porta.

«Dove sono le foto di quand'ero a Mondovì, che tu le avevi messe in un album e poi io le avevo tolte?».

«Ti fanno bisogno adesso?».

«Sì, domani dobbiamo darci un'occhiata».

Non le disse di Falconi Leo, anche se fu lì lì, forse perché s'accorse che della morte di uno come Falconi Leo, marcito con lui nei cortili di un collegio, ne avrebbe parlato con una certa compiacenza. E questo torto a lei non lo voleva fare.

Delle foto che gli erano passate tra le mani ne aveva viste di quelle di quando aveva diciassette anni, i capelli lunghi e la camicia di jeans, due occhi spaventati che alle ragazze non dispiacevano. Altre erano foto dell'anno prima, seduto sul muretto del bar, a Dolcedo. Ce n'era anche una sul molo. Diede un'occhiata veloce a ogni immagine e le rimise nel cassetto. Il presente ora premeva.

Sentì un rumore in strada, e lei in quell'attimo disse qualcosa.

«Scusa un attimo mamma...». Corse in terrazzo. Gli era sembrato proprio di sentire il rombo della moto di Edo. Rientrò, prese sigarette, accendino e il giubbotto di jeans, ma non se lo mise, lo tenne in mano.

Chiese alla madre: «Cosa dicevi?». La baciò sulla fronte.

«Dicevo a che ora torni, se torni a ore impossibili?».

«No, stanotte non ho chiuso occhio...».

«Ne hai soldi?».

«No, ho preso diecimila».

Lei aveva fatto un commento, lui non ci badò. Era per le scale, ma s'era fermato a pensare. La chiave della casa vecchia... Era rimasta nella giacca della divisa. Risalì in fretta, entrò di nuovo in camera, la madre aveva appeso la giacca all'attaccapanni, l'aveva seguito in camera e vedendo che aveva tirato fuori dalla tasca la chiave, gli chiese: «Come mai hai la chiave della casa del portico?».

«Sono andato a cercare le foto di Mondovì».

«Laggiù non ci sono».

«Lo sai tu se non ci sono?».

«E adesso ci rientri?».

«Allora uno non può più liberamente cercare delle foto...».

«Spero che poi la chiave la rimetterai sotto il vaso... e non buttare tutto all'aria».

«C'è già tutto all'aria, è diventata la casa dei topi».

«Se imparassi a chiudere le finestre!».

Non la sentì. Scese le scale e a grandi passi la scalinata tra gli orti, poi tra le case, il giubbotto in mano, e imboccò il carruggio. Nella casa sotto il portico recuperò l'hashish e se lo piazzò davanti, tra i jeans e le mutande.

Ma dopo un po' che camminava sentì che l'ingombro gli dava troppo fastidio e allora, con una mossa fulminea, posò il giubbotto, si alzò il maglione, tolse l'hashish dai jeans e l'infilò in uno stivaletto, lo fece scendere fino alla caviglia. Poi riprese il giubbotto, andò a mettere la chiave sotto il vaso e tornò al carruggio.

Tenere l'hashish addosso gli dava una sensazione di soffocamento, gli stivaletti dal tacco chiassoso rimbombavano nella notte, e in paese c'era una calma strana che non gli piaceva. Come mai dal bar non arrivavano le urla dei perdigiorno? Erano entrati i carabinieri e al solito avevano minacciato di portarne qualcuno in caserma, se non la finivano di urlare a chi passava? Doveva essere così: nient'altro in carruggio aveva mai giustificato tanto silenzio. Questo significava che gli sbirri erano ancora in giro e sarebbero ripassati altre decine di volte.

La camicia sulle spalle, Anselmo se ne stava seduto sui gradini davanti a San Rocco a prendersi l'ultimo fresco della sera e dell'estate. Vedendo Gregorio col giubbotto, disse che d'ora in avanti bisognava metterselo.

«Ho sentito la moto di Edo, Anselmo».

«Il carruggio l'ha tornato a fare».

«E carabinieri... ne girano?».

Anselmo alzò le spalle. «Oh a loro la benzina la regalano».

* * *

Oltre il confine antico che divideva il territorio dei Savoia da quello dei Doria, i costati della valle annunciavano i larghi spazi della riviera.

La grossa moto da cross si piegava nelle curve fino a raschiare. Davanti agli occhi di Gregorio il vento scomponeva i boccoli di Edoardo: lunghi e neri, lavati con lo sciampo all'ortica che usava lui.

Così magro e piccolo, Edoardo aveva sempre avuto la mania delle moto potenti.

Dolcedo era buia e deserta, un torrente scorreva sotto i palazzi e la strada che costeggiava i portoni, e accanto al ponte la stazione dei carabinieri. Edoardo s'era alzato sulla sella e aveva dato un'occhiata dentro il recinto. Col mento aveva indicato a Gregorio il parcheggio. Mancavano addirittura entrambe le macchine di servizio. Significava che potevano essere ovunque, dietro una curva con la paletta o arrivare loro nel culo all'improvviso e mettere i lampeggianti.

Allora Gregorio preferì fare una cosa: si piegò, infilò la mano nello stivaletto e tirò fuori l'hashish. Lo teneva a portata di mano, era meglio, appena si fosse accorto di qualcosa, lo gettava nelle terrazze sottostrada.

Dopo il paese l'aria cambiò di colpo, folate più tiepide. Usciti da una serie di tornanti, al fondo brillavano le luci di Porto Maurizio.

La Marina era affollata, decine di moto in riga davanti al Circolo Velico.

Il tipo che cercava era uno a cui il fumo non mancava mai, aveva da quello buono, il doppio zero, a quello più economico, ogni tanto anche l'erba, e per quanto ne sapesse Gregorio, con la roba non ci si mischiava.

La ricerca iniziò dentro il Rainbow (con Edoardo erano rimasti d'accordo che si ritrovavano al Circolo), poi Gregorio prese a gironzolare fuori, sul lungomare. Diede un'occhiata tra gli stonati. Niente. Il contatto era un magrolino, alto, capelli ricci e lunghi che gli facevano una testa come un pallone.

Dal lungomare risalì un pezzo del molo, fino a metà, dove sedevano gruppetti di giovani, forse turisti. C'era della musica. Ma certi tipi che sembravano persi potevano benissimo essere della madama. Si fidò di una faccia che conosceva.

Gli chiese se c'era qualcosa, gli fece il nome del ricciolino, se s'era visto.

Un paio gli consigliarono di dare un'occhiata in piazza Roma. Un altro, interpellato dissimulatamente, disse che era tardi, di non provarci neanche, a quest'ora chi faceva storie non si muoveva più. Quanto ne voleva, gli chiese uno.

Si staccò presto dal gruppo, che cretino a domandare in giro... Non gli restava che tentare in piazza Roma. Ripassò davanti al Circolo Velico e scorse Edo sulla terrazza, che beveva una birra. Si capirono con un gesto.

Diede ancora un'occhiata sul lungomare dalle parti dei chioschi e salì svelto le scalinate che dalla Marina portavano sull'Aurelia. Poi altre scale, larghe e bianche, e giunse sotto le palme di piazza Roma.

Riconobbe movimenti, gente che aspettava. Chiese a una ragazza se aveva visto il tipo.

La sua amica disse: «È andato fino lì, adesso arriva».

«Cos'ha?».

«Marocco».

«Tosto?».

«Ne ha avuto di meglio».

Si andò a sedere in disparte, lontano dal teatro, sotto un lampione che faceva una luce che assomigliava a quella davanti alla sala vassoi.

Del marocco così così, dunque. Qui il fumo era sempre così così... «Te lo strappa dalle mani» gli aveva assicurato Save.

Magari non si presentava più. Solo i cretini a quest'ora si muovevano con tanto fumo in tasca. Mise l'hashish sotto la panca, si spostò al centro e allargò le braccia.

Al fondo del colle, tra i palazzi, si vedeva un pezzo di molo, il faro a metà, che pulsava come un cuore.

L'architettura del molo di Porto Maurizio. Chissà se un giorno si sarebbe fermato da qualche parte a scrivere come ai tempi della scuola, quando gli piaceva scrivere le recensioni dei film che vedeva. Il tempo e un posto per farlo. Non volle pensarci, non voleva pensare a nulla ora, non doveva distrarsi.

Dopo un po' sotto le palme, dov'era il gruppetto in attesa, notò l'arrivo e la partenza di un motorino. Era la seconda volta che il motorino passava, rallentava e se ne andava.

Aspettava ancora dieci minuti, poi tornava alla Marina. Col tallone andò indietro fino al pezzo di hashish. Non se lo sarebbe riportato a casa, a Edo gli faceva imboccare uno sterrato di campagna e l'imboscava in qualche buco di muro.

Il ricciolino arrivò dopo venti minuti, faccia vigile e l'aria stanca come se fosse uscito dal turno in fabbrica, il passo ciondolante, fece la sua apparizione silenziosa, e in breve chi ricevette ciò che aspettava si allontanò, a piedi, o in macchina. Non trattava nessuno, un'odorata e uno sguardo a cosa riceveva, pagavano coi soldi contati e via.

Il ricciolino ogni tanto dava occhiate in giro e in una di quelle Gregorio alzò il mento in saluto, il ricciolino lo notò, ma non si avvicinò, rispose appena con un gesto di pazienza. Parlottò trenta secondi con un paio di ragazze sedute sul muretto, poi con altra gente e attraversò la piazza.

Senza fermarsi davanti a Gregorio, ma passandogli a qualche metro disse: «Vienimi dietro, a una certa distanza».

Gregorio rimase immobile, come se non avesse ricevuto nessun ordine, poi raccattò da sotto la panca l'hashish, se lo mise in tasca, e prima di alzarsi lasciò passare ancora qualche istante.

Mentre camminava pensò: sembrava che lo sapesse perché sei qui. La spiegazione era che aveva incontrato il ricciolino due mesi prima durante una licenza, e gli aveva detto d'una dritta a Milano, uno col fumo buono, s'erano fatti una canna e avevano discusso anche di prezzi. Il ricciolino s'era mostrato interessato.

Da come attraverso uno sguardo era riuscito a intuire che era lì per proporgli del materiale e non per comprarne, Gregorio se ne fece un'idea come di un tipo all'occhio, uno che sapeva muoversi, uno come Save. Lui invece non ci si sentiva tagliato per queste cose, c'era troppa religione nel suo DNA, si diceva. Lui sarebbe voluto tornare a essere il Gregorio che collezionava il tempo studiando, ma neanche di questo credeva d'essere più capace.

Il ricciolino gli camminava davanti, a trenta metri, rasentava il muro di una scuola, poi una siepe, diretto alle scalinate che riportavano giù all'Aurelia.

Quando si fermò nel buio, in un angolo odorante di orina e buganvillea, e fece segno che andava bene, Gregorio lo raggiunse, si tolse di tasca la saponetta scura e gliela mostrò.

«Ma sei cretino? io ho detto porta una canna...».

Prese il fumo, l'annusò a lungo e prima di ridarglielo con l'accendino ne bruciò un angolo, l'unghia staccò un briciola nera. Col pollice e l'indice ne fece in fretta una pallina. Tirò fuori dal pacchetto una sigaretta, tolse un po' di tabacco dalla cima e al suo posto ci infilò la pallina di hashish. Accese e fumò avidamente, un tiro dopo l'altro, senza perdere una boccata. Trattenne a lungo il fumo nei polmoni.

Quando sentì che il resto era tabacco puro gettò la sigaretta e la spense con la punta degli stivaletti.

Aspettò qualche istante, e disse: «Va bene».

«Va bene cosa?».

«È tutto qui?».

«Per adesso».

«Dico che va bene, domani pomeriggio ci vediamo alla spiaggia...».

«Penserai mica che me lo riporto a casa?».

Il ricciolino fece una faccia stupita. «E tu pensi che a quest'ora io mi metto a girare col morto addosso?».

Gregorio non rispose e non lo lasciò neanche finire. Accennò ad andarsene, e si voltò per dire solo: «Guarda che è adesso o mai più... Se me lo porto via, domani vado da uno di Oneglia che non aspetta altro... Lo so cosa gira qui, gira marocco del cazzo...».

Allora il ricciolino ci provò diversamente, tra l'altro, disse, sul momento non aveva neanche la grana.

Gregorio alzò le spalle. L'aspettava, se ne stava qui, seduto, e l'aspettava anche mezz'ora. Un'ora.

«E fra un mese o due ne hai quanto ne vuoi, dello stesso... e più a buon prezzo, si intende» concluse.

Una macchina della polizia, o un'ambulanza, dalla scalinata non si vedeva, a sirene spiegate, passò per l'Aurelia. Era come se il ricciolino avesse detto la sua.

«Ma lo capisci che è troppo pericoloso ora?» disse.

«Niente allora?».

«Domani alla Marina».

Gregorio si rimise il fumo nello stivaletto e gli fece ciao.

«Quanto vuoi?» disse allora il ricciolino.

«Sei al grammo, è un panetto da quarto di chilo, sono un testone e mezzo».

«L'altra volta hai detto cinque».

«Ho detto sei».

«Cinque te li riesco a dare... adesso».

«Cinque allora».

Il ricciolino s'allontanò di qualche gradino, s'arrampicò per il muro e mise la mano in un buco, tirò fuori un sacchetto. Conteneva una bilancia, coi pesi. Si sedette sui gradini.

«È un panetto da duecentocinquanta» disse Gregorio.

«Lo scopriamo». Fece in un attimo.

Disse che andava bene, più o meno. Rimise la bilancia al suo posto.

«Ultimamente dai panetti ne mancano sempre una ventina di grammi minimo. Allora vado».

«Quanto tardi?».

«Quarto d'ora... mezz'ora al massimo». E sparì.

Gregorio si sedette. Si accese una sigaretta. A metà la spense.

Una macchina aveva rallentato in cima alla scalinata, fino a fermarsi, la luce dei fari attraversò una vetrata qualche istante, poi la macchina fece manovra e s'allontanò.

Dall'angolo bruciato staccò un altro morsetto di hashish (il paio di grammi che ieri Save gli aveva regalato e aveva premuto contro la saponetta l'aveva lasciati in camera nella casa sotto il portico) e se lo mise in tasca.

Un'altra macchina in cima alle scale. Quando se ne andò anche questa, scese a mettere l'hashish in un buco del muro sotto il posto dove il ricciolino teneva la bilancia... No, era un posto del cazzo, lo tolse e lo nascose dietro un vaso, qualche gradino più in basso.

Mentre aspettava non sapeva neanche lui se essere contento o se incazzarsi per come aveva concluso. Ma era lo stesso sereno. Il fumo era venduto, lui non ci aveva guadagnato niente, a cinque doveva pagarlo a Save. Ora però era libero, e gli pareva di star lì a pregare... Ma dopo un po' questa strana forma di felicità non bastava più perché il ricciolino aveva detto mezz'ora al massimo e lui aspettava da molto di più. Non arriva, pensò... Cazzo hai venduto...

Qualcuno stava scendendo i gradini, passi normali e passetti cortissimi. Un uomo di mezza età che portava il cagnolino a pisciare contro la buganvillea.

Gregorio salutò per primo, al fondo delle scale l'uomo si voltò un istante a guardare su e svoltò.

Passarono pochi minuti. I passi del ricciolino non li sentì neanche. Gli sbucò davanti come se fosse uscito da un tombino. Gregorio andò dietro il vaso a recuperare il fumo. Il ricciolino tirò fuori 1.250.000 lire, Gregorio le contò.

«Tutto calmo?».

«Sì, ma facciamo presto... c'era un tipo con un cane. Visto che non ci ho guadagnato una lira che è una, credimi...».

Il ricciolino ricevette il messaggio. «Ce n'hai già tolto» disse guardando l'angolo, ma non discusse, riaffondò lo stesso i denti nell'hashish staccandone una scaglia e gliela diede. Poi si infilò l'hashish nelle mutande e si chiuse la giacca.

«Cercami quando hai del materiale, ma di giorno, a Oneglia sotto i portici o alla Marina, porti una canna... Adesso lasciami andare per primo». E senza dire altro si dileguò su per le scale.

Gregorio tirò fuori dal taschino del giubbotto la scaglia di fumo che aveva già e ci appiccicò anche questa, bagnata di saliva, rimise tutto in tasca tra i soldi e si risedette sui larghi gradini bianchi. S'inclinò in avanti, i gomiti sulle ginocchia, e aspettò qualche minuto, respirando profondo in quell'odore di buganvillea e orina.

L'uomo col cagnolino risalì le scale.

Da qualche punto della città giungeva un rumore di motori, sgommate, forse gazzelle della polizia.

Poi il rumore di un treno, sotto l'Aurelia. L'aveva sentito nitidamente perché per un attimo il traffico sull'Aurelia era cessato.

* * *

La moto decelerava calma nelle curve per le gole fredde dell'entroterra. Ora al posto del salso investiva il suo volto un'aria aspra di verderame, un tanfo di umidità e corteccia, e l'odore delle ortiche che liberavano i lunghi capelli di Edo, mossi dal vento davanti ai suoi occhi.

Sentì Lukas dirgli, come se ora fosse più rilassato pure lui: «Adesso puoi respirare».

Abbassò le palpebre. Respirava, sì. Aggirava i costoni e respirava, gli sfrecciavano accanto le vigne e i confini antichi tra Doria e Savoia.

A Dolcedo non gli interessò neanche sapere se davanti alla caserma c'erano le macchine di servizio.

Davanti al bar di San Rocco, un po' di gente stava ancora sotto l'acacia.

In disparte un paio di moto, erano due perdigiorno della valle con due tedesche, di quelle che chiudevano il conto dell'estate. Da sotto l'acacia qualcuno salutò il loro passaggio. Uno fischiò, un altro fece segno di fermarsi. Edo non si fermò, imboccò il carruggio. Gregorio fece un gesto indirizzato a uno che era uscito di corsa dal bar. Era un tipo con pochi capelli che, il tempo di saltare sul vespino e accendere spingendo, aveva preso anch'egli il carruggio.

In fondo al paese Edo rallentò e abbandonò l'asfalto per uno sterrato. Sul terreno dissestato la moto andava a passo d'uomo e a fari spenti.

Si fermarono in fondo a una discesa, lasciarono la moto contro il muro di un vecchio mulino e nel buio, per un sentiero ancora più sottile che conoscevano a memoria, si diressero verso quello che chiamavano «Lago della Vigna».

Anche il vespino aveva imboccato lo sterrato a luci spente.

Edo era già al lavoro, seduto sul suo scoglio preferito, le gambe penzoloni a un palmo dall'acqua. Bruciava l'hashish, mischiandolo al tabacco, quando sul bordo della terrazza apparve quello del vespino.

«Ehilà, Putrellino!» lo salutò Gregorio.

«Tua madre m'ha detto che dovevi arrivare ieri» disse Putrella.

Saltò sulle rocce inclinate e venne accanto a Gregorio a guardare l'acqua buia.

Non era un lago, il torrente formava soltanto una pozza. Una sorta di rifugio per la loro generazione, il mulino era abbandonato, il sentiero finiva nei rovi, orti che non coltivava più nessuno e la cantilena dell'acqua che copriva ogni voce. Era il loro posto separato dalla valle.

«Falconi Leo è morto» disse. «Di roba» aggiunse.

Per loro quello di Falconi Leo era solo un nome antico, apparteneva ai racconti dei collegi di Gregorio, ma erano anni che non faceva più quel doppio nome.

Raccontò come l'aveva saputo. Poi, per un po' s'era sentita solo la corrente dell'acqua.

Finito di rollare, Edo aveva acceso e s'erano guardati tutti e tre in faccia.

«Starai lavorando duro» disse Gregorio a Putrella.

«Da fare ce n'è sempre. Perché?».

«Così». Era saltato sullo scoglio accanto al fico, una pianta dalle radici saldate alla roccia che ogni tanto lasciava cadere in acqua un frutto guasto.

Sotto il fico ci passava pure un fil di ferro, un filare di uva fragolina attraversava a mezz'aria da parte a parte il laghetto. Uva che nessuno vendemmiava più.

Gregorio alzò la mano e staccò una manciata di acini a un grappolo. Non poteva essere uva trattata, nessuno la curava da anni, ma lui non aveva perso l'abitudine di togliere il verderame agli acini lavandoseli nella mano. Ne mangiò qualcuno, lentamente, e sputò le pelline a bagno. Prima che Edo gli passasse lo spinello e la scaglia di fumo avanzata, si chinò, immerse la mano nell'acqua e si asciugò al giubbotto.

«Oh, da fare non ne manca mai» tornò a dire Putrella. Aveva mani da vecchio, bruciate dalla calce, e occhi che, lo sapevano anche quegli scogli, non avevano mai sedotto una donna. E Gregorio avrebbe scambiato la sua vita con la sua anche subito.

Al solito, dopo qualche risata, l'hashish iniettava il rimorso, era esattamente rimorso, e le cose che si vedevano facevano pena. Tutto faceva pena.

A quel punto Putrella avrebbe cominciato a dire che se ne andava: «Bon, io domani non mi giro mica dall'altra parte» avrebbe detto così.

Anche ammettere che l'indomani avrebbe dormito fino a mezzogiorno era un dolore che Gregorio non sopportava più. Era appena tornato, forse qualche giorno avrebbe resistito senza sentirlo una colpa, poi sarebbe stato difficile collezionare altro tempo.

Sdraiato sulle rocce ancora mezze tiepide di sole, le mani dietro la testa, ascoltava i grilli superstiti della stagione, i sopravvissuti di una generazione che provava a dire d'essere esistita perché stava scappando.

O aveva già finito di scappare? Anche loro, anche i grilli sembrava che pregassero...

Un fico guasto cadde a bagno.

«E se non facessimo più parlare di noi, se facessimo vedere a tutti... e prendessimo dei lavori?» si alzò sui gomiti a dire.

«Visto che il lavoro non manca... Metterci assieme, ma parlo sul serio». Stavolta aveva parlato scattando in piedi.

Putrella era d'accordo, quante volte, proprio lì su quegli scogli, aveva proposto qualcosa del genere. Si cominciava con pochetto, disse, col comprare un rustico scosso a quattro soldi, ci si gettava una soletta, un impianto idraulico, quello elettrico, quattro tegole marsigliesi che riciclavano alla grande, tutti lavori che si facevano loro, senza pagare nessuno, fogna, finestre di pino di Svezia, mica roba di qualità. E si vendeva dall'oggi al domani ai tedeschi. I furbi in vallata come li stavano facendo i soldi?

«Lavori grossi, solettoni da prendere a cottimo...» disse Edoardo che da anni anche lui non s'alzava mai prima di mezzogiorno.

«E parla, sei d'accordo, Gregorio?».

«Certo che sono d'accordo» rispose da lontano. Saltò sugli scogli, si portò di là del corso e cercò una pietra che poteva essere un paio di chili.

Accanto al filare dell'uva fragolina – dal punto in cui era, aveva calcolato che il filare fosse più o meno alto quanto la rete della frontiera di Ventimiglia – mise le mani come se uscissero da un finestrino e lanciò.

La pietra oltrepassò facilmente il filare e ricadde in acqua alzando su tutti e tre gli spruzzi gelidi delle notti d'autunno.

Terza parte – La corsa

Costa olandese, 22 aprile 2004

Un bosco misto, pini, querce, pioppi, come una società multietnica. L'uomo corre, appesantito, il berretto di lana e la tuta chiusa fino alla gola, l'aria fredda. Conosce del bosco ogni luce, ogni salita, ogni radice che emerge dal terreno.

Imbocca scorciatoie che lo immettono in altri sentieri, e riconosce ogni odore di pianta, ogni direzione del vento. Ora arriva in faccia il Mare del Nord, ora sono le polveri delle acciaierie di Velsen.

Lungo il recinto di un cimitero, si fa il segno della croce e continua a correre, corre come se il bosco fosse un cortile, come se qualcuno lo rincorresse, ma dietro non ha nessuno, ogni tanto lo supera uno sportivo più giovane, più allenato, più geneticamente portato alla corsa. Lo lascia andare qualche metro e ci si mette in coda, riesce a mantenerne il ritmo cento metri, poi il cuore e le voci gli suggeriscono basta stupido... Allora rallenta, sputa i polmoni, apre la bocca e si ferma, si piega...

Riprende a passetti.

Gli era sembrato un buon posto, venti anni fa, e ci si era fermato. Un paese di palazzi che ogni tanto ne buttano giù un paio e alberoni che cadono sotto la spinta del vento.

Questo è il mondo dove il tempo non si può collezionare, dove viene bruciato ogni riferimento. La sabbia ingoia ogni cosa, sposta le dune, copre arbusti, una distesa dalla quale ogni tanto riemerge un bunker della seconda guerra o un residuo bellico, una bomba mai esplosa, e il Nordzee che spinge sulla battigia e uccide ogni giorno tonnellate di conchiglie. Neanche le onde qui sono le stesse di Porto Maurizio, aveva capito quel giorno.

L'alta marea crea una barriera di sabbia, le onde si fermano al largo, ciò che arriva di simile all'onda sul bagnasciuga è solo l'eco di una vita terminata altrove.

E da vent'anni ogni giorno, se non gli tocca qualche giornata rigorosamente in nero al porto, Gregorio fa nel bosco la sua corsa. Gli ultimi duecento metri li "sprinta", la faccia alta, la saliva sputata dal suo stesso respiro… il cuore, i passi rimbombano fino al cancello del bosco.

Per entrare nei boschi in Olanda si varca un cancello, prima si paga, o si prende la tessera per tutto l'anno come fa Gregorio.

Chiude la corsa con un po' di allungamenti contro il tronco dell'ippocastano, ma farebbe bene a farli a casa, le prime gocce avvertono. Apre in fretta il lucchetto alla bicicletta e salta in sella.

Zeewijk, che significa quartiere del mare. È lì che abita.

La pioggia l'ha beccato per strada. Niente di nuovo. Custodisce la bicicletta nei garage di un palazzone lungo e basso. Qui si costruisce pensando al vento.

Vento e mare. E pioggia. *Zee* è il mare. Quando l'ha saputo gli è venuto da ridere. *Zeau* nel dialetto della sua terra significa gelato. Un mare che si chiama zee non poteva che essere gelato. Un mare selvaggio che arriva la notte, a folate di vento, e graffia la grande vetrata di casa sua. Il paese è un paese di gente che lavora sul porto, nei docks, nelle celle frigo del pesce, nelle fabbriche che ricavano dagli scarti di pesce cibo per gatti e cani, o nelle acciaierie. Qualche turista tedesco l'estate, che prende da Zeewijk il battello per Newcastle.

Gli abitanti del quartiere non lo conoscono come Gregorio, ma come l'italiano che abita al 175 di Dietzstraat e ogni mattina verso le dieci, se alle cinque non è partito imbacuccato in bicicletta per il porto, esce imbacuccato a correre.

Ha smesso di piovere. Niente di nuovo. Chiede permesso al gruppo di bambini di ogni etnia che giocano nell'atrio, apre lo sportello della posta, tira fuori un mucchio di pubblicità e quattro lettere. Non si lascia convincere dal bambino che vorrebbe la pubblicità per andargliela a buttare.

L'ultima volta che ha dato loro la pubblicità da buttare, ha poi trovato buste della lotteria dello Stato col suo nome e indirizzo sparse per le scale.

Apre la porta al 175, si toglie le scarpe infangate, entra nel piccolo salotto. Moquette vecchia ma poco consumata. La grande vetrata dà sulla strada alberata.

Fuori la pioggia ha già ripreso. Lo sa, sa tutto di questo posto.

Si spoglia, provando a illudersi che la tuta e la maglietta oltre che di pioggia siano bagnate anche di sudore. Si va a pesare. Novantaquattro. Apre le buste. Acqua, affitto, luce e tasse tassine tassette... per ultima la busta che odia di più assieme a quella blu delle grandi tasse. È la posta che gli manda il comune, un logo tutto colorato: un mare di onde perfette e un arcobaleno dietro.

Gli offrono un lavoro. Evviva. Ogni tanto ci provano. Non dicono mai quale, l'appuntamento è fra quattro giorni, nel dipartimento dell'occupazione, al pian terreno del municipio. Il suo nuovo consulente si chiama Var der Blint. Dovrà spiegargli di nuovo tutto, dirgli chi è, perché lo è stato, cosa fa in Olanda da quasi vent'anni, cosa vorrebbe fare, che poi è ciò che sta facendo...

Sotto la doccia prova a pensare al lavoro che il comune gli proporrà. Sarà un posto nella fabbrica di cibo per gatti e allora lui risponderà che non possiede né gatti né cani.

Sdraiato sul divano, mezzo nudo, sente la sensazione cosmica di salute in cui lo lascia il corpo lavato dopo la corsa, come un'indigestione di ossigeno che affolla la mente e sarebbe un peccato sprecare. Si alza, si infila una vecchia tuta, un maglione, e si siede davanti al computer.

È uscito il sole, la vegetazione degli alberi macchia d'ombre i mobili e la vetrata, la grande chiazza che passa ogni tanto davanti ai vetri è la stesa di lenzuola dell'inquilino di sopra, che il vento agita.

Anche la storia che Gregorio sta correggendo sul monitor è piena di luce e vento. Il tempo in cui si svolge è un'estate degli anni Ottanta, il posto si chiama Lloret de Mar, un paesone spagnolo pieno di orribili palazzi sul mare, al cui piano terra hanno costruito centinaia di discoteche, bar, ristoranti. L'io narrante è G., un italiano che si ferma a vivere da quelle parti dopo che con un amico erano andati nel Sud della Spagna a comprare un mucchio d'hashish per portarlo in Italia.

Era già tutto pronto, dal Sud della Spagna l'hashish aveva raggiunto la Francia, e là i due italiani avrebbero preso in consegna il carico e l'avrebbero portato oltre la frontiera italiana, ma alla fine non era andata così e dalla spiaggia di Lloret de Mar, da quei giorni fatti di sole notti, G. non si sarebbe allontanato per anni, non avrebbe trasportato nessun carico di hashish, non avrebbe passato nessuna frontiera, si sarebbe semplicemente fermato a vivere nelle notti spagnole e durante quelle notti avrebbe ricordato i vecchi trucchi del tempo.

G. non sarebbe mai più tornato in Italia, se non per sporadiche visite a una madre che invecchiava e al suo paese di pietra, al fondo di una valle, che assomigliava a un uccello spiumato caduto da un nido. Un giorno G., un inverno di quelli in cui le discoteche di Lloret de Mar erano chiuse e lui era stanco di passare gli inverni in posti come le Canarie e Madeira, dove i giorni erano sempre e solo notti e anche gli inverni erano sempre delle lunghe estati, un giorno G. aveva sentito la voglia di un vero inverno, allora aveva preso un treno e si era fermato in Olanda. Dapprima qualche mese in un'altra di quelle città dove i giorni erano sempre troppo pieni di notti e poi la costa di Zeewijk.

Era la sua storia che stava scrivendo, dopo aver scritto decine di altre storie, migliaia di pagine e riempito decine e decine di dischetti, Gregorio aveva provato a scrivere la sua storia. Perché era il suo tragitto di scrittore che l'aveva portato su questa costa.

Nient'altro, ma subito non l'aveva capito. Ora sapeva che le voci non gli avevano mai chiesto altro, perché non aveva cominciato a essere scrittore a questo tavolo, ma lontano, l'aveva fatto un Gregorio bambino chiedendo ad altri Gregorio che gli raccontassero il viaggio di Cobre e ora sapeva che la voce che un Gregorio bambino sentiva in un letto di camerata, tra rumori di sonno di altri cento bambini, era la sua voce, era quel momento della sua vita, e la storia di Cobre era un racconto terminato. E quando si diceva questo, si alzava dal tavolo, guardava la vetrata attraversata dall'ombra della stesa e attendeva la pioggia piangendo.

Il grido che tanto tempo fa di fronte a un paese non era riuscito a liberare era ancora dentro, e un giorno la scrittura sarebbe riuscita ad assomigliare a quel grido.

Salva qualche parola, qualcuna l'ha tolta, gironzola con gli occhi sul monitor.

Poi si alza, va in cucina, apre il frigo, c'è ancora del succo di frutta, ne beve un bicchiere. Si lava la faccia. Si lava la faccia decine di volte al giorno. Ci sono momenti in cui il tempo passa da solo, distante, questo tempo dura anche dei minuti, è una parte di sé che non ha mai voluto spartire con nessuno, ma un giorno aveva capito che poteva usare anche quei momenti e l'aveva raccontato ai dottori del comune di Zeewijk. Era stato quando aveva presentato la domanda per il sussidio integrativo. Tutto ciò che poteva servire alla causa della scrittura, gli era sembrato un dovere usarlo. I dottori l'avevano visitato più volte, in più cliniche, gli avevano fatto esami, messo cuffie piene di fili, gli avevano chiesto se usava droghe. Lui aveva risposto un tempo, cose leggere, ora da molti anni non beveva che una birra al giorno, non fumava tabacco né altro, conduceva una vita monacale, si dedicava alla scrittura. Era malato, gli dissero, lo era sempre stato, non poteva guidare, neanche la bicicletta, doveva prendere delle medicine e tornare regolarmente a farsi controllare. Allora aveva capito che le probabilità di ricevere il sussidio erano molte e mai come quel giorno s'era sentito bene. Mai come da quel giorno aveva deciso che per meritarsi quella felicità avrebbe dovuto dedicare il resto del tempo alla scrittura.

Chiude il frigo, apre il cassetto delle medicine e ingoia tra un sorso di succo di frutta e l'altro la pastiglia che l'attende ogni giorno dopo la corsa.

Torna al computer. Cerca il suo titolo più antico.

L'architettura del molo di Porto Maurizio.

Gli occhi leggono una frase, come si guarda dalla finestra.

E Cobre pensava ai monti conosciuti nell'entroterra, e i monti che un gabbiano non aveva mai sorvolato, e al mare che per i gabbiani sarebbe rimasto lo stesso mare anche se fossero scappati in Corsica.

L'ha terminato da tempo, è diventato un racconto lungo, la storia del cane Cobre il cui padrone lo porta a perdere al fondo di una valle ligure. Cobre ridiscende per la stessa strada alla città, trova il mare e un giorno imboccherà il molo.

Aveva lavorato sulla ventina di pagine che aveva scritto a penna quand'era ragazzo, un vecchio quaderno che un tempo portava sempre con sé. Ora le cartelle sono più di trenta. L'ha mandato a qualche editore, ma gli hanno risposto che è difficile dare la voce a un cane, si rischia, com'è stato nel suo caso, di scimmiottare.

Così ha puntato su un rivista e pare ci siano ottime probabilità.

Molte cose del molo appartengono all'ultima stesura, come il poeta che Cobre incontra e gli spiega le varie possibilità che ha un molo di esistere, anche se a volte, quando rilegge, non sa nemmeno lui cos'è degli ultimi anni o cosa appartiene alle voci dei Gregorio seduti a un computer che parlavano a un bambino.

* * *

In Italia torna una volta all'anno, all'inizio dell'estate, quest'anno sarà un po' prima, ha prenotato il volo per questo fine settimana. Vorrebbe presentarsi a Milano nella sede dell'editore della rivista, capire cosa vogliono fare. Pensare a delle strategie, il resto delle vacanze non muoversi da San Rocco, dedicarsi alle passeggiate in campagna, alle visite al cimitero.

La madre se n'è andata una dozzina di anni fa, e l'anno dopo Gregorio s'è venduto la casa nuova, l'ha comprata un torinese, e così in vacanza Gregorio torna a vivere nella vecchia casa con le logge, sotto il portico. Se l'è aggiustata un poco, un intonaco che non vedeva «il bianco» da trent'anni, un pavimento visitato solo dai topi, una doccia primitiva, lavatrice, frigo. Il ritorno alla casa della preistoria, queste sono le cose che scrivendo non dice, il lettore le troverebbe nascoste nella scrittura come quando attraverso la luce che scuoia le cose della sua terra si intuisce un mare.

Un paio di volte a San Rocco ci ha portato una graziosa olandese, poi sempre da solo.

C'è stato un tempo, pensa, in cui alle donne si poteva confidare d'essere disoccupati come dire ho forato, ora essere disoccupati era una vergogna. Un disoccupato si sente un appestato. Le donne non ammettono che uno scriva tutto il giorno e le sue carte non guadagnino, che casa sua sia rimpicciolita dai libri e dalle fotocopie che ingialliscono ovunque sulle piastrelle.

Così una donna Gregorio non l'ha da anni. Per qualche tempo ha risolto andando a puttane ad Amsterdam, sempre la stessa cilena, che lo conosceva bene e da sotto ogni volta gli diceva «fuersa Italia». Poi un giorno, proprio lì nel quartiere delle vetrine, l'ha vista, bella, e l'ha comprata, una bambola gonfiabile, biondo rossa, e ora mette sotto lei.

Quando non scrive, o non lo chiamano a scaricare qualche stiva di barca, quando è libero insomma, a parte la corsa del mattino, Gregorio se ne va per le dune. Il paesaggio mutante, grandi fosse che il vento scava, riempie e riscava. Nelle dune di Zeewijk i tempi di scavo e di riporto rappresentano un po' i cambi di stagione.

Più sta qui e più gli pare d'essere nel posto giusto. Se il sole scalda si sdraia sui ciuffi d'erba dura e diventa anche lui ciò che è stato. Non vorrebbe più ripensare a nessun cortile, certe volte su quella tastiera non vorrebbe più scrivere, su quel monitor non vorrebbe più vedercisi formare nulla, per questo passa giornate intere alle dune.

Nelle dune conosce ciò che è stato, ciò in cui l'ha trasformato la scrittura, lo diventa nelle storie raccontate dalle voci, e solo così, nella finzione in cui si sente immerso, egli può tornare a collezionare il tempo. Così, se non è lui, se insomma riesce a non essere se stesso se non nella finzione della scrittura, i Gregorio che gli parlano e ricordano per lui, e tutte le voci della sua storia privata che si sommano e si annullano, ogni volta, come accade per il paesaggio, lo aiutano a sparire, e davvero allora anch'egli s'accorge d'essere negli scavi del vento che fa diventare le cose.

L'oblio è un esercizio, ma non dura, e al fondo del buio, ogni volta che egli lo visita, c'è un Gregorio che gli ricorda qualcosa che altri Gregorio avevano sepolto, un pomeriggio di quelli che sembravano scomparsi, o addirittura mai esistiti, il particolare di un dialogo con Falconi Leo mentre guardavano la neve dalla vetrata, un disegno su un vetro, un odore di guanto sporco di neve, un altro sogno la notte... Pure ci sono cose che vorrebbe rivedere una volta per tutte, sono cose che ha chiuso in un posto con lucchetti e marchingegni infernali senza luce né finestre, momenti di cui non rivede che il buio... Una notte s'è svegliato e ha sentito la presenza di un frate accanto a sé, il volto non lo vedeva, erano nel buio, il frate taceva e aveva la mano su di lui... È stata una delle cose uscite dal posto chiuso coi lucchetti, e ogni notte da quella volta ha provato a disseppellire un altro pezzetto di tempo putrefatto...

Era un periodo in cui lo chiamavano spesso al porto a scaricare barche frigo, navi di bandiere liberiane e norvegesi, olandesi, russe, cariche di aringhe o di seppie congelate, si presentava il mattino col buio, tre maglioni, due giacconi, due paia di pantaloni della tuta, scarponi, berretto e scendeva con la squadra nelle stive. La temperatura delle celle toccava i quaranta sotto zero e bisognava poggiare le casse di pesce su un nastro che le portava fuori della stiva. Il sudore si ghiacciava sulla pelle, Gregorio lavorava un paio d'ore e durante le pause si rifugiava in uno scantinato del porto, si cambiava la maglietta, poi tornava alla fatica. Se ne portava sempre tre o quattro di magliette, le cambiava a ogni pausa, la sera le metteva sul termosifone. Ebbene un giorno, mentre poggiava le casse sul nastro, era risuccessa quella cosa strana: dal posto buio e chiuso coi lucchetti era uscita un'altra scheggia putrefatta di tempo.

Era di nuovo lungo un corridoio buio del collegio e aveva incontrato lo stesso frate, ma neanche stavolta ne vedeva la faccia. Il frate gli era così vicino e taceva...

Sentiva il suo alito...

L'anno scorso d'estate, dopo trent'anni, è tornato a Mondovì, e dopo trent'anni gli avevano aperto il cancello. Il custode era un Fratello brasiliano, il collegio era vuoto, l'erba cresceva ovunque, ciuffi anche nei cortili asfaltati. Probandi non ce n'erano più da molti anni, oltre al giovane frate brasiliano vivevano nel convento solo tre frati, ma Gregorio non conosceva neanche loro. L'avevano comunque ospitato al loro tavolo nel refettorio, come se fosse uno di loro tornato dopo tanto, aveva pregato con loro prima del cibo e cenando aveva ricordato.

Tavoli vuoti e ferrate alle finestre, la ghiaia e gli ippocastani, tutto a parte l'erba era rimasto com'era.

Forse aveva fatto male a tornare. Non aveva parlato granché coi frati, ma dopo il pranzo, come se gli spettasse di diritto, senza che lo avesse chiesto, lo invitarono a cercare i posti dove aveva collezionato il tempo.

Aveva respirato l'asfalto caldo dei cortili e il buio dei lunghi corridoi, e mentre aveva alzato gli occhi agli affreschi dei soffitti che conducevano alla chiesetta, e agli affreschi che continuavano in chiesa e riprendevano nelle classi e portavano ai corridoi e tornavano alla chiesa, mentre aveva respirato tutta l'aria che possedeva quel posto, Gregorio s'era accorto che stava pregando e che in questi trent'anni non aveva mai fatto altro.

Poi era uscito di nuovo nei cortili, era stato oltre il pergolato e aveva rivisto il punto in cui un giorno Falconi Leo era riuscito a scavalcare il muro… recinti che sembravano lì perché qualcuno non entrasse.

Nei cortili e in quel buio aveva cercato il bambino che era stato, l'aveva chiamato a voce alta, l'avrebbe voluto prendere per mano e portarlo via.

Gregorio, che fai ancora qui, gli aveva detto, vieni, non c'è più nessuno, sono andati tutti via… E gli pareva d'esserci riuscito, gli era parso di stringergli la mano e d'essere lì lì per portarselo via, ma dalle parti del cancello il bambino aveva dato uno strattone ed era tornato nei cortili… Per tanto tempo Gregorio la notte aveva risentito quella mano staccarsi per sempre…

* * *

Zeewijk. La verdura delle piante ripopola di ombre la vetrata.

Gregorio ha la mano sui tasti. Sta lavorando a un punto del racconto di G.

L'io narrante si ferma a vivere a Llorett de Mar. Con l'amico italiano avevano in progetto di far entrare dell'hashish in Italia, avevano preparato nel dettaglio ogni cosa, ma poi era successo qualcosa, s'erano separati, e dell'amico, che non avrebbe di certo chiamato Save, forse semplicemente S., non aveva più saputo nulla, se aveva davvero portato quel carico, se aveva continuato a farlo, se era ancora vivo.

La frontiera... Perché G. all'ultimo s'era tirato indietro?

Scrive: *Soltanto paura, la religione bla bla?*

Questo è un punto del racconto che bisogna affrontare meglio, renderlo funzionale... Le banalità sono in agguato. Il tatuaggio, certo, cattolico, Gregorio lo sa, egli sa che ci sono cose come un tatuaggio che è più facile riconoscere sulla propria pelle che tentare di bruciare... Banalità.

Gli è venuta in mente una cosa, non c'entra nulla con G., le idee assalgono, bisogna appuntarle, tornerebbero ad affollare la mente, ma chissà quando. Così apre un cassetto e prende dei fogli, sono scalette di nuovi racconti, storie di cavallucci marini che scappano dai fondali per vedere la luce e s'accorgono che a galla non si respira, batte qualcosa sui tasti del computer, una sola frase come il costruttore di muri a secco in Liguria, gli pare di ricordare, a volte in un giorno non mette che poche pietre angolari. Salva il testo... Oggi non ha voglia di niente, ed è un peccato sprecare quest'overdose di ossigeno... esce da Word Pad e apre la posta elettronica. Di solito lo fa prima di andare a correre. Riceve ogni tanto notizie sul programma dell'Istituto Italiano di Cultura per i Paesi Bassi col quale collabora presentando opere di scrittori italiani, oppure riceve eleganti rifiuti di editori italiani, a volte riceve i file della rivista ligure che pubblica i suoi racconti.

Oggi c'è l'e-mail di un mittente sconosciuto. La data lo fa sorridere, è di quelle da romanzi di fantascienza:

Porto Maurizio, primaverile - 18 - 2065

Gentile Gregorio,
ho qui sottomano alcuni tuoi manoscritti che contengono le varie stesure del racconto di Cobre sul molo e alcune riviste, vecchissime, pubblicate nel tuo tempo. Una è proprio la rivista che ti ha pubblicato la storia di Cobre il cui padrone lo porta a perdere nelle vallate dell'entroterra ligure, e hai intitolato *L'architettura del molo di Porto Maurizio*. L'immagine dell'emigrante (immagino ti ci sia rivisto, anche se hai preferito descriverti come un emigrante con un fratello) che sale sul molo e incontra il poeta e parlano, nei manoscritti non c'è, neppure nella stesura finale.
Ma insomma, nelle bozze che poi hai spedito all'editore la figura dell'emigrante farà la sua comparsa e penso che ne sia valsa la pena, è una bella scena.
Vedi un po' tu, in caso la stessi ancora rimaneggiando, ti avanzo la fatica.
Così parla il poeta al cane:

«Il tale con bermuda, ad esempio, ciabatte e fronte inutilmente ampia che vien su... lo conosco, se n'è andato a vent'anni dal mio paese... Voltiamoci, facciamo finta di guardare Oneglia, se mi vede diventa noioso».
Ma l'emigrante ha occhi lunghi e l'ha visto.
«Oh il nostro poeta... E abbiamo anche il cane».
«L'hanno portato a perdere, un motorino gli ha bruciato il fianco... Torni ogni anno tu».
«Eh la Liguria... mi ricordo quando al mare ci venivo con mio fratello e partivamo con nostra madre con la corriera».
«Ora ci buttano di tutto, guarda che sporcizia ci si accampa la sera».
«Oh anche allora c'erano dei giorni che non potevi fare il bagno».
«Non ci piaceva il mare, preferivamo il laghetto su al paese, acqua come il marmo e le mele carle da rosicchiare, belle acerbe, e poi plonf a bagno nel lago» narrava l'emigrante senza dar al poeta il tempo di ribattere.
«Non lo so, la spiaggia, per noi dell'entroterra» disse ancora «è qualcosa che non ci appartiene, un'altra regione...».
«Qualcosa che ci pare di non meritare» aggiunse il poeta.

«Ecco, bravo, tu sai usarle le parole... posti che ci sembrava di rubare a quelli della città o ai turisti. Il venerdì, quando saliva il furgoncino col frigo pieno di pesci e la bilancia, e l'uomo urlava peasci peasci, ecco quando avevamo un mare. Il resto, un po' di onde e panini alla sabbia...».
«E al ritorno, prendevamo la corriera prima della galleria, salivamo su una corriera affollatissima, e trattenevamo il respiro per tutta la galleria, finché non si risbucava alla luce» ricordò il poeta.
L'emigrante ascoltò e aveva occhi lucidi. Era un gioco che facevano anche lui e suo fratello, disse.

Gregorio rilegge il testo decine di volte. Da quanto cercava quest'immagine. Vuole salvare immediatamente il testo, assieme alla strana lettera, prima che, teme, possa sparire tutto dal monitor.

Poi continua a leggere la mail:

Ti dico tutto questo perché tu non creda a uno scherzo telematico, ma perché continui a leggere le mie e-mail, peraltro cosa di cui non dubito, visto che tra i tuoi appunti ho trovato pure notizie di e-mail che ti manderò fra qualche giorno.
Ti dirò di più: tra le tue cose ho trovato un primitivo dischetto su cui avevi steso addirittura l'indice di un romanzo che narrava del nostro contatto epistolare e su cui erano registrate le mie e-mail in ordine cronologico e cioè quella di oggi, (primaverile - 18 - 2065) fino all'ultima che ti manderò in estivo (29 - 2065). Tu capisci bene che praticamente – senza volerlo immagino – mi hai risparmiato la fatica di cercare le parole e ora non sto facendo altro che trascrivere cos'ho sotto gli occhi.
Innanzitutto, con il tuo permesso, ti chiedo ufficialmente di poterti dare liberamente del tu, primo perché nella mia epoca ci si dà del tu con tutti e poi perché malgrado la dozzina di lustri che ci separa io sono più vecchio di te di qualche anno. Mi piace la tua scrittura.
Leggo sul taccuino di pelle raggrinzita e dai fogli, ormai quasi illeggibili:
Autocensura... come un contadino che ha piantato un pero (Anselmo nella sua fascia coltivata a vigna e frutteto) e non ne coglierà mai i frutti perché la pianta gli sembrerà da subito poco degna e la taglierà, come un pescatore che rigetterà ogni giorno in mare il

pesce pescato perché non gli sembra all'altezza di rappresentarlo sui banchi del mercato, così io scrivo e mi cestino...

Cosa so di te? Ma tutto, Gregorio, sei nato a San Rocco, da bambino seguivi tua madre e tuo padre sotto gli ulivi, in carruggio tiravi calci a un pallone sgonfio, e sognavi amicizie, partite, felicità... Così hai convinto tuo padre e tua madre perché ti mandassero in collegio. Eri stanco di vincere ogni volta a calcio miliardi a zero, perché non avevi avversari. E un giorno hai preferito perdere ma giocare davvero.

Sei partito il 3 agosto dell'anno 1969, a Mondovì avevi un amico, Falconi Leo, un giorno è scappato e il giorno in cui sei stato a casa sua dopo il servizio militare hai scoperto che era morto. Due anni fa sei tornato a vedere i cortili di Mondovì, hai vagato, occhi gonfi, hai cercato il bambino che sei stato, l'hai chiamato, volevi portartelo via, portarlo a casa, c'eri quasi riuscito, l'hai preso per mano, ma dal cancello lui ti ha dato uno strattone ed è tornato al suo posto...

A prestissimo,
tuo
Lukas

Gregorio rimane qualche istante davanti al monitor, non s'accorge neanche che il dito ha cliccato per uscire dalla posta elettronica e la mano destra ha spento il computer. Riaccende. L'e-mail è ancora lì. Cerca il documento sul quale ha salvato l'immagine dell'emigrante. Il testo è lì. Spegne un'altra volta.

La mano sinistra va alla fronte e scende giù, schiacciando il naso, passa sulle labbra e stringe il mento...

Che scherzo è questo? Questa non sono più le voci, i Gregorio... e Lukas poi gli parla solo quando torna in Liguria... Gli parla, non scrive... Anche le voci diventano altro?

Apre in fretta il cassetto dei taccuini, cerca le pagine dove ha scritto il resoconto della visita al collegio... è descritto tutto esattamente così come il tipo ha riportato nell'e-mail...

Si alza, ha fame, va in cucina, apre il frigo. Potrebbe farsi un panino col pomodoro e il formaggio, ma prima di mangiare qualcosa sente il bisogno di fare due passi. Si riveste, esce di casa, chiede permesso al gruppetto di bambini davanti al portone. Una passeggiata fin sul porto, ecco... O no, è meglio di no? Fra poco ricomincia a piovere, e poi il tipo che si spaccia per Lukas ha detto a prestissimo. Magari c'è già altra posta... dal 2065?

Vaga per Zeewijk.

Ci sono strade che quando era arrivato, vent'anni fa, ospitavano scuole, e ora ci costruiscono palazzine. Qui, prima o o poi, si butta giù tutto... Già, qui tutto diventa. Perché non è poi così inquietante guardare il presente dopo avere appena ricevuto posta da uno che sostiene di vivere fra sessantuno anni e sa di cose che hai solo pensato?

Se è davvero uno scherzo, come fa costui a conoscere il nome di Lukas?

Un signore anziano che abita di fronte a casa sua, vive eternamente in cravatta, anche quando lavora nel giardino (partecipa ai vari concorsi per il migliore giardino della città), lo saluta: *goede middag*. Buon pomeriggio. In genere è Gregorio a salutare sempre per primo. *Goede middag*, risponde al vecchio. Parole che nel suo dialetto non esistono, non si usa in Liguria dare il buon pomeriggio. È buongiorno o buonasera.

Tira dritto, e quasi senza accorgersene si ritrova nelle dune, tra sentieri di conchiglie tritate, bunker e orizzonti. Si siede su un dosso di sabbia, cerca in tasca il taccuino, lo apre dove ha scritto:

> *G. non vive di ricordi, neanche di immagini, sono i particolari che non esistono ad apparirgli, solo attraverso questi sogna le immagini. Il mare in fondo è uguale ovunque, G. passeggia sulle rughe della sabbia e schiaccia le conchiglie vuote, l'orizzonte non può che ricostruirgli altri orizzonti, e niente lo riporterebbe agli orizzonti liguri, se laggiù, come nelle limpide mattine in cima alle terrazze e ancor su, dove crescono le querce, dai cui ceppi si fa in tempo a scorgere per qualche istante la Corsica, ora non ritrovasse dorsi di balene.*

Il pezzo di carta non dice altro. Cosa intendeva quando aveva scritto queste righe?

A volte le sue dita si muovono come a cercare una tastiera.

* * *

Zeewijk, 23 aprile 2004

È uscito di casa verso le dieci, il programma è il solito: tuta, bicicletta, bosco multiforme. Corre meno del solito, una serie di inquietudini gli impediscono le accelerazioni pietose finali che lo portano a contemplare un poco il Noordzee e in dirittura del cancello gli strappano lo sprint sputapolmoni.

Il pensiero che l'accompagna da ieri è: ora rientro e se apro la posta molto probabilmente ritrovo un tipo che dice di chiamarsi Lukas e di vivere nel 2065.

Nella notte, avendo dormito poco, s'è alzato otto volte a guardare. Niente, il tipo non ha più mandato niente.

Per il resto la giornata procede come da copione. La pioggia lo sorprende negli ultimi cento metri. Appoggia la bicicletta al muro del palazzo, la chiude col lucchetto, dice permesso ai bambini che intasano l'atrio, prende la posta, riesce a sfuggire al bambino arabo che vorrebbe la pubblicità. Entra in casa, si toglie le scarpe infangate, corre a guardare la posta elettronica. Niente. Tuta bagnata di pioggia o sudore ecc, peso: Novantatré e quattro... Bene. Doccia. Ossigeno alla mente, ne approfitta per lavorare una mezz'ora all'*Architettura del Molo di Porto Maurizio*, piazzando i suggerimenti del Lukas elettronico.

Poi si alza, va in cucina, si spalma su due fette di pane integrale una roba marrone del tipo burro di arachidi, torna in sala e mangia seduto al tavolo davanti alla televisione che è rotta da almeno un anno. Apre la posta cartacea. Legge la lettera del comune. L'appuntamento col nuovo consulente del lavoro, signor Van der Bilt del dipartimento *servizi sociali,* è anticipato, da venerdì a domani, alle 9. 30. Legge: cambio di programma, signor Gregorio Sanderi, le è possibile essere qui alle ore nove e trenta e portare con sé le fotocopie delle lettere di sollecitazioni? Grazie.

Prende il telefono, conferma l'appuntamento.

Condizioni fisiche dopo la corsa, la doccia e lo spuntino: ancora eccellenti, la sensazione di salute cosmica e tutto il resto. Sarebbe da imbecilli non scrivere in queste condizioni. Va in cucina, si riempie il bicchiere di un succo di frutta imbevibile, ingoia la pastiglia, e torna al computer. Si rimette a lavorare all'*Architettura del molo.*

I simboli, A) il cane che rappresenta l'uomo, B) il padrone che lo porta a perdere deve in qualche modo deve far pensare a Dio, C) il viaggio di Cobre attraverso l'entroterra è nient'altro che la gioventù di un essere, D) la visione del mare il giorno in cui egli scopre la morte, E) il molo l'unica strategia per la traversata del mare.

C'è da ritoccare l'ingresso di Cobre nel mare, il contatto con l'acqua, pericolo di annegamento e tecniche di nuoto. Nella stagione bella è stato ore e ore, come la sera prima, sulle dune a guardare la gente che porta i cani a correre alla spiaggia e lancia loro pezzetti di legno o palline da tennis a bagno. Ha studiato l'approccio che i cani hanno con l'onda e come la guardano. E ha annotato tutto.

> *Dell'onda che gli era passata sotto non restava nulla, non un segno, un po' di ghiaia sabbiosa sulla battigia si mosse e l'onda non era più. Cobre notò inoltre che il livello dell'acqua si abbassava per un lasso che variava a secondo del ritardo che aveva l'onda seguente.*
>
> *Durante i flussi schiumosi, si sentiva sollevare e spostare come da una mano.*
>
> *Era l'urto dell'onda, pensò, la coscienza che ogni onda deve avere d'essere giunta al sospiro finale. Un rantolo. Forse era come gli aveva detto quel giorno il poeta: a ogni onda là davanti nell'ignoto corrispondevano un principio e una fine.*
>
> *A questa specie di rantolo seguiva una tacita preghiera alla vita. Esauste e unite dalla stessa richiesta di tornare al largo, ma senza più via di scampo, le onde si lasciavano uccidere da altre onde.*

Si stanca presto. Decide che è ora di uscire a fare la spesa così non ci pensa più. Naturalmente prima di infilarsi la giacca controlla la posta elettronica.

Tre e-mail da Lukas <ombrachemisegue@mail.it >

Primo e-mail ricevuto alle ore 10.12 il giorno 23 aprile 2004.

Liguria occidentale, estivo 2065

Ottimo Gregorio, rieccomi. In pratica, per quella questione del dischetto ritrovato da me dopo sessant'anni con dentro i miei e-mail, rieccomi qui a trascrivere su questo primitivo computer gli stessi testi. Ora dovrei chiederti: per credermi, ossia per credere che sono veramente Lukas, cosa vuoi sapere da me? Partiamo dal mestiere: faccio il venditore, settimane di multiproprietà in un complesso ligure della Val Impero. Devi sapere che una parte della Liguria intorno agli anni Quaranta è definitivamente franata, un disastro geologico che ora a spiegarti ci starei delle ore. Le frane sono iniziate proprio nel 2004, ma le autorità hanno taciuto, e dal 2042 certe vallate liguri sono state chiuse, la terra si muove ancora, alcuni paesi sono scomparsi, le terrazze pure, si sono sfarinate e la gente è dovuta emigrare in altre vallate. La Val Prino dove vivevi tu, ad esempio, è una valle proibita, San Rocco è un ammasso di rovine, ed è lì, sotto le macerie che, sfidando le leggi di proibito accesso, ho trovato le tue carte, i taccuini, la rivista su cui hai pubblicato *L'architettura del molo*, (che bel racconto davvero!) e questo dischetto.

Il resto della Liguria occidentale continua a vivere di turismo. Da una decina di anni sono nate le multiproprietà. Il business in pratica consiste in questo: Figlioccio, un signore del mio tempo, con la sua società ha acquistato l'ultimo milione di ulivi sopravvissuti e li vende a settimane di vacanza.

I nuovi ricchi del mondo si concedono vacanze di ulivicultura. Godono nei nostri complessi di ogni comfort, ma nello stesso tempo debbono prendersi cura degli ulivi (che hanno comprato con le settimane di ulivicultura) e quindi oltre che far turismo devono anche faticare, falciare l'erba quando cresce, tirar su i muri caduti con le piogge, raccogliere il frutto sulle reti e alla fine dell'anno ricevono il loro tot di olio ligure.

Ai tuoi tempi si parlava di dittatura mediatica e democrazia planetaria. Questi discorsi non sono cambiati molto, nel senso che si fanno ancora adesso. Solo che ora siamo davvero in troppi e allora è in corso una certa «pulizia» di cui ti parlerò. Il Figlioccio è pure il presidente della Liguria occidentale e ha vinto le ultime tre elezioni letteralmente comprandole. Lo scandalo è uscito da poco, in piazza (anche adesso che batto su questi primitivi tasti) ci sono dimostrazioni. È successo questo: già dai tuoi tempi qualcuno aveva costruito sofisticatissime, chiamiamole, telecamere satellitari, ora la tecnologia non puoi immaginare, insomma il giorno delle elezioni, il gesto di ogni votante è stato ripreso dalle telecamere. In pratica le telecamere hanno fornito al Figlioccio la lista di chi gli ha dato il voto.

Qualche notizia sul mio tempo. Nel 2062 siamo stati – noi in quanto civiltà – in grado di «comunicare» con voi, l'avremmo anche fatto prima, ma dovevamo aspettare che voi progrediste.

Insomma senza la tua facoltà di leggere la posta elettronicamente, comunicare con te ora mi sarebbe impossibile. Lo potrei fare solo attraverso la «voce» come ho sempre fatto, ma solo quando tu ti trovi in Liguria e cioè nelle mie vicinanze attuali.

Ma ora devo smettere, altrimenti mi localizzano... Nel prossimo e-mail ti parlerò anche di «prevenzione», a presto,

tuo, para siempre, Lukas

Prima di aprire il secondo e-mail, Gregorio si alzò dalla scrivania e andò alla vetrata.

La solita stesa di lenzuola dell'inquilino di sopra passava davanti ai suoi occhi, il vento muoveva la vegetazione degli alberi. Non si trattava ancora di foglie, erano fiori di un verde molto chiaro, tempo due settimane seccavano e riempivano il marciapiede come se fosse autunno, poi spuntavano le vere foglie.

Andò in cucina, si lavò la faccia. Guardò dall'altra finestra e vide i netturbini che scoperchiavano i grossi bidoni della spazzatura. Era un rumore metallico, come di... vassoi.

Tornò al PC, aprì di nuovo la posta e lesse l'altro e-mail.

Messaggio ricevuto il giorno 23 aprile 2004 ore 11.07.

Liguria occidentale, estivo 2065

Rieccomi. E subito alle spiegazioni. Per semplificarti le cose.

Dalla necessità di non farmi localizzare dipende il seguito di questa corrispondenza.

Devi sapere che la prima volta che ho sentito parlare di «prevenzione» è stato quando andavo a scuola. Ci si indottrinò con le re-

gole del «silenzio», che consiste in pratica nel non far mai ciò che sto facendo.
Comunicare con voi è proibito, e questo per una serie di ragioni che ti saranno ben chiare. Immagina se ora, sapendolo, perché lo so, io ti dicessi: caro Gregorio, sappi che fra tre anni una buona casa editrice pubblicherà la tua *Architettura del molo di Porto Maurizio* e tu potrai fare anche a meno delle giornate al porto e del misero sussidio di disoccupazione che ti passa il comune di Zeewijk e ti potrai trasferire a Haarlem, dove affitterai un appartamentino, comprerai una bambola gonfiabile ultima generazione e vivrai, non dico felice e contento, ma continuando a scoprire il tuo nome sulle copertine delle edizioni dell'*Architettura.*
Pure, siccome lo so, immagina se ti dicessi: caro Gregorio, sappi che vivrai fino a quel giorno e a quell'ora, e il tuo cadavere sarà sepolto nel cimitero, metti caso, di Tijuana Beach... Vedi bene che uno dei motivi per cui a noi è proibito di comunicare con voi è questo.
Avevo un professore, si chiamava Alberti. Frequentavo le sue lezioni di etica comunicativa. Provava a spiegarci perché nessuno di noi sarebbe dovuto diventare il primo della Liguria occidentale a infrangere la legge.
«*Il primo*» trascrivo qui una qualsiasi sua lezione della prima settimana, «*non necessariamente passerà alla storia. Durante l'anno studieremo come il primo si staccherà dalla massa e come a sua volta entrerà a far parte di una massa di primi, dai quali se ne staccherà uno e così via. Oggi vedremo solo come è naturalmente impossibile che nella nostra società si verifichi l'eccezionalità d'un primo assoluto*».
Durante gli esperimenti di democrazia planetaria, sosteneva l'educatore Alberti, è sempre stato difficile tener d'occhio i primi, non si è mai voluto accettare che i controllori dei primi fossero pure loro dei primi e s'è usato invece la strategia di gente che in realtà dei primi godeva solo del potere, col risultato che costoro non hanno saputo controllare bene. Cristo ha detto beati gli ultimi ma lui era un primo a tutti gli effetti, lo è sempre stato e sempre lo sarà. Egli ha eletto i suoi primi e ci ha autorizzato a essere pure noi dei primi, anzi ci ha costretto a diventarlo, beati se saremo gli ultimi ma intanto maledetti se non tenteremo di essere i primi. Un individuo che commette uno sbaglio paga solo per

quello sbaglio, mentre un primo pagherà di più, essendo il suo potere di colpa maggiore ecc.
Primo uno può sempre diventarlo di riflesso: il generale Desaix non diventò primo per essere arrivato alle cinque a Marengo, anziché alle sette e trenta, ma è riconosciuto come un primo perché ha salvato la faccia e la pelle a Napoleone, il quale senza Desaix a Marengo avrebbe *bello che pers*.
Parlai di quella lezione a mio padre, che era un po' un tipo tuo padre, lo trovai nel primo pomeriggio nell'orto. Abitavamo alle Cascine di Oneglia. E mio padre disse che io non correvo grandi pericoli perché io difficilmente nella vita sarei stato un primo in qualcosa. Si sbagliava, Gregorio. Io sarei stato il primo della Liguria occidentale a infrangere il muro del silenzio.
Tutto è iniziato tre anni fa, te la faccio breve, avevo venduto tre settimane Suite a una famiglia di svizzeri. Suite significa che avevo venduto al prezzo più alto tre settimane di ulivicultura, ci sono le settimane *bungalow*, le *extra* e le *suite*, chi compra *suite* va a vivere in appartamenti extra lusso, con piscina sul tetto ecc., io avevo venduto tre settimane *suite* e quel mese avevo preso il premio di miglior venditore. Per la premiazione, con tanto di festa, si andava al palazzo del Figlioccio, si mangiava si ballava, telecamere dappertutto, e alla fine, a discrezione, si entrava nelle sale del sesso virtuale, si sporcava una vetrata e via tutti a casa. Quella sera ci fu un guasto all'energia e le telecamere non funzionavano, io avevo bevuto, vermentino di Castello, ottimo, insomma mi sono ritrovato in certe sale private, in una specie di bunker, dove, non ti sto a dire come, ma casualmente ho potuto scartabellare negli archivi pulsanti e ho scoperto il marchingegno della «pulizia».
La bufala del «siamo troppi su questo pianeta» girava già ai tuoi tempi, e troppi in Liguria occidentale, da quando un quarto di terra è franato, lo siamo davvero, solo che per andare a vivere su altri pianeti è ancora presto e allora in attesa che fra cinquecent'anni, pare, ci si arrivi, la polizia cibernetica del Figlioccio ha deciso di congelare l'esistenza di qualche milione di persone da Genova a Ventimiglia. Come fanno?
È semplice, interferiscono sul passato genetico dell'individuo. Il mio vicino di casa, ad esempio, brava persona che si fa i cazzi suoi e non ha mai rotto i coglioni a nessuno, neanche al vigile che gli chiava ciberneticamente la moglie, per non aver votato il Figlioc-

cio, non nascerà più (L'ho scoperto la sera della festa rintracciando i documenti della mia *strada*). Gli «*untori*» sono intervenuti nell'anno 1998 e hanno fatto semplicemente in modo che suo nonno e sua nonna non si incontrassero mai.
Naturalmente senza quel rapporto è venuta meno la nascita di un suo genitore e il mio vicino di casa è stato, dicono, congelato provvisoriamente, mentre in realtà, non esistendo i presupposti, è stato semplicemente cancellato, privato di passato presente e futuro. Devo smettere, il filtro di copertura suona l'allarme ciao tuo Lukas

Gregorio aprì subito il terzo messaggio.

Liguria occidentale, estivo 2065

Dear Gregorio, ti dicevo: purtroppo nella lista dei congelabili ho scoperto d'esserci anch'io, e dovevo aspettarmelo, visto che alle elezioni neanch'io ho votato il Figlioccio.
Ho saputo anche come faranno a togliermi di mezzo. Stanno intervenendo sul tuo tempo, ad esempio stanno facendo in modo che tu questo fine settimana non vada in vacanza in Italia, ma tu devi assolutamente andarci. Devi giurarmelo che ci vai. Domani hai un appuntamento col tipo del comune. Consulente Van der Bilt, leggo qui. Sicuramente ti proporrà un ottimo lavoro per tutta l'estate, ma tu gli dici che questo fine settimana devi assolutamente essere in Italia.

Gregorio salta al fondo del testo:

...nelle sale del Figlioccio ho rubato le istruzioni per comunicare con la tua epoca e sto usando un filtro per cui le guardie per 4 minuti e 32 secondi non riescono a localizzare questo computer, ma poi mi troverebbero. Chi ha provato a essere tra i «primi» che hanno fatto i furbi e non sapevano del filtro è stato localizzato, arrestato in pochi istanti e congelato. La prossima volta ti racconterò di quando sono andato nelle zone proibite, nella mitica vallata di San Rocco, e nelle macerie della casa con la loggia ho trovato questo dischetto e i tuoi racconti, tra cui l'incredibile *Architettura*.
Mi raccomando domani, non accettare il nuovo lavoro, ti proporrà traduzioni dei tuoi racconti, vedrai, conferenze di letteratura

all'Istituto Italiano di Cultura per i Paesi Bassi. Non accettare. Salvami.
Tuo Lukas

Ps. Ora ti chiederai: e le voci, i Gregorio che mi parlavano in collegio e i Lukas che sentivo a San Rocco? Ottimo Gregorio, tu senza saperlo sapevi che esistevano altri Gregorio e altri Lukas che vivevano altre vite in altre epoche, e a facilitare la comunicazione era semplicemente la vostra vicinanza, quella di Gregorio che naturalmente era già stato bambino e tornerà bambino a Mondovì, e dei Lukas che ti parlavano da San Rocco perché là erano stati.

Salvami amico

* * *

Gregorio ha spento il computer ed è uscito di casa. Vaga per le strade mattonate di Zeewijk, passa davanti allo snack dei cinesi, poi davanti a quello degli arabi, percorre la Saturnus Straat. Salvare costui, ma come... Com'è che uno scegliendo di andare questo fine settimana in vacanza può salvare un suo simile fra sessant'anni?

Immagina quelle due settimane a San Rocco, due settimane di sguardi stupidi alle cose, con le parole della gente che racconteranno chi è morto. Immagina i morti che con lui vivono ancora quel tempo, e solo quando lo saprà anche lui saranno davvero morti. Immagina che durante uno di quei pomeriggi di sole e silenzio, di campane che fanno volare i piccioni, l'incontro con Edoardo e Putrella avverrà per caso, Putrella gli farà appena ciao dalla macchina, Edoardo si fermerà e scenderà dalla moto, ogni anno a spiegargli che Putrella si è sposato e ha un figlio grande e costruisce barche e compra terre, e glielo dirà come se Gregorio non lo sapesse o fosse ogni anno un altro Gregorio.

Due settimane passate a salire mulattiere nel fresco, a visitare campagne devastate dai rovi, a ricordare che suo padre ci teneva pulito come un biliardo; a guardare le cose che ha venduto senza riuscire a provare vergogna, e la luna la sera che si incastra tra rami carbonizzati. E le sere a passeggiare nel cimitero e pensare che lui, lui non sa nemmeno se sarà quest'odore di cipressi, e quando dopo un anno che nessuno lo vedrà, chiederanno a Edoardo se ne sa qualcosa, e siccome neanche lui potrà dire di sapere qualcosa, il comune metterà i piombi all'acqua di casa sua, la buca delle lettere si riempirà di carta e terminata la miseria che egli ha lasciato in banca per pagare le bollette, verranno gli operai a togliere la luce. Ora immagina che penserà a tutto questo guardando passare le macchine per il carruggio, il collo inclinato come attendono i tori prima della corsa. Ma non è vero, sono cose che immagina solo passeggiando per i quartieri di Zeewijk, ma laggiù non potrebbe pensare mai, perché guardando le cose da San Rocco, egli difficilmente riuscirebbe a immaginare la sua morte lontana un altro istante.

Nella piazzetta delle scuole i ragazzi giocano a calcio, più in là stanno dei giovanotti di origine nordafricana assieme a dei Tamil, un paio seduti sulla spalliera di una panchina, altri in piedi, che fumano uno spinello.

Entra nel supermercato, compra una pizza surgelata da mettere nel forno. Mette nel cestello pomodori e una mozzarella.

Torna a casa, accende il computer.

Lukas ha scritto:

> Mi raccomando, il lavoro che ti proporrà Van der Bilt, sarà vantaggiosissimo, ti proporranno addirittura di lavorare come interprete alla cultura della Provincia di Haarlem... Se accetti non riuscirai a salvarmi.
> Leggi il bel racconto su *Nazione Indiana*.
>
> tuo Lukas

Si alza e prepara un pezzo della cena, pomodorini e mozzarella, due fette tostate, la bottiglietta della birra che piace a lui. Apparecchia e mangia davanti alla televisione spenta da anni, ascoltandosi masticare.

La sera la passa seduto in terrazza a guardare le stelle. Ci sono strisce di aerei, durano un tempo, e si consumano come i disegni di Falconi Leo sui vetri.

Zeewijk, 24 aprile 2004

Sono le otto di mattina, Gregorio fa colazione al tavolino davanti alla televisone rotta. Ieri si è dimenticato di mandare giù la seconda pastiglia. Dà un'occhiata al foglio dove, per non scordarsi dell'appuntamento, ha scritto: 9.30 VDB.

Potrebbe andare a correre prima, ma pioviggina, così se ne sta ancora un'oretta al computer a lavorare all'*Architettura*. Più ci lavora e più la trama lo soddisfa.

Ogni estate dedica un giorno delle vacanze, dal mattino al tramonto, al molo, si sdraia sugli scogli odoranti di salino, e lascia che le onde trovino le caverne, gatti accecati miagolano nel buio. Controlla tutto sul molo, gli innamorati alla ricerca di intimità, i pescatori rassegnati, dal mento piegato sul petto, i camminatori, dev'essere da lì che diceva a un bambino sul punto di addormentarsi: chi è, Gregorio, il molo che non è né terra né mare...

Alle nove e un quarto scende ai garage, prende la bici e si mette in strada. Il cielo starnutisce dalle parti della rotonda, giunge in comune mezzo bagnato, mette il lucchetto alla bici, si presenta all'usciere e chiede di poter essere ricevuto dal consulente Van der Bilt. Proprio in quel momento, puntualissimo come ogni olandese, scende dalle scale un signore di mezza età, è imponente, l'aria amichevole, un vestito alla buona, e un fascio di carte in mano.

Dice di chiamarsi Van der Bilt, allunga la mano a Gregorio, gli fa strada, entrano in un ufficio nudo, sono gli uffici dove i consulenti ricevono i clienti: un tavolino, un telefono, due sedie e basta.

Van der Blint apre il fascicolo, legge qualcosa e sorride.

«Lei, signor Sanderi, ha la passione per la letteratura».

«Sono scrittore».

«Però non guadagna coi suoi racconti, è questo che voglio dire, per gran parte dell'anno i conti li paga con l'assegno di disoccupazione che le passa il comune di Zeewijk...».

«Indubbiamente. Tuttavia se lei mi chiedesse se riesco a vivere con ciò che scrivo le risponderei di sì, sebbene io non riceva compensi per ciò che scrivo, la scrittura è ciò che mi permette di vivere, mi permette di alzarmi il mattino e di pulirmi la casa, di nutrirmi, di respirare... la scrittura è ciò che per me una volta era la preghiera».

Il consulente sorride di nuovo, scartabella altri fogli e precisa: «Però, insisto, per vivere ha bisogno del sussidio che le offre il comune».

Mente. «C'è una buona, importante casa editrice italiana che vuole pubblicare una raccolta dei miei racconti. Se questo succedesse, quasi sicuramente, siccome sono racconti, diciamo "olandesi", a qualche casa editrice olandese potrebbe venire in mente di tradurli e di propormi un contratto, darmi un anticipo...».

«Okay, lei però capisce bene che il mio compito, al di là delle sue più rosee aspirazioni è quello di trovarle un lavoro... Da quanti anni vive in Olanda?».

«Diciotto».

«E prima di venire qui cosa faceva?... Anzi, partiamo dall'inizio, io ho qui nel suo dossier un mucchio di dati ma vorrei sentire da lei chi è, come se di lei non sapessi niente, da dove viene, che livello di istruzione ha, le lingue, pare ne parli parecchie... Come se presentasse la sua biografia al pubblico...».

È una cosa a cui Gregorio è abituato.

«Dunque, sono italiano, nato in un paesino, educazione cattolica, collegi cattolici, pochissimi traumi, fino a un paio di anni fa, quando mi sono rivisto nel buio con un tempo putrefatto... D'altro, che dire, emigrato in Spagna dopo il servizio militare, disposto a diventare corriere di droga, ma poi, anche per quella educazione cattolica, ho lasciato perdere e sono rimasto in Spagna qualche anno, facevo la guida turistica e lavoravo nei locali notturni, sa, estate mare gioventù... In Spagna ho imparato la lingua e perfezionato il francese, l'inglese, il portoghese, ho anche studiato l'arabo, e un giorno sono capitato in Olanda con una donna, la donna mi ha mollato e dopo qualche mese il comune di Zeewijk mi ha concesso un sussidio di disoccupazione fin quando non avessi trovato un altro lavoro...».

«Questo nel 1990...».

«Circa, sui fogli ci dev'essere scritto, ogni tanto ho lavorato nei magazzini, a scaricare pesce o impieghi sociali, ma pochi mesi, il resto del tempo l'ho dedicato alla scrittura, sono uno scrittore di racconti, ma sui fogli ci sarà anche questo, anche il contratto che ho stipulato con la rivista italiana...».

«Perché uno scrive?».

«Vede, signor Van der Bilt, io ho due mani sinistre, fin da bambino, sono nato in un posto dove la gente vive, viveva, di ulivicultura, e quindi occorreva salire sugli ulivi e lassù bacchiare, potare, però si dà il caso che io soffra di vertigini e questo mi ha, come dire, tagliato fuori da un certo tipo di lavoro. Due mani sinistre le ripeto...». Pensa di aver detto abbastanza. Il consulente lo guarda e tace, si mette comodo sulla sedia.

Allora Gregorio capisce che deve ancora narrare qualcosa.

«In fondo, signor Van der Bilt, a me pare d'essere sempre andato in giro con un cartello legato al collo sul quale c'è scritto a caratteri grandi INUTILE, non imbecille, non esageriamo, né imbecille né aquila ma inutile sì, certamente, e gli unici momenti in cui mi pare di dare un colpo al cartello e girarmelo dietro la schiena sono quando sto con una donna e quando scrivo... Ultimamente solo quando scrivo».

Il consulente sorride, sospira.

«Signor Sanderi, sulle carte risulta anche – ma questa può essere una cosa privata – che lei è in cura...».

«Infatti, prendo delle medicine, ma lei non mi ha convocato per conoscere le mie condizioni fisiche, bensì perché vuole propormi un buon lavoro in qualche ufficio della Provincia, vero? Vede che le cose le so, l'unico problemino è che se accetto quel lavoro dovrò saltare le vacanze...».

Van der Bilt aggrotta la fronte.

«Come fa a essere al corrente della proposta che vogliamo farle... Comunque sì, è un lavoro da interprete presso un dipartimento del ministero della Cultura, la provincia del Noord Holland ci ha chiesto degli interpreti per una serie di avvenimenti culturali quali il Festival di poesia italiana di Haarlem e noi proponiamo lei... Poi potrebbero offrirle un contratto, qui ha le informazioni...».

Gregorio allunga la mano. Dà un'occhiata al paio di fogli.

«Lo stipendio, noterà bene, è ottimo» si dondola sulla sedia Van der Bilt.

«È al mese ciò che il comune mi passa all'anno».

«Bene... e a ottobre, se non le andasse più, tornerebbe a scrivere e intanto avrebbe conosciuto scrittori e poeti italiani che vengono a presentare le loro opere al Festival... Lei lavorerebbe fianco a fianco con editor olandesi e italiani, immagini le porte che le si potrebbero spalancare... Chi è, mi scusi, che le ha accennato a questo lavoro? Pensavo d'essere io il primo a dovergliene parlare...».

«È stato Lukas, un uomo che vive nel 2065 e mi manda degli strani e-mail» gli spiega Gregorio continuando a leggere i fogli.

Il consulente Van der Bilt sorride cercando gli occhi Gregorio. Sembra non saper far altro che sorridere quando Gregorio finisce di dire qualcosa. Se non avesse a che fare con uno scrittore s'azzarderebbe a chiedere una spiegazione, ma gli scrittori, si sa, vivono in mondi paralleli.

Resta il fatto che Van der Bilt vorrebbe sapere come e da chi ha ricevuto l'informazione sui contenuti della proposta di lavoro. Allora Gregorio posa i fogli e torna a ripetere: «Deve credermi, signor Van der Bilt, è stato Lukas dal 2065, mi ha avvertito con una serie di e-mail, attenzione che per non farti andare in vacanza ti proporranno un lavoro molto ben pagato, mi ha detto... Deve sapere che la Liguria, la mia regione, secondo Lukas fra qualche anno comincerà a scivolare in mare, le autorità recinteranno "tecnologicamente" alcune valli, tra le quali la mia, e San Rocco, il mio paese, franerà, scarpate, fessure larghe mezzo metro nella terra, ulivi inghiottiti dalla voragine o dai rovi e nessuno potrà entrare nelle zone proibite, ci sono sensori, fasci di luce che scotta. Ma Lukas, non so come ci sia riuscito, non me l'ha ancora spiegato, oltre il "confine" c'è stato, è entrato nelle macerie che sono le due stanze dove passo le vacanze, e ha trovato un'edizione del mio racconto *L'architettura del molo di Porto Maurizio* e altre mie cose, anche racconti che non ho ancora scritto ma ho solo in progetto... ha trovato il dischetto delle e-mail che mi ha mandato, perché è un ciclo, capisce... io ci ho messo un po' a capirlo, da quando loro sono in grado di comunicare col passato, tutto, a meno che non ci siano interferenze e le autorità non organizzino una «pulizia», tutto ritorna, tutto, ma proprio tutto si ripete... Lukas sa quando sono morto, dove perché bla bla... e potrebbe anche dirmelo, dice, ma non sa se io voglio saperlo, per questo ha un grande rispetto...».

«Lavora, voglio dire, si lavora ai tempi di Lukas?».

«Lukas è un venditore di multiproprietà, c'è una società di proprietà del presidente della Liguria occidentale che lui chiama o forse tutti chiamano il Figlioccio. La società possiede un gran numero di complessi turistici per ogni tipo di cliente, ai quali si vendono settimane di ulivicoltura, Lukas si presenta il mattino nel salone e arrivano i turisti a visitare il complesso e farsi spiegare le spese di acquisto e manutenzione... Ora Lukas è ricercato per aver infranto la legge del silenzio, in pratica per aver comunicato con me, mi manda questi e-mail da battere in non più di quattro minuti e rotti, e prima che lo localizzino deve spegnere, ha rubato un vecchio computer con un Windows 98, per lui primitivo, e come le dico mi scrive... È un mondo che non possiamo neanche immaginare ma che per certi aspetti non è troppo differente dal nostro. A scuola hanno spiegato loro chi sono i primi, i primi negativi, quelli storici, quelli mitici, e l'impossibilità di un primo in assoluto...».

«Lei riesce a comunicare con Lukas?».

«No, ma ho già un'idea. Io scriverò delle cose, magari oggi stesso a casa, e fra qualche giorno le lascerò nel posto in Italia che lui mi ha detto di aver visitato e dove pare abbia trovato i miei racconti e il dischetto dei suoi e-mail, così lui potrà leggere le mie condizioni...».

«E quali sarebbero le sue condizioni?».

«Be', Lukas vuole che io questo fine settimana sia in Italia perché devo aiutarlo – ha paura di venire "ripulito", una forma di congelamento che subisce una fascia di popolazione per via del sovrappopolamento del pianeta – io acconsento, sarò in Italia e per quanto mi è possibile lo aiuterò, non so come, ecco, ma lo farò...».

«Le offre dei soldi in cambio?».

«No, almeno, finora non se n'è ancora parlato ma io, ci ho pensato stanotte, qualcosa in cambio lo voglio sicuramente, voglio il racconto di un grande scrittore, ad esempio ce n'è uno di Torino, formidabile, o altri su *Nazione Indiana*, e Lukas deve mandarmi sotto forma di e-mail il racconto che uno di questi pubblicherà magari l'anno prossimo, capisci, capisce perché?».

«Certo, così lei nel frattempo lo pubblica, come dire, in anteprima... Ma non può, a parte il plagio, ci gioca quella questione morale di cui mi ha parlato... O può fornirle dati, materiale e quant'altro dal futuro?».

Gregorio alza le spalle. «Allora, se non manda i racconti del torinese, o di quello che viaggia sempre sui treni, io me ne resto qui, accetto il lavoro di interprete che mi offrite e Lukas viene congelato, ripulito, via... Posso sapere da chi è venuta l'idea di offrirmi l'ottimo lavoro per non farmi viaggiare in Italia? Vorrei sapere come fanno gli uomini del Figlioccio a intervenire nel passato...».

Il consulente abbassa le palpebre, poi guarda l'orologio, richiude il fascicolo e dice lentamente: «Senta, torniamo a essere seri, io non so se lei abbia qualche lavoro in nero che le rende tanto da farle rifiutare la proposta che le ho fatto e, premesso questo, se lei rifiuta ciò che il comune le offre, a me personalmente per qualche minuto può anche starmi bene di ascoltare i suoi progetti narrativi sul Lukas che le manda e-mail dal futuro e vuol essere salvato, ma poi il mio tempo finisce... e ora dovrebbe mettere una firmetta qui e qui... Legga pure, lei dichiara di aver rifiutato la proposta».

«Lei crede che non accetterei, lei pensa che sia una scusa per non lavorare e andare avanti così, col misero sussidio che mi passate?».

«Ecco, una firmetta qui... e una qui, per cortesia».

* * *

Fuori non piove più. Gregorio torna a casa a piedi. Percorrendo la Planetenweg, la mano destra sul manubrio della bici, si ferma a guardare le vetrine.

C'è un signore che sembra che lo stia tenendo d'occhio. Forse altra gente sta complottando perché non vada in Italia? Dev'essere così, Lukas non l'ha ancora messo in guardia riguardo a questa eventualità, ma dev'essere così... Appoggia la bicicletta a un albero, si guarda attorno, più di una persona lo controlla d'in sotto, probabilmente la polizia del Figlioccio sta «intervenendo» con più persone e in più modi...

Quei nordafricani che si fanno lo spinello, seduti sulla spalliera della panchina, ad esempio, magari sono anche loro lì per impedirti... Non ha finito di formulare il pensiero che uno dei nordafricani gli viene a chiedere se ha da accendere.

«Non fumo» risponde Gregorio. «Devi dirmi altro, anche tu devi impedirmi di andare in vacanza?».

Il giovanotto c'è rimasto male, un suo amico l'affianca. «Cazzo vuole?».

«Chiede se gli impediamo di andare in vacanza».

Gregorio fa finta di niente, riprende la bici e si allontana.

Ha ricominciato a piovere a cinquanta metri da casa.

Davanti al palazzo chiude la bici, prende la posta, regala un po' di pubblicità ai bambini perché la sparpaglino per le scale e entra in casa veloce. Prima di leggere la lettera che gli manda l'Istituto Italiano di Cultura per i Paesi Bassi, accende il computer, e apre la posta.

Due messaggi di Lukas.

Liguria occidentale, estivo 2065

Gentile Gregorio, so per certo che sei andato all'appuntamento dal consulente e che ha provato a non farti venire in Italia, offrendoti un ottimo lavoro. Naturalmente queste cose le so perché tu le hai scritte (le scriverai in questi giorni). D'altro ho letto le tue richieste (fra poco scriverai anche tutto questo e porterai il taccuino in Italia dove io sessantun'anni dopo lo troverò sotto le macerie), il cambio che vuoi fare: tu vieni in Italia e io ti procuro un bel racconto del torinese. Dici niente, questo fra poco fa indigestione di premi, sarà tradotto in venti lingue. Avrei solo da scegliere, ma capisci bene che non posso farlo perché c'è dell'altro, tu mi chiedi qualcosa che non è avvenuto, perché tu, e non volevo proprio dirtelo, sarai per sempre uno scrittore di racconti per piccole riviste e se io ti passassi qualcosa di grosso «interverrei»...
So, questo non l'hai scritto, ma immagino che ora chiuderai la posta, e vorresti dare un calcio ai muri, deluso, queste sono le notizie che non avrei mai voluto darti.

Gregorio salta alla fine del testo.

Vedo nel tuo diario che tra la posta ricevuta oggi c'è pure una lettera dell'Istituto Italiano di Cultura per i Paesi Bassi. Il direttore, uno nuovo, ti vuole conoscere, ti invita il giorno 29 aprile, nelle sale dell'istituto per la mostra del pittore italo-argentino Guillermo Cesar Trentuno. Ora, caro amico, cosa mi viene da chiedermi è: da quando in qua il direttore (ma qualsiasi impiegato dell'Istituto o del Consolato cui fa capo l'Istituto), si preoccupa che tu sia presente a una manifestazione culturale che si svolge ad Amsterdam?
Non ti pare strano? A me molto. Certamente che c'è stato l'intervento della polizia del Figlioccio, non ci sono altre spiegazioni. Il loro scopo lo sai, è di non farti partire per l'Italia, il consulente del comune di Zeewijk ti ha proposto un lavorone ben stipendiato, una «proposta che non puoi rifiutare» e il Direttore dell'Istituto, vedrai, farà altrettanto, ti proporrà contatti con editori olandesi affinché vengano tradotti i tuoi racconti e presentati, lanciati...
Fra cinquantotto secondi devo chiudere. Mi raccomando, non farti fregare, ossia: non fregarmi
tuo Lukas

PS
La notte che ho passato il confine e sono stato nelle zone proibite della tua valle, ho cercato il laghetto, passato il paese. Mi sono seduto sugli scogli dove stavi coi tuoi amici Putrellino e Edo, e ti ho parlato, tu eri al lago, ti ricordi, avevi appena finito il soldato... a volte penso a te per delle ore, ai tuoi sogni, alle tue corse nel cortile di Mondovì, al tuo amico morto, Falconi Leo...
Potessi intervenire sul tuo passato, toglierei alla tua vita una tonnellata di solitudine, ecco. Ma cosa resterebbe allora?

Gregorio ha spento. Apre la busta dell'Istituto Italiano di Cultura per i Paesi Bassi, legge la lettera come per avere conferma di una notizia.

Sì, è il direttore in persona e lo invita alla mostra del pittore italo-argentino Guillermo Cesar Trentuno, che si terrà il 29 aprile 2004, presso le sale dell'Istituto.

La mano è andata sulla penna, apre il taccuino e si segna a grandi linee il contenuto della lettera, il nome del pittore, il giorno dell'invito, tutto ciò che Lukas gli ha detto d'aver letto nel materiale cartaceo che ha trovato tra le macerie della sua casa...

Poi ci ripensa, vuole essere libero, le cose, il dialogo con il direttore, tutto, se proprio deve avvenire, almeno che sia nelle condizioni scelte da lui... Allunga la mano sul telefono, apre il cassetto e tira fuori il libricino coi numeri dell'Istituto e del consolato. Compone un numero.

Risponde una signorina, dice che il direttore non c'è.

«Le dica che sono Gregorio Sanderi, lo scrittore di racconti».

La signorina ribatte: «Il direttore è assente, può chiamarlo domani?».

«No, signorina, lo chiami lei sul cellulare e gli dica che lo scrittore Gregorio Sanderi non potrà essere presente alla mostra perché quel giorno sarà in Italia... Vedrà poi, sebbene ora le sembri strano, come il direttore mi chiamerà in fretta».

Butta giù e aspetta.

Dopo qualche minuto il telefono squilla.

«Buon giorno direttore... immaginavo che fosse lei... Domani, all'Istituto? Va bene... È così importante? Non se ne può parlare dopo che sono tornato dall'Italia?... Quando? Mah, il volo ce l'ho per il 28... Addirittura tre case editrici che vogliono tradurre l'*Architettura*? Ma se non l'hanno voluto in tutti questi anni, potranno anche attendere altre due settimane... Va bene, come vuole, domani passo da lei alle undici».

Riprende il foglio su cui aveva scritto che sarebbe andato al colloquio col direttore dell'Istituto bla bla il giorno 29, giorno della mostra del pittore italo-argentino Trentuno. Cancella tutto e scrive: *salvo ulteriori cambiamenti, a sentire cos'ha da dirmi il direttore ci vado domani, app. ore 11.* Mette il foglio in una cartella, sulla quale scrive in grande: COSE DA LASCIARE IN ITALIA. Riaccende il computer per vedere se c'è un e-mail di Lukas. Niente.

Va a sdraiarsi sul letto, la faccia sul cuscino.

Suonano alla porta. Dev'essere quello del comune che pulisce i vetri.

Si alza, cerca i sei euro nelle tasche e va ad aprire.

«Devo parlarle» dice il ragazzo sulla porta. Dall'aspetto non sembra uno che pulisce i vetri.

«Devi parlarmi di cosa, sei un venditore, un testimone di Geova?».

«Non vede che sono arabo, mi faccia entrare un istante... devo dirle una cosa che importa più a lei che a me...».

Gregorio si sposta dalla porta. Il ragazzo guarda nella tromba delle scale, che non lo stia spiando nessuno, ed entra. Restano nel corridoio.

«È per stasera, quando lei esce a fare la sua solita passeggiata attraverso le dune, le spaccheranno le ossa...».

«Mi spaccheranno le ossa?».

«Sì, quelli che siamo seduti sulla panchina a fumare. Ieri è venuto un tipo e ci ha offerto 100 euro a testa perché stasera quando lei esce di casa e passeggia per le dune le spacchiamo qualche osso».

«Che tipo era?».

«Mezza età, olandese, per bene, vestito normale... Uno di noi gli ha chiesto che genere di pestaggio si aspettava, e lui ha detto: da fargli passare una decina di giorni all'ospedale...».

«E tu sei venuto a informarmi».

«Vuole sapere come mai sono venuto ad avvertirla? La metà dei soldi ce l'ha già data, ecco la metta così... e poi io non voglio pestare nessuno per così poco, so come vanno a finire queste cose, noi la incappucciamo, ma alla fine lei riesce lo stesso a vedere in faccia uno di noi e allora dobbiamo farla fuori... Ora esco, guardi che non ci sia qualcuno della mia banda per le scale».

Gregorio apre la porta, controlla su e giù nella tromba delle scale e gli fa segno di uscire.

Seduto al tavolo, Gregorio (ha appena controllato se c'è posta di Lukas, ma tutto tace) torna ad aprire la mappa delle carte da lasciare in Italia, e aggiunge: *Io ce la metterò tutta per essere in Italia questo fine settimana ma non lo so.* Cancella e scrive soltanto: *mi vogliono spaccare le ossa.*

Butta qualche capo d'abbigliamento estivo in un borsone, assieme ai documenti, i racconti, la mappa delle carte da lasciare in Italia, e la carta di credito sulla quale ha 1878 euro. Sono il residuo dell'ultimo uliveto che ha venduto.

È uscito di casa, guarda nella tromba delle scale, s'avvia con il borsone un po' nella destra un po' nella sinistra. Alla fermata dell'autobus prende il 71 che lo lascia davanti all'imbarcadero. Prima di scendere dà un'occhiata al piazzale.

Un paio di punk, biondi, la cresta blu, la radio accanto a tutto volume, se ne stanno seduti sul muretto. Teme che siano lì per lui. L'autobus sta per ripartire. Decide lo stesso di scendere, grida: apra per favore!

I punk lo guardano passare e non lo considerano neanche, presi come sono dalla musica. S'era messo paura per niente.

Alla pensilina dei battelli fa un biglietto per Amsterdam. Solo andata. Bisogna aspettare mezz'ora.

Si va a sedere su una panchina. Apre il borsone, guarda se non s'è dimenticato nulla, spazzolino, dentifricio, una decina di magliette, calze, mutande, la mappa delle carte da lasciare in Italia. Gli viene in mente che adesso c'è un problema. Come farà Lukas a comunicare, se lui d'ora in avanti non ha più collegamento con internet? Ad Amsterdam deve comprarsi un portatile e collegarsi alla rete.

Gregorio si guarda i punk. Ora non deve esagerare, sicuramente la milizia del Figlioccio proverà ancora in qualche modo a impedirgli di andare in Italia, ma in ogni banda di perdigiorno che incontra non può vedere gente intenzionata a spaccargli le ossa.

Mentre pensa a questo, uno dei punk riceve una telefonata, abbassa la musica, poi dà una gomitata all'amico, gli dice qualcosa e gli fa segno col mento. L'amico alza lo sguardo (l'altro gli ha rifatto segno col mento) e incrocia lo sguardo di Gregorio. Si alzano, vengono a sedersi accanto a Gregorio che toglie il borsone dalla panchina e fa loro posto.

Quello che ha parlato al telefono gli dice: «Senta, c'è un tipo che non so come cazzo abbia fatto ad avere il mio numero ma mi ha detto che se le spacchiamo le ossa domani mi gira sul conto in banca 1200 euro…».

«Dovrei essere io quello a cui fare il lavoro?».

«Dice uno, seduto di fronte all'imbarcadero, borsone accanto...».

«E gli credete sul compenso?».

«No... ma chi è e come fa a sapere il mio numero e che lei è qui mentre ci siamo noi...».

«Già, come fanno... È la milizia del Figlioccio».

Nel frattempo è giunto da Amsterdam lo scafo, fa manovra e s'accosta alla banchina.

Gregorio cerca di restare calmo, prevede che se si alzerà e s'avvierà verso lo scafo, i punk glielo impediranno. Ma lo scafo non resterà a disposizione che un paio di minuti e allora Gregorio sa che deve lo stesso provare e si alza, saluta i punk, sale sulla passerella e prende posto sul ponte, e niente di ciò che aveva previsto succede. Quando lo scafo riparte, con la mano si rimette a salutare i punk.

Ora, tutte le volte che qualcuno tra i passeggeri viene chiamato al telefono, Gregorio trema.

È un viaggio corto, mezz'ora neanche, lo scafo rimbalza sulle acque del Noord Kanaal, attraversa le acque del porto, entra nella città di Amsterdam e accosta alla banchina dietro la stazione.

Un'altra mezz'ora, a piedi, borsone da una mano all'altra, in un odore di hashish, birra e fast food, tra gente di ogni popolo, taxi, biciclette, rumeni che gli offrono una stanza, argentini che lo invitano nei ristoranti gaucho's, e tossici che gli propongono la migliore coca della città o gli chiedono euro, Gregorio giunge al canale del Keizersgracht.

Al 564 la bandiera italiana si muove nella brezza, i lampioni sono accesi, ma non ce ne sarebbe ancora bisogno. Sulla superba targa di ottone c'è scritto Consolato Italiano. Istituto di Cultura per i Paesi Bassi.

Il portone è aperto, blocca l'entrata un gruppetto di gente. Gregorio riconosce tra loro il direttore.

«Buona sera, direttore, sono Gregorio Sanderi».

«Sanderi, il nostro narratore!» si mette a fare il direttore. «Ma venga, venga» e si stacca immediatamente dal gruppetto. «E come mai con la valigia? Immagino che l'impiegata le abbia già detto che le ho fatto preparare un alloggio qui, è sopra gli uffici, in modo da non costringerla a fare sempre avanti indietro fino a Zeewijk».

Mentre parla, gli fa strada verso le scalinate dell'Istituto, e si volta un solo istante verso il gruppetto per far loro il gesto del ci vediamo dopo.

Dentro l'Istituto un'impiegata esce da un ufficio tutto di marmo e chiede al direttore qualcosa sul concerto che si terrà nella sala del NICE.

«Non ora, signorina, sono molto occupato, e dica in giro che non mi si disturbi». Sorride a Gregorio, lo invita a entrare nel suo ufficio. Molto elegante.

Dalla vetrata si vede il gruppetto di uomini coi quali il direttore stava parlando quando è arrivato Gregorio.

Il direttore gli spiega: «Sono quelli del NICE, New Italian Cinema Events, ma si accomodi, Gregorio. Le faccio portare un caffè?».

«No, la ringrazio, non voglio farle perdere molto tempo, quelli del NICE avranno fretta... Bene, io sono qui perché lei questo pomeriggio mi ha detto che un editore è intenzionato a tradurre la mia *Architettura* e a propormi un contratto...».

«Ma non solo, il ministero della Cultura attraverso me le propone di organizzare una serie di eventi».

«Quando?».

«Siamo già in ritardo, da domani dobbiamo metterci al lavoro».

«E se se ne parla fra quindici giorni?».

«Assolutamente no... Assolutamente no, mi faccia capire, che stupido, lei non è venuto con la valigia per trasferirsi qui, ma perché oggi stesso ha intenzione di tornarsene in Italia...».

«Me lo impedirebbe?». Capisce che è così. Deve giocare d'astuzia. «E va bene, accetto la proposta, direttore».

«Oh, benone!». Il direttore prende il telefono, fa un numero, forse un interno.

«Accetta... sì, era per domani ma si trasferisce qui già fin da oggi».

Poi si alza dalla poltrona. «Lei Gregorio mi aspetti qui... chiedo al factotum di accompagnarla all'alloggio, poi col tempo se lo vorrà le troveremo una sistemazione migliore, ma anche qui vedrà non le mancherà nulla...».

«Aspetto allora».

Appena viene lasciato solo, e sente che il direttore sta salendo le scale di legno, Gregorio ha un'idea, s'impadronisce del portatile che sta sulla scrivania, lo ficca in valigia, per farcelo stare deve tirare fuori qualche maglietta, pantaloni, chiude la valigia e apre la porta, guarda... via libera, in punta di piedi scende le scale. Esce dal palazzo.

Il gruppetto sulla porta, quelli del NICE, lo vedono, uno gli chiede: «Scende pure il direttore?».

«Sì, ora scende, è solo questione di qualche minuto, mi ha detto di dirvi di aspettarlo...». E si incammina tranquillo, senza destare sospetti, quando un grido da su, dalla finestra del palazzo, all'altezza della bandiera italiana, gli gela il sangue.

«Fermatelo, ci scappa...». È il direttore.

Gregorio si è già messo a correre, la valigia rallenta la sua corsa, ha una cinquantina di metri di vantaggio, non di più, e se si volta vede che un paio di loro tentano di tagliargli la strada dall'altro canale, ma continua a correre come se fosse in un cortile o nel bosco di Zeewijk, dove conosce ogni sentiero ogni respiro di fabbrica e di mare, ogni segnale del cuore...

* * *

Liguria, tre giorni dopo

È pomeriggio. Gregorio se ne sta nascosto in un canneto. Da qui ad Amsterdam ci sono almeno sette gradi. Un caldo umido, e la valle che tace, solo la voce di un merlo ogni tanto nel boschetto risale il fianco di là, e gli insetti, ovunque... Il fruscio dell'acqua. Quello delle canne invece, quando Gregorio si muove, è un rumore che non viene coperto da niente. Bisogna fare più attenzione.

Dorme nel varco che ha creato, sulle canne schiacciate, usando una maglia come cuscino. La valigia è aperta.

Guarda il ritaglio di cielo. Su questo fianco della valle qualche terrazza a monte cominciano le case, e si sentono le ore di San Rocco e più lontane, come un'eco, quelle di San Pancrazio. Sul fianco oltre il torrente salgono le terrazze fino alla vecchia vigna di Anselmo.

Il portatile che ha rubato sulla scrivania dell'Istituto di Amsterdam, è accanto alla valigia. Accende. Va alla posta: ci sono i quattro e-mail di Lukas.

Sono dei giorni scorsi.

Rilegge l'ultimo, quello che ha ricevuto oggi. Così, per passare il tempo.

Liguria occidentale, estivo 2065

Finalmente, Gregorio, io e te a un centinaio di metri, neanche, se alzo la testa dal mio nascondiglio vedo il posto in cui sei nascosto pure tu. È assurdo anche solo pensarlo eppure ti sento così vicino... e anche se la valle che tu vedi ora non c'è più, non ci sono più le case con le logge, i muri dei pochi orti ancora coltivati, anche se ora son tutti rovi, al fondo passa lo stesso torrente, e si sentono gli stessi grilli, gli uccelli, e fa lo stesso caldo.
Le campane di San Rocco non suonano più, il campanile è crollato con la frana del 2042. Da qui, dal mio rifugio, si vedono le macerie del paese e proprio vicino alla chiesetta pare ci sia una crepa che inghiottirebbe un autobus, è un crepa che i geologi hanno calcolato profondissima, oltre due mila metri. Ogni anno, con lo spostamento della terra ci cadono tonnellate di macerie, di pietre di San Rocco, di carrozzerie accartocciate e di frighi, lavatrici.
La prima volta che ho sconfinato nella valle proibita, col deltaplano, era notte, ho sorvolato le frane, le crepe, i rovi che hanno ingoiato gli ulivi, e sono planato dalle parti del carruggio... Naturalmente avevo il minuscolo strumentino che posseggo tutt'ora per non venire individuato dalla polizia del Figlioccio. Loro potevano solo sapere che qualcuno aveva sconfinato, dove beccarmi non ci riuscivano. Nemmeno ora. Potrebbero farlo solo se questo e-mail durasse più di quattro minuti e trentadue secondi, te l'ho già spiegato... Quel giorno ho cercato tra le rovine la vecchia casa dove abitavi da bambino, ho guardato il mondo dalle logge e in camera tua ho trovato ciò che hai scritto... è là che devi lasciare la mappa delle COSE DA LASCIARE IN ITALIA.
Ora devo salutarti, prima di sera riceverai altra mia posta, ti spiegherò cosa devi fare domani. Domani Gregorio è il grande giorno, domani se vorrai mi salverai

tuo Lukas

Gregorio spegne e si sdraia. Riprende a guardare l'azzurro tra i ciuffi di canne.

Le logge... Ricorda quel giorno, 3 agosto 1969. Era verso quest'ora del pomeriggio... Era nelle terrazze di Anselmo, sdraiato, e aspettava che la Cinquecento di un frate spuntasse dalla curva di San Secondo e la madre lo chiamasse dalla loggia di casa. Come sarebbe stato facile quel giorno cambiare il corso del fiume.

Si potesse intervenire su quel passato...

Ricorda Anselmo. Dev'essere vecchio ormai, l'ultima volta che è stato a San Rocco gli era parso giù, ma quel tre agosto di trentacinque anni fa era un uomo forte, la pelle abbronzata e la gamba buona, ed era adirato perché l'aveva sorpreso con le braccia sui filari... E ricorda le tedesche della colonia, come si chiamava quella ragazzina di quattordici anni... Ulrike.

Ha dormito un'ora, il sole sta per aggirare il canneto. Nella piscina della colonia (esiste ancora allora, l'altra estate dicevano di volerla chiudere) si sentono schiamazzi e tuffi. Un contadino con l'orto poche terrazze sopra il canneto sta innaffiando. L'acqua arriva ancora attraverso il condotto dal fondo di San Rocco.

È l'acqua che fino a trent'anni prima alimentava le ruote dei mulini. Chi è quel contadino, dovrebbe conoscerlo, magari è qualcuno che è venuto ad abitare a San Rocco da poco...

Piano, tra le canne rovesciate, che scricchiolano al minimo movimento e potrebbero sentirsi fin su dalla strada, Gregorio si sposta accanto al portatile. Accende, guarda se è arrivata posta di Lukas. Niente. Rilegge il primo e-mail. È quello ricevuto ieri, quand'era ancora ad Amsterdam...

Era scappato dall'Istituto e gli uomini del NICE l'avevano inseguito per i canali di A'dam. Aveva corso a perdifiato, sostenuto dalla discreta condizione atletica che gli veniva dalle corse nel bosco. In Herengracht aveva dietro ormai solo quattro uomini. In Spui era entrato nella libreria dell'Atheneum e i quattro gli erano passati davanti, ma uno l'aveva visto e lui era tornato a fuggire con la valigia sotto il braccio. Era riuscito a saltare su un tram. A quel punto, i due del NICE che ancora avevano fiato per inseguire un tram e in breve l'avrebbero potuto raggiungere e bloccare se fosse stato a piedi, si erano arresi, piegati ansimanti.

Era sceso dalle parti di Rembrandtsplein. Aveva chiesto a un edicolante se nelle vicinanze c'era un negozio di computer che faceva pure installazioni.

Ce n'era uno nella Utrechtsestraat, e mentre andava verso la Utrechtsestraat, aveva notato che due ragazze lo stavano seguendo. S'era fermato, le ragazze erano passate e s'erano perse nella folla... Era solo un'impressione, non lo seguivano.

Nel negozio di computer aveva aperto la valigia e messo sul banco il portatile appartenuto al direttore dell'Istituto. Il commesso era un indiano.

«Vorrei collegarmi a Maltikabel, un contratto economico, c'è *easy* mi pare, cancelli pure tutto e rifaccia tutto nuovo. Faccia ciò che vuole, insomma, basta che l'indirizzo di posta elettronica torni a essere: GregorioS@maltikab.nl... ah, ecco, e posso usare la carta di credito?».

Il commesso aveva detto che poteva fare tutto ciò che chiedeva e che poteva usare la carta di credito ma al lavoro non ci si poteva dedicare prima dell'indomani.

«Mille euro se ci si mette adesso, va bene?».

«Benissimo, può usare subito la carta di credito».

Così Gregorio pagò anticipatamente e scrisse su un foglietto l'indirizzo di posta.

L'indiano si mise all'opera. Gregorio si incamminò verso il fondo del negozio, nell'ombra, e aspettò seduto accanto alla valigia.

Dopo una mezz'ora, forse neanche, l'indù con la testa fasciata in nero e la barba lunga e nera che aveva trafficato al computer, lo chiamò. Era tutto a posto.

«Basta solo che lei scriva la password che vuole usare...».

Appena Gregorio ebbe dato la parola d'ordine, l'indiano gli disse ancora: «Toh, guardi ha ricevuto posta proprio adesso...».

Era questo messaggio.

Liguria occidentale, estivo 2065

Sei stato un grande Gregorio, ora devi fare un paio di cose urgentissime, ci sono almeno una ventina di persone sulle tue tracce, i punk che erano davanti all'imbarcadero, ad esempio, e le ragazze di poco fa che ti inseguivano per davvero. Come fanno a trovarti? È semplice, la polizia del Figlioccio riesce a localizzarti per via del segnale magnetico della carta di credito che ti porti appresso. Ogni vostro codice nel nostro mondo è detectabile, dunque ciò che devi fare è chiedere all'indù di poter prosciugare il conto e farti dare tutto cash, fatti vendere dall'indù pure una di quelle fasciature da avvolgere in testa, una tunica, qualcosa, perché ora la polizia del Figlioccio ha piazzato ogni telecamera satellitare su Amsterdam e ti cercano strada per strada, canale per canale.
Inoltre devi trovare qualcuno che ti venda un documento falso, e qui ci ho già pensato e posso aiutarti. Segui le mie istruzioni: vestito da indù vai al Café Chantant tra il Dam e la Centraal Station, chiedi di un peruviano, tal Uribe B. Attraverso la mia biblioteca sono venuto a sapere che nel 2004 era il migliore falsificatore di documenti di Amsterdam e forse del Nord Europa. Certo tu sei rimasto con giusto i soldi per il biglietto aereo e a questo dovevamo pensarci prima... Ho un'idea. Mi ricollego con te fra cinque minuti.

Cinque minuti più tardi Gregorio aveva ricevuto il secondo e-mail.

Liguria occidentale, estivo 2065

Ecco, ho trovato una soluzione, lascia computer e valigia nelle mani dell'indiano, prosciuga la carta di credito e gettala nel cesso nel retro del negozio, tira la catena, dall'indiano fatti dare un turbante, una tunica, digli che arrivi nel giro di mezz'ora, poi esci, prendi un taxi e vai al Dam. Ho appena visto nelle notizie del tuo tempo che oggi, e precisamente fra venti minuti, avverrà una rapina nel Diamond Center, un uomo di colore ha spaccato una vetrina e rubato un astuccio contenente una dozzina di pietre preziose, l'uomo esce prima che si blocchino le porte, corre verso la stazione, ma scivola, cade, le guardie giurate gli sono addosso...
Ora, se tu ti piazzi accanto alla panchina di fronte al McDonald's, quando cade hai trenta secondi per togliergli i diamanti, ma devi

farlo prima che gli piombino addosso le guardie… ma vai ora, subito, e poi mi raccomando, torni a prenderti valigia e computer e nel frattempo troverai altre mie indicazioni.

Terzo e-mail.

Liguria occidentale, estivo 2065

Fantastico. Leggo sullo schermo il ritaglio originale e ingiallito del Telegraaf.

Amsterdam. Rapina a un rapinatore. Come un passaggio di stecca, l'uomo di colore che aveva appena rubato da una vetrina un astuccio contenente pietre da 24 carati, cade e un uomo, di origine indiana si direbbe, appena giunto col taxi, deruba il ladro e si dilegua nei vicoli…

Ora esci, vai come ti ho detto al Café Chantant vicino alla stazione, ti metti in contatto con Uribe il peruviano, ti fai fare i documenti e paghi con un diamante.
Vendigliene un altro in modo da avere un po' di liquido, poi vai all'aeroporto e prendi un biglietto per Nizza. Lì ti aggiusti per arrivare a San Rocco, e quando sei al paese ti nascondi da qualche parte. Un buon posto è giù nel canneto, la terrazza sopra il torrente (io non ti sarò distante, ma è meglio che non comunichiamo neanche a "voce". Non mi fido).
Non fidarti di nessuno e soprattutto non uscire fin quando non avrai mie notizie. Domattina, al più tardi nel pomeriggio, ti torno a scrivere. Ah, non scordarti che devi aspettare nascosto un paio di giorni, ma nel frattempo devi trovare anche il modo di lasciarmi le tue cose scritte nella casa sotto il portico.
Il terzo giorno dovrai andare alla spiaggia. Ma per quest'ordine riceverai ancora conferma. In che pasticcio ti ho infilato!, ora prendi i soldi. L'hai gettata nel cesso la carta di credito? Sbarazzatene, mi raccomando, e tieni il computer sempre spento, leggi bene i miei e-mail per non più di quattro minuti e trentadue secondi. Oltre quel tempo gli uomini del Figlioccio possono individuarti e contattare qualcuno nel tuo tempo perché ti impedisca di venire a San Rocco.

et hoc est
tuo Lukas

Gregorio ha sorriso e spento subito il portatile. Si muove senza far troppo rumore, guarda tra le canne. Il paese lassù sembra fin troppo tranquillo.

Prende una mela dalla valigia, la pulisce con la manica e la morde.

Poi apre la mappa dei fogli da lasciare in Italia, si sistema per scrivere. Posizione ingrata.

* * *

Val Prino, dal canneto sotto le case di San Rocco aprile 2004

Potessi essere lì anch'io a guardare le rovine e il caos. A dirti chi sono... raccontarti i miei cortili e il tempo che ogni tanto riemerge dal buio, le schegge di un tempo putrefatto, popolato di cadaveri e di mani che mi cercano.

In queste ore, mentre aspetto i tuoi ultimi ordini, ho pensato tanto, sai, ho capito quasi tutto, la nostra vita si ripete senza che noi lo sappiamo. Non è così? Milioni di Gregorio e di Lukas che vivono anticipandosi uno con l'altro, la doppia virgola che non ho messo in questo istante, il Lukas dopo di me non potrà leggerla, ma se il Gregorio di ora la mette, il Lukas nato dopo il precedente Lukas la leggerà... O sono io che esagero? Ma che futuro è se il Gregorio di ora non potrà mai conoscere i Gregorio di ieri e di domani se non attraverso voci siderali... Che futuro è se dobbiamo ripetere ogni cosa come si suona sempre la stessa musica? Stanotte, nel dormiveglia, qui dentro le canne, ho temuto che dalla tua epoca la polizia del Figlioccio un giorno potrebbe avere il potere di fare quella «pulizia» pure nella mia epoca.

Andrebbero avanti solo i prescelti geneticamente, in quanto antenati di chi ha il potere nei tuoi anni. Eppure non mi importerebbe, la mia intera vita a volte mi pare l'abbia scelta un altro davvero, il collegio e lo sforzo che ho fatto – perché mai? – per accettarlo. Sono passato addosso al fatto che un giorno un gruppo di raccomandati hanno ottenuto un diploma, e io che più di loro lo meritavo, no; ho accettato che lo Stato mi impedisse di vedere morire mio padre. Cos'ho fatto per impedire queste cose? Forse la legge del Figlioccio non è già una restaurazione iniziata nella mia epoca?

Che dirti d'altro? Io che posso scrivere su carta fin quando voglio senza temere di essere individuato, ora non so più cosa dirti. In tutta la fretta che mi hai messo mi sono persino scordato le medicine. Ad Amsterdam nel negozio dell'indiano ho prosciugato il conto con la carta di credito e gettato la carta nel cesso. Era proprio così, la polizia del Figlioccio, con un infernale marchingegno che permette loro di detectare una persona nel passato attraverso un suo codice, mi stava localizzando. Dopo la rapina, sono tornato al negozio dell'indiano, sulla porta un signore distinto mi aspettava, armato, mi ha portato in un vicolo, chi l'ha assoldato per farmi fuori non so cosa gli avesse promesso, io tuttavia ho preso dal taschino un diamante, gliel'ho mostrato e poi l'ho gettato nel vicolo tra i passanti... il tipo si è rimesso la pistola sotto la giacca e si è lanciato tra le caviglie dei passanti, ha messo le mani sulla pietruzza e quando ha rialzato gli occhi c'ero lì io con la mia suola, ho calciato di collo pieno, dal basso verso l'alto, quello che ha sputato dev'essere stato un pezzo di lingua, gli ho tolto la pistola, sono entrato nel negozio e ho mostrato il diamante all'indiano, l'ha guardato bene e me l'ha comprato per duemila euro. Così ho preso valigia e portatile e mi sono recato da Uribe, il peruviano, gli ho fatto vedere un altro diamante e la pistola, mi ha portato nel retro del locale, mi ha applicato una barba finta, una pellicola scura sulla pelle, rifatto bene la faccia da indiano, un paio di foto e dopo un'oretta neanche che aspettavo seduto accanto al borsone e accendevo ogni tanto il computer, mi ha consegnato i documenti del signor K.B. di New Delhi, in vacanza in Europa.
A questo punto sono corso all'aeroporto, e ho fatto un biglietto per Nizza, ma il primo volo era in mattinata.
Ho dormito all'aeroporto di A'dam (c'era pieno di gente che mi cercava e girava con le mie foto da europeo) e il giorno dopo mi sono presentato al check-in e verso mezzogiorno ero a Nizza. Là ho preso un autobus che mi ha lasciato a Porto Maurizio. Ho comprato una scheda telefonica, come mi avevi detto di fare, e da un telefono pubblico ho telefonato a Edoardone. Non lo sentivo e vedevo da un anno. Appuntamento alla stazione di servizio del Prino, subito, gli ho detto.
È arrivato dopo una mezz'ora, con la sua moto da cross, due giri nel piazzale della stazione di servizio e ha posteggiato. Guardava qua e là, gli avventori che entravano nel bar, gli automobilisti che

facevano benzina, poi ha visto me, valigia, faccia e vestiti da indiano, e non mi ha riconosciuto. Ha guardato altrove. Io tenevo d'occhio lui e il resto e quando ho visto che non l'aveva seguito nessuno, mi sono avvicinato.

«Edo».

«Grego?».

Gli ho spiegato tutto, in fretta, mi ha accompagnato a San Rocco, senza passare tra le case, (per il carruggio, secondo Edo, da qualche giorno girano facce strane) ho voluto prima salutare i miei vecchi al cimitero, da lontano, perché girava strana gente anche tra le tombe, poi attraverso lo sterrato tra gli ulivi mi sono fatto accompagnare qui al torrente e mi sono nascosto nel canneto. Con Edo ho appuntamento stasera, mi porterà qualcosa da mangiare e mi terrà informato sui movimenti della gente strana che gira per il paese.

Questo è ciò che mi accadde, addio Lukas, attendo qualcosa di tuo

Gregorio

Piega i fogli e li mette nella mappa delle carte intitolata COSE DA LASCIARE IN ITALIA. Guarda sul computer se Lukas l'ha cercato. Niente.

Bene. Si vede che tutto procede secondo i piani, pensa. Spegne.

S'è tornato a sdraiare in modo da riavere il cielo tra i ciuffi di canne. Il contadino che innaffiava la verdura nelle terrazze sopra il canneto se ne dev'essere andato. Neanche le turiste tedesche in piscina si sentono più.

L'ombra gonfia nella cantilena del corso. Tanti anni fa questa era l'ora in cui la linea del sole, attraverso le pietraie, si ritirava verso le alture e Gregorio vedeva tutto dalla cucina, da un tavolo su cui posava una tovaglia che sembrava incendiarsi. Ci faceva conto su questa luce tanti anni fa. Gli piaceva aspettare che il cielo si riducesse a una ragnatela e il giorno si rintanasse nel passato, di là della valle. Non aveva altro che questa luce, gli sembra di ricordare.

Per la gente era l'ora buona per innaffiare, la verdura bagnata la sera non prendeva la malattia. Certe sere il padre gli chiedeva di seguirlo negli orti perché aprisse e chiudesse i rubinetti. L'acqua allagava a poco a poco la terra arsa e scorreva prendendo il colore del fango. E si sentivano queste rane, ricorda, i grilli e c'era gente che parlava ovunque...

Si addormenta, lo sveglia una campana. Suona da morto. È scesa la notte da un pezzo.

Dopo un po' suonano anche le ore.

Sono le dieci. Per qualche istante i rintocchi hanno messo a tacere le rane.

Per la strada del paese passano un paio di macchine dei carabinieri con gli abbaglianti.

Gregorio s'infila una maglia, gli brucia la schiena a forza di stare sdraiato sulle canne. E c'è umidità anche ora. Un mucchio di zanzare. Accende il computer. Lukas tace. Spegne.

Suonano le dieci anche le campane di San Pancrazio.

Dopo un po', all'improvviso, tacciono le rane, c'è qualcuno nel torrente... Potrebbe essere Edo, dovrebbe esserlo, l'appuntamento era per il buio. Un fruscio di passi si avvicina al canneto... È lui, è Edo, sposta le canne, entra.

«Ti ho portato qualcosa da mangiare... In paese ti cercano, sono venuti anche a casa mia a fare domande...».

Gregorio dà poca importanza a queste notizie. «Non abbiamo ancora avuto tempo di raccontarci niente, Edo, che stai combinando, che vita fai, sei poi entrato in comune, e Putrellino...».

Edo alza le spalle, i capelli un tempo gonfi di boccoli che odoravano di sciampo alle ortiche, sono radi, le guance abbronzate. «Ti ricordi ancora che l'anno scorso ti ho detto che facevo domanda come giardiniere a Imperia?».

«Io ricordo tutto, Edoardo... Ce l'hai una donna?».

«È un po'... abito con mio padre, è vecchio, gli ho detto: ho visto Grego, Grego chi?, m'ha chiesto».

Gregorio sorride. «Ho sentito le campane da morto».

«Ah sì, mi scordavo, Anselmo... Era vecchio, più di mio padre, ma la testa lui l'aveva ancora».

«Anselmo...». Era morto Anselmo. Disse: «Ci pensavo questo pomeriggio, pensavo al giorno in cui sono andato per la prima volta in collegio... Aspettavo che un frate mi venisse a prendere. Erano le tre del 3 agosto del 1969. Ero nella vigna di Anselmo». Stringe gli occhi e riprende: «Anselmo s'era arrabbiato perché mi aveva sorpreso con le braccia sui filari. Poi con la mano aveva mandato via le vespe e aveva staccato due belle pere, poi mia madre dalla loggia mi aveva chiamato ed ero corso a casa. Col frate eravamo partiti su una Cinquecento... Avevo visto il cane che poi avrebbe affollato le mie notti... Se qualcuno potesse intervenire davvero nel passato, Edoardo... È lo stesso».

«È una cosa che ho sempre voluto chiederti, Grego, anche quando andavamo al lago e ci facevamo le canne... come mai quel collegio non te lo sei più scordato?».

«Davvero, anche allora, al lago, non parlavo d'altro?». Ripensa a Falconi Leo. Guarda il cielo buio...

«Sempre, avevi quelle confusioni, come le chiamava tua madre, parlavi da solo e solo di collegi...».

«T'hanno mica seguito?».

«Un paio di tipi che si spacciano per turisti e fanno domande in giro, sulla porta li avevo... Sono sceso attraverso le cantine, e dopo la chiesa via torrente... Non me lo vuoi spiegare chi ti sta cercando?».

Morde il panino al pomodoro che Edoardo gli ha portato. «È una storia lunga, adesso vedo se ho posta... Ci rivedremo un giorno, Edo, forse, ma noi non lo sapremo, torneremo a tuffarci nel lago...».

Edoardo ascolta e sembra pensarci.

Gregorio accende il computer. C'è un e-mail di Lukas.

Liguria occidentale, estivo 2065

Ottimo Gregorio, ho letto le tue carte, scopro le tue peripezie per arrivare fin qui.

È solo più questione di ore e non ti chiederò più nulla. Ora ciò che devi fare è chiedere a Edo che ti accompagni in moto fino a Porto Maurizio, ti fai lasciare alla spiaggia, sali sul «molo lungo»... Ora capisci quanto era importante quel molo... vai in cima, dopo il faro, e là aspetti il giorno. Verso le dieci del mattino, non prima, ti fai trovare dalle parti della Spiaggia d'Oro che, lo sai, è tra gli scogli del molo e la spiaggetta libera, prendi come riferimento la boa di plastica, quella da cui i ragazzi si tuffano e per le ore 10.35 precise devi assolutamente essere in acqua, il punto dev'essere dove non si tocca più, esattamente lungo la linea d'aria che unisce la boa al palazzo *Liberty* della Spiaggia d'Oro.

Questo, caro amico, è l'ultimo email che ti mando. Fra qualche ora potrò uscire anch'io dalla zona proibita e tornare alla vita normale. Addio... E peccato, nelle carte che mi hai fatto trovare avrei voluto leggere perché hai deciso di aiutarmi.

Quattro minuti e due secondi... Presto non ti sarò mai più distante... Quattro minuti e dodici, devo dirti veramente addio e grazie. Dimenticavo: ringrazia anche Edoardo per tutto quanto

per l'eternità

vostro

L.

L'e-mail finisce, Gregorio spegne il computer.

«Ha rischiato stavolta» dice. Siccome Edoardo non gli chiede nulla, aggiunge: «Ha proprio chiuso a un paio di secondi... Dove ce l'hai la moto, Edo?».

«In piazza».

«Te la senti di portarmi fino alla Marina, via sterrati, la provinciale la terranno sotto controllo, immagino».

«Si può fare, passiamo da Robavilla, andiamo a Santa Brigida e scendiamo dai Poggi».

«Però prima mi devi fare l'altro favore. Devi portare questo fascio di carte in casa mia, sotto il portico...».

«Non chiedermelo, è impossibile, sulla porta ci sono un carabiniere e un soldato che stanno lì come se piantonassero i seggi elettorali».

«Passi dai tetti, entri dalla loggia, scassi un vetro ed entri, ce la farai, di questo ne sono sicuro... e lasci i fogli nel comò in camera mia, ti ricordi dove dormivo...».

«E sui tetti come ci arrivo?». Ci pensa e ha lui stesso una soluzione. «Posso entrare in casa di Anselmo, buonanima, a quest'ora le donne gli staranno recitando il rosario intorno al letto. Faccio finta di niente e dalla cucina passo sul terrazzo, salgo sui tetti... Ci provo». Si è messo i fogli sotto la camicia. «Dove ci vediamo?».

«Su dal box in Pian della Stella, per lo sterrato, fra un'ora, ce l'hai presente il box?».

Edoardo ha annuito, poi si è mosso nel canneto. Le rane tacciono di colpo.

Scende nel torrente e si allontana sotto la fronda degli olmi. Qualcuno, dalla strada, sette, otto terrazze sopra, illumina il canneto con una potente torcia elettrica. Gregorio si stende sulle canne, immobile, denti stretti...

Ora che è solo può pensare alla strana richiesta di Lukas. Farsi trovare domattina alle 10.35 alla Spiaggia d'Oro, e attendere tutta la notte nascosto sul molo... Il molo, sempre quel posto, da quanto...

San Rocco suona le undici, poi una mezza.

Verso mezzanotte Gregorio riaccende il computer per vedere se Lukas non ha contr'ordini. Niente.

Spegne il computer, lo chiude nella valigia, lascia tutto sulle canne, e a schiena bassa esce dal canneto. Si cala giù dal muro, salta sul letto del torrente. Le rane, maledizione, tacciono. Di scoglio in scoglio attraversa e risale il fianco in faccia al paese. Conosce un sentiero nascosto tra la vegetazione dei noccioli, cammina dietro i filari, a schiena bassa, sale su attraverso i condotti dell'acqua piovana. La vecchia vigna di Anselmo, e il punto preciso in cui aveva messo le braccia sui filari... e qui sullo spuntone è dove veniva a vedere se dalla curva di San Secondo spuntava la Cinquecento di Fratel Ludovico.

Attraverso il fogliame dei tralci abbandonati contempla il paese, è una serpia dalle squame illuminate, la terrazza di luci rosse e verdi dove i turisti della colonia fanno festa, e i lampioni accesi passato il carruggio, e le torce elettriche di chi dalla strada punta gli orti e lo sta cercando. La luce in casa di Anselmo. Fra poco le donne termineranno il rosario e sono finestre che non si accenderanno mai più, non nei primi mesi.

Anselmo era solo, erediteranno i parenti lontani che aveva a Sanremo, e tempo qualche mese venderanno ai tedeschi. Qui si fa ancora così. Sta bisbigliando a Lukas, forse perché sulle carte gli pare di non avergli raccontato abbastanza, di non avergli chiesto nulla.

La campana di San Rocco suona una mezza. È ora di andare adesso, Edo fra poco è su dal box.

Risale a schiena bassa il tratto di mulattiera che entra nella zona ulivata. Dopo un po' in faccia, sotto i portici del paese, si accende una moto da cross.

E una ventina di minuti più tardi la moto si spegne davanti al box di lamiera. Gregorio esce da dietro un tronco d'un ulivo.

«Le carte?» gli chiede.

«Fatto, le ho lasciate nel comodino nella tua cameretta...».

«Perfetto, ci salutiamo qui, Edo, a Porto non ci sarà più tempo, più o meno dal passaggio a livello al Prino, quando ti faccio segno, ti fermi, io scendo e tu schizzi via... Forse domani ci rivediamo ed è finito tutto...».

Si abbracciano. «Ora andiamo» ordina Gregorio.

«Non ti ho portato il casco per non dare nell'occhio che avrei avuto un passeggero».

«Bravo». Sale dietro.

Edoardo ha messo in moto con una pedata e i pneumatici mordono subito la terra.

È uno sterrato che aggira la valle, passa sotto gli ulivi, e scavalca.

Gregorio ha davanti agli occhi il casco bianco di Edo, e pensa all'odore di sciampo alle ortiche che liberavano i suoi capelli.

Il mare è tutto quel buio al fondo delle serre illuminate. A un certo punto la moto ha un leggero scarto e trova l'asfalto. Scende ancora tra ulivi e paesi, fin sull'Aurelia.

Se ci fosse un controllo dei carabinieri sarebbe la fine, pensa Gregorio.

Ma va tutto bene, da San Lorenzo s'avvicinano a Porto Maurizio, e prima della foce del Prino Gregorio tocca il braccio di Edo e gli fa segno a destra. È la stradina che poi sbuca sul lungomare, Edo scala nervosamente e la imbocca, passa sotto un minuscolo tunnel, un treno sta sfrecciando... Quando Gregorio gli ha ritoccato la spalla e gridato qualcosa, Edo si ferma e Gregorio scende.

Edo lo guarda, sente la mano di Gregorio sul casco, fa ridere gli occhi e riparte su una ruota.

Le due di notte, in cima al molo.

Gregorio è quassù da più di un'ora. Deve aspettare.

Nascosto tra gli scogli, in un odore che sa di un salmastro e di orina di gatti che sembrano uscire dal racconto dell'*Architettura*, avrebbe voglia di dormire qualche ora ma non gli riesce. Ogni volta che sente dei passi, spalanca gli occhi e si rannicchia.

Sono coppie di turisti che vengono in cima al molo, si strofinano un po' contro il muraglione spartivento, si mettono mano sotto i vestiti, ridacchiando le donne, seri gli uomini. Ogni tanto qualche insonne sale fin dal faro a sbadigliare, a guardare i gruppetti di giovani seduti sul muretto che gettano bucce d'anguria in acqua.

Gregorio, fermo, non tira fuori la testa dal suo nascondiglio.

Verso le sei si fa chiaro. Un po' ha dormito e sta patendo pure del freddo.

Osserva le onde giungere agli scogli, migliaia di io come i Gregorio che gli hanno sempre parlato, migliaia di storie che hanno già vissuto e vivranno dopo, storie che cominciano dallo stesso posto e giungono fin qui senza mai incontrarsi, senza mai sapere che davanti o dietro esistevano nella stessa onda...

Sono le sette, le hanno suonate le campane della chiesetta gotica. Il cielo si alza dal mare. La baia è impallidita, timidamente si è fatto giorno.

Pensa ad Anselmo, che è già in un altro tempo, all'estate del '69, a quel T di luna che formava la persiana e pensa ai racconti che scriverà.

Al fondo del mare, oggi non si vede la Corsica. Ha freddo, e pensa d'aver pensato a tutto...

...si sveglia tutto sudato. Guarda l'ora: sono le 10 e 28. Ma è tardissimo, Lukas è stato chiaro, alle 10 e 35 deve farsi trovare alla Spiaggia d'Oro, e precisamente a metà tra la boa dei tuffi e il bagnasciuga. Che disastro, ha dormito come un ghiro, nemmeno il sole alto l'ha svegliato, un'esplosione di riverberi arrivano dal punto in cui aveva cercato la Corsica... E il bello è che Lukas non gli aveva raccomandato altro.

Si alza dagli scogli, ora lo vedono tutti, il molo è affollato, bagnanti, pescatori, ragazzi che salgono in bici, vecchi, gente strana con l'auricolare... Uno di questi capisce che è lui, è il loro uomo, è Gregorio S., e gli viene incontro di corsa, parla nell'auricolare. Da metà molo corrono altri bestioni provvisti anche loro di auriculari, la gente si scansa, Gregorio deve decidere. Sono le dieci e trenta, i bestioni gli stanno sbarrando la strada anche dal muraglione spartivento.

Sono troppi... Alle 10 e 35... tra la boa e la riva... Non ce la farai mai, non gli resta che gettarsi in mare e puntare in diagonale verso la Spiaggia d'Oro. Bracciate potenti ma scomposte, non è mai stato un grande nuotatore. Con la coda dell'occhio, come quando correva nei cortili, s'accorge d'avere accanto un paio di bestioni che cercano di tagliargli la strada, è gente che nuota meglio di lui, ha stile, ne ha un paio anche dietro. Stanno recuperando e convergendo su di lui...

Un turista dal suo pedalò si guarda la scena e ride. Una barca al largo allunga il mare, onde che investono il viso di Gregorio, l'accecano, forse può tentare ancora qualcosa, raccoglie le ultime forze e cambia rotta, sorprendendo gli inseguitori.

Si dirige verso il pedalò del turista che sembra intuire, in ritardo, e quando si rimette a pedalare, Gregorio s'è ormai aggrappato, sale sul pedalò, dopo un po' di lotta riesce a buttare a mare il tizio.

Al primo bestione, che nel frattempo aveva messo anche lui le braccia sul pedalò e stava per issarsi, Gregorio ha rifilato un calcio in faccia, il bestione molla la presa, si tocca il naso sanguinante, si sfila l'auricolare e bestemmia in una lingua slava, nuota dietro il pedalò di Gregorio finché può... ma poi lascia perdere e a lente bracciate, assieme al turista si dirige verso il molo. Neanche gli altri bestioni lo inseguono.

Gregorio guarda l'ora. Sono le dieci e trentaquattro, la boa piattaforma dove si tuffano i giovani non è distante, ma nel punto stabilito, a metà strada tra la boa e la riva non ci arriverà mai, bisognerebbe fare una gimcana tra i bagnanti... Allora dà ancora qualche pedalata e poi si tuffa, avanza a nuoto, esausto, passa la boa, ancora venti secondi per percorrere una cinquantina di metri... Una donna, dalla faccia grassa, a pochi metri da lui sbraccia, sparisce nei flutti, braccia alte, torna su e grida. Non tocca, questo è il dramma, questa donna non tocca e annegherà presto.

È il momento in cui Gregorio è sicuro di avere tradito Lukas, non può lasciare annegare la donna, si dirige verso lei. Non ha mai salvato nessun naufrago, ma sa che bisogna prenderli da dietro, per la gola, e trascinarli, ci prova, va avanti a stento qualche metro, fin quando non sente che si tocca... Un paio di bagnini stanno arrivando, quello davanti ha la zatterina legata al polso e afferra la donna grassa dalle sue mani, la porta a riva. La gente, i bagnanti, anche la gente accorsa dal molo, tutti guardano quest'uomo vestito che si accascia sulla sabbia.

Quando si risveglia è nella camera di un ospedale. Ha un pigiama, la barba di due giorni. L'infermiera gli sorride.

«Signora, io avevo un portafoglio nei pantaloni, con dei soldi, molti, la settimana scorsa ho venduto dei diamanti».

«Era tutto bagnato, ma ora è asciutto ed è tutto al sicuro, non si disperi... Ha dormito a lungo. La signora che ha salvato la ringrazia...».

«È qui?».

«Sì ma adesso lei non può ancora alzarsi... non sembra neanche contento».

«Lo sono eccome per la signora... ma avevo un appuntamento... ho tradito un amico al quale avevo dato la parola...».

«Non capirà che è stato per un gesto straordinario?».

«Credo di sì».

Appena l'infermiera esce, Gregorio si alza, si mette una vestaglia che trova sul suo letto, apre la porta, percorre il corridoio, scende all'accettazione. Si informa su chi è la signora e a che piano è.

Prende l'ascensore. Entra nella corsia che gli hanno indicato, si fa dire da un'infermiera a che letto è la signora che stava per annegare.

Entra nella stanza e vede un uomo in piedi, la donna grassa è nel letto.

«Sono quello che nuotava dalle sue parti, signora».

«Lo so bene» risponde lei sorridendo. «Ma cosa fa scalzo?».

«Sono venuto qualche volta nella sua stanza, ma riposava... Aspetti un attimo» gli dice l'uomo.

Torna, dopo aver cercato nell'armadietto, con un paio di ciabatte da donna, Gregorio riesce a farci entrare i piedi. L'uomo gli chiede di seguirlo, escono in corridoio, entrano in uno stanzone, si fermano davanti a una porta a vetri e sorridono alla riga di neonati. È venuta anche la donna, si trascina a stento.

Gregorio guarda i bambini.

«È il terzo...» dice la signora.

«È nato di sette mesi... Senta, se non le sembro troppo curioso, ma come mai lei nuotava vestito?» chiede l'uomo.

Gregorio e la signora si siedono sulle due sedie accanto alla porta. «Diciamo che alle dieci e trentacinque dovevo essere da quelle parti per far un favore a un amico... Come l'avete chiamato?».

«Lukas» hanno risposto assieme.

Entra un'infermiera, ordina a Gregorio di tornare al suo reparto.

Gregorio, con le sue minuscole ciabatte da donna, e la signora si alzano a fatica dalle sedie e tornano in corridoio.

Gregorio guarda il mare dalla vetrata e sta lì, quasi in punta di piede per non poggiare il tallone sul pavimento, in attesa che ripassi l'infermiera e gli dica che lì non può stare... Sta lì, davanti alla vetrata, e guarda il mare.

Quell'odore putrefatto che a volte gli pare avere il tempo, ora crede di conoscerlo.

È l'odore di se stesso e di una cosa che ricomincia, che altro potrebbe essere? Un'onda che sta arrivando, e poi un'altra e un'altra ancora, come forse avviene laggiù su quel mare.

C'è un quotidiano che qualcuno ha lasciato sul tavolo, la pagina è quella delle notizie locali, un trafiletto sottolineato, col nome della spiaggia, dove si fanno le iniziali della donna salvata in extremis e le iniziali del salvatore, ligure di quarant'anni, emigrato in Olanda... Ne devono aver parlato tutti.

E Gregorio sa che da qualche parte nelle mani di Lukas quel ritaglio di giornale è ingiallito da anni... E allora sa pure che da qualche parte, in questo preciso istante, c'è un 3 agosto dell'anno 1969, e il bambino che rampa su per la mulattiera di fronte al paese di San Rocco si chiama Gregorio. È un bambino che sente in gola il risotto di mezzogiorno, e perché torni giù, in un posto del ventre, forse in un organo che ha solo lui, smette di pensare al collegio, ma subito si accorge che a un paio d'ore dalla partenza questo non è più possibile. Potrebbe ancora tentare qualcosa, gridare a sua madre che ha cambiato idea e resterà a casa, potrebbe correre a casa e piangere davanti a lei, ecco, questo sa che potrebbe farlo e che basterebbe, oppure correre su per gli uliveti, raggiungere suo padre e dirgli come stanno le cose, dirgli che s'è pentito, sarebbe sufficiente anche solo questo.

Per ultimo potrebbe scappare... Ma non fa niente, e sta lì perché sta aspettando solo un segnale – una di quelle voci di madre che lo chiamano e scendono sulle colline come un lenzuolo la notte d'estate sulla pelle – e starà lì ancora un'ora in attesa che il suo nome esca dalle logge.

Più tardi, quando la Cinquecento su cui è salito, viaggia ormai in territorio piemontese, se il frate che è alla guida non gli parla, Gregorio può guardare i suoi occhi riflessi nel vetro. Li vorrebbe veder sparire in quel buio, sparire nella notte sconosciuta, farli diventare la notte, gettarli nel fiume schiumoso che il frate gli ha detto essere il Tanaro, vorrebbe essere uno dei pioppi piantati nella ghiaia, il campo di granoturco, o una di queste colline che sembrano nascondere ancora un mare, ma è solo lui anche stavolta.

Stasera conoscerà Falconi Leo.

* * *

Due anni dopo questi fatti, una rivista pubblicherà in tre puntate il racconto *L'architettura del molo di Porto Maurizio,* che passerà inosservato.

Nel 2060, Lukas, durante una delle sue visite clandestine al defunto paese di San Rocco, troverà alcune copie della rivista in un armadio, sotto le macerie di un portico.

Credendo di far bene, riportiamo qui il racconto al quale Gregorio Sanderi aveva chiesto di lavorare a tutte le voci che da un giorno di agosto del 1969 gli hanno parlato.

L'architettura del molo di Porto Maurizio

Se fosse durata sarebbe stata la quinta estate sotto le palme. Ma il padrone teneva le bestie solo per un periodo e poi le abbandonava, e un giorno toccò anche a Cobre.

Successe tra luglio e agosto, una sera di vento, con cavalloni bianchi sul mare e su a mezza costa un gran numero di palme sconvolte.

Quando Cobre pensava a quel giorno, ricordava che dapprima il padrone l'aveva lasciato correre a piacere, e un po' quella impressione di libertà e il poter agire di sua volontà, come ad esempio il fatto curioso di poter orinare sui ceppi delle palme senza ricevere rimproveri e pietrate, l'avevano riempito di brutti presentimenti. Inoltre, benché il suo in particolare fosse un legaccio esageratamente lungo, mai come quella volta gli era capitato di arrivare così lontano. Forse il legaccio s'era sciolto e per liberarsi bastava saltare la rete a maglie elettrosaldate?

Venti trenta passi, non c'era bisogno di allontanarsi tanto per capire se il legaccio era davvero sciolto.

Così ci aveva provato, ma dopo vari tentativi aveva desistito, perché la rete era troppo alta, gli era sempre parsa più alta di quanto non fosse lungo il legaccio, e l'idea che questo si tendesse prima di lasciargli guadagnare il terreno lo terrorizzava. L'ultimo cane che il padrone aveva seppellito era morto proprio impiccato a quel modo.

Di solito, per portare a perdere i cani, il padrone sceglieva qualche paesino dell'entroterra e aspettava la sera in modo da non avere testimoni.

Solo che quel giorno non aveva tenuto conto che in vallata si festeggiava santa Marta, e per i vicoli e sui gradini delle case c'era ancora troppa gente che rideva al fresco. Allora il padrone aveva attraversato i paesi uno dopo l'altro e s'era fermato in uno spiazzo all'ingresso di una gola buia di ulivi.

Poi andò così. Il padrone aprì la portiera e Cobre scese, si guardò attorno, diffidente. Orinò sul ciglio della strada e attese che il motore si spegnesse e dalla vettura scendesse pure il padrone, come faceva quando lo portava a passeggiare sul colle delle serre. O che facesse manovra, il muso dell'auto rivolto nuovamente verso la riviera, e la portiera si riaprisse, pronta a riaccoglierlo.

Invece quella sera la portiera non si riaprì, la vettura girò in fretta nello spiazzo e schizzò via in direzione della riviera. Le lucette rosse dei freni sparirono quasi subito inghiottite dalla notte e dai tornanti.

Cobre accennò una rincorsa e si fermò a guardare. Il ruggito della vettura si allontanò e tacque finalmente. Si sentivano solo i grilli e le rane.

Cobre alzò gli occhi, incredulo, e scoprì sopra di sé l'immobile oscurità degli ulivi, così cespugliosi e diversi dalle palme. Pian piano distinse altri rumori. La cascatella di un torrente, poi un merlo, spaventato, era volato nelle terrazze di là del torrente. Un bisciotto che strisciava nell'erba alta e di colpo si trovava smarrito sull'asfalto nudo. Gelida, infine, scivolò tra gli ulivi la sagoma bianca di un uccello, e una rana si tuffò nel torrente.

Un torrente Cobre non l'aveva mai visto, dubitava tuttavia che si trattasse di una grande quantità d'acqua. Faceva troppo rumore, mentre l'idea che gli dava tanta acqua assieme, come l'immagine a cui l'aveva abituato il mare, era di grande silenzio.

Ridiscese un tratto della strada, aggirò il costone e giunse sopra il vespaio di finestre illuminate e lampioni che costeggiavano altre strade.

Salì con le zampe sul guardrail a guardare la notte e cominciò a chiamare.

Taceva giusto un istante, e stava lì, come incantato, in attesa di qualcosa, di un segnale. Di un grido di quelli del padrone che lo mettevano a tacere quando abbaiava forte. C'erano cose che bastava volere sotto le palme, gli pareva di ricordare.

Il nuovo giorno lo colse stanco e affamato.

Il motivo per cui il padrone l'aveva abbandonato lo ignorava ancora, ma oggi ci pensava meno. Gli pareva di avere fame e basta.

La luce scivolava dagli orli dei boschi, penetrava cancelli, ed era come se gli spazi della valle si fossero allargati e i versi delle bestie e il parlare della gente arrivassero da più lontano.

Cobre attraversò i posti del sole, poi un paese ancora nell'ombra, passò davanti alla bottega di un fabbro che picchiava sull'incudine, e quando fu oltre le case si accorse che dalle colline di fronte, che erano spoglie, nude frane con falesie a picco sul torrente, tornavano le eco dei colpi. Ci provò anche lui, chiamò diverse volte e si ascoltò, spaventato perché da sotto le palme era abituato a sentire il suo grido proseguire libero, senza risposte, sul mare.

Al fondo del vallone tornò ad alzare gli occhi alle falesie e a farsi sentire. Una, due, tre volte.

Attese un attimo e riprovò. Niente. L'altro io non rispondeva più.

Costeggiò il guardrail. Le unghie graffiavano l'asfalto, un passo con una cadenza domestica ormai, l'ombra del guardrail era un riferimento da non perdere.

Anche addentrarsi nella macchia delle vigne e degli ulivi aveva un suo fascino, dava verticalità alla sua ricerca, una possibilità di corsa su per i gradini delle mulattiere che incidevano diagonalmente il costato della valle, e di scoprire nuovi odori, distinguere l'azzurro del verderame dal verde delle foglie dei vitigni.

Col tempo imparò pure a trovare l'acqua nei condotti irrigui e a orientarsi tra tante coltivazioni, ma soprattutto a correre sul bordo dei solchi senza rovinare le capanne dei fagioli. E questo quando si trattava di ritrovare al più presto l'asfalto perché di colpo gli pareva di riconoscere in un rumore di macchina il ruggito dei ricordi, e allora il cuore gli saltava in gola, e subito si precipitava giù per la mulattiera e ripassava presto sotto il guardrail... Ma la macchina era sempre un'altra, il padrone non tornava.

Nella terrazza di fronte al paese, coltivata a vigna, dove s'era fermato a sorvegliare da lontano la strada, aveva incontrato un bambino.

I pantaloni corti, immobile, le braccia sul filare al bordo della terrazza, sembrava aspettare anche lui.

Un uomo, poco distante, con l'irroratrice in spalla, spruzzava verderame sulle foglie della vigna.

Dopo un po', dalle bianche logge di un palazzo era uscita la voce di una donna e il bambino s'era messo a correre verso le case.

Anche Cobre s'era diretto alla mulattiera.

I gradoni scendevano a un ponte in stile romanico. Un torrente scorreva senza fretta all'ombra di canneti e olmi dalle radici scoperte.

Si lasciò guidare da una cantilena di cascatelle. Seguì un tratto la riva, andando a zig zag tra olmi scuoiati da rottami di lavatrici e pneumatici trascinati da chissà quale piena, poi tra banchi di ghiaia.

Per le terrazze giravano contadini dalla faccia scura e la canottiera bianca a brandelli, e nei tratti scoperti Cobre doveva stare bene all'erta perché, all'accorgersi di averlo a tiro, i contadini posavano la zappa e s'armavano di pietre.

La corsa lo riportò tra le case, a un vicolo pieno di motorini e di gioventù.

Passò distante, oltre una chiesuola, rasentando il muro al sole e all'imboccatura di un portico incontrò di nuovo il bambino di prima. Indossava un'altra maglietta, era ben pettinato e un uomo dalla lunga tunica nera che rifletteva il sole, gli camminava accanto con una valigia.

Con l'arrivo della notte, Cobre pensò al padrone e la pietà gli strinse gli occhi. Accompagnava a mente la luce gialla delle macchine, e quella rossiccia dei freni che spariva nelle curve, e provava a risentire un dolore, ma non ci riusciva perché il gesto che gli aveva staccato la carne era di ieri, e ciò che sentiva nella carne di oggi era solo il vuoto del morso.

Il castigo era questa attesa, alzare gli arti sul guardrail, guardare lo stellato, e non capire. Ricordare che sotto le palme, questa era l'ora in cui la schiuma del mare si faceva più chiara della luna, e l'ansia di sentire il legaccio allora si faceva pace.

Il passo lento, meccanico, quando fu stanco di tenere le zampe sul guardrail, Cobre lasciò l'asfalto per un sentiero di terra e tornò al gruppo di case.

Trovò rifugio in fondo al portico dove aveva visto il bambino. Regnava là sotto una grande calma e un buon odore di fieno usciva dalle stalle. I sospiri dei buoi giungevano come segnali di resa.

Si sistemò sotto un basto, posò la testa per terra e fissò nel buio i rami di una palma nell'orto sotto l'arcata. L'idea era di dormire qualche ora e poi, col giorno, riprendere il cammino. Ma avrebbe voluto che fosse già l'alba.

Una luce elettrica si accese in un terrazzo, illuminando un pezzo di portico. Cobre aprì gli occhi e guardò le cose adesso. L'immagine del bambino era rimasta scolpita nei rami della palma e nelle arcate di pietra. La madre l'aveva abbracciato, mentre l'uomo dalla lunga tunica nera aveva messo una valigia nel bagagliaio ed era salito sulla macchina. Quando il bambino s'era staccato dalla madre, l'uomo dalla lunga tunica nera aveva aperto la portiera del passeggero.

Si allungò, come fanno i cani delusi al risveglio. Sentì che sotto il portico c'era gente. Allungò il collo oltre il basto. Erano un paio di vecchi, seduti sulla panca poco distante, che parlavano a voce alta. Uno, ogni due o tre parole si sputava tra i piedi, l'altro con un bastone picchiettava sul lastricato e ripeteva le cose, come se quello che sputava fosse sordo.

Cobre sbadigliò e seguì con gli occhi il volo sclerotico di un pipistrello di là delle arcate. Le rane del torrente, a brevi rumori alternavano silenzi che mettevano spavento. Durante le pause delle rane e dei vecchi, dalle terrazze buie, in faccia al paese, arrivava un pezzo del repertorio dell'usignolo.

Un gatto poi s'avvicinò al basto, passi leggeri, si mosse a ridosso dei pilastri delle arcate. Cercava il confronto, ma Cobre non gli diede la soddisfazione di inseguirlo e il gatto tirò dritto.

Ogni tanto si sentivano rintocchi di campane.

I vecchi non parlavano più da un pezzo e l'aria s'era rinfrescata.

Uscì da sotto il basto. Oltre le arcate un pezzo di cielo a contatto con le colline, faceva chiaro. Alcune bestie erano già partite per la fatica, altre dovevano essere vecchie e riposavano ancora nelle stalle. Se ne stavano accanto alle greppie o sdraiate sul fieno, e Cobre le guardò attraverso le fessure delle porte.

Dalle parti della panca dove nella notte erano seduti i vecchi, trovò una porticina aperta quattro dita. Vi entrò con la speranza di sfamarsi.

Era una stalla troppo bassa per ospitare una bestia da tiro. Si diresse verso una rete e calpestò una pozzanghera, provocando di là della rete un fuggi fuggi di conigli.

Una voce sorda e un rumore di passi si avvicinò alla stalla. Cobre uscì dalla porta in tempo e scappò a nascondersi. Riconobbe in quei tonfi la pesantezza del padrone, quando girava a vuoto sotto le palme, ma non ebbe il coraggio di guardare. Stette così, in atteggiamento di preghiera.

I passi s'erano fermati nella stalla dei conigli. Dopo qualche istante uscirono e si allontanarono definitivamente. Cobre allungò il collo da dietro l'arcata e guardò l'uomo di spalle.

No, non era lui, e per la seconda volta egli sentì che la coscienza della resa non lo feriva più.

Spogliato dai morsi del sole, il fondovalle diradava la sua segreta frescura.

Si andava incontro a spazi sempre più aperti e chiari, anche se il dilatarsi del giorno assomigliava ancora così poco a cosa cercava Cobre.

L'abbassarsi delle colline moltiplicava i paesi, borghi annodati o lunghi, trapunti di campanili, e paesi assediati da ulivi e rovi come da eserciti pronti a entrare tra le mura.

Pensava a come si sarebbe messo a correre se al posto di tanta fronda, passata una di quelle curve, l'avessero sorpreso la vastità del mare e le vele bianche che vedeva dal colle delle palme.

All'ora in cui il guardrail smise di fare ombra egli aveva già percorso un bel pezzo di strada. Camminava così, di buona lena, rasentando il guardrail e sentendo nei polmoni il soffio delle macchine.

L'incontro coi suoi simili gli dava fastidio. Si trattava quasi sempre del solito mastino che gli correva accanto e mostrava i denti attraverso una rete.

Giunto a ridosso di un costone all'ombra, tra scheletri di case e vigne, si fermò a prendere respiro. Era un punto dove doveva sedersi la gente a contemplare la valle, c'erano cartacce, un bidone della spazzatura pieno e qualche panchina. Annusò attraverso la retina del bidone. Ora la fame gli torceva le budella.

Seduto sulla panchina più distante un giovanotto fumava spaziando lo sguardo sui tetti delle case e le mura di un cimitero.

Cobre si avvicinò.

«Non ho niente» gli sorrise il giovanotto. «Ti hanno portato a perdere, o sei scappato tu? Se domani torni qui verso quest'ora qualcosa rimedio... ma tu domani sarai già lontano, vero?».

Mentre il giovanotto parlava Cobre aveva notato due suoi simili lungo l'asfalto.

Vide che erano liberi, e non li separava dalla strada nessun recinto, né li teneva un legaccio, ma se ne stavano sul ciglio della strada in attesa che passassero le macchine. Quando ne vedevano arrivare una si preparavano e le correvano il più a lungo possibile al fianco, poi la lasciavano andare e tornavano al punto di partenza.

«Scendi da loro, loro di cibo ne ricevono sempre» disse il giovanotto. Spense col tacco la sigaretta. E dopo un po': «Anch'io cerco il padrone. Lo cerchiamo tutti... Dimmi se ti piacciono:

Con le terrazze che
precipitano nel vuoto
a spalancare la baia all'anima serve
il salso
a ingabbiare la luna
il mare
a ridar luce al giorno basterebbe
ieri
solo che ogni volta che
preparo la fuga trovo
il domani

Sono cose che ho scritte stanotte».

Cobre non poteva giudicare, però era rimasto a sentire, come per educazione, il labbro assetato gli si era fermato sopra le gengive superiori, e gli occhi fissavano questo strano giovanotto che non la smetteva di parlare.

«Vedi questo paesone, ci sono autisti, muratori, meccanici, maestri, impiegati fruttivendoli e poi ci sono quelli come me, li chiamano poeti, che salgono quassù a guardare le cose e a cercare le parole per dire che qualcuno, come è successo a te, ci ha portato a perdere, e che, chi più chi meno, lo stiamo cercando. Non mi puoi capire, vero? L'asfalto, che hai già chiaro di non dover lasciare mai, ti porterà al mare. Di questo puoi starne sicuro. Sul catrame il padrone ti ha abbandonato e sul catrame lo ritroverai. Questa per te, prima di vedere il mare, è la stagione della gioventù, un po' come succede a noi di non essere più giovani quando cominciamo a sentire che prima o poi arriveremo... Perché il mare sarà per te davvero la conclusione di tutto, sarà bello vedrai, le palme della memoria t'illuderanno d'essere arrivato al punto da cui eri partito. Chiamerai, vedrai, ma non ti giungerà eco, proverai a cercare strade, ma oltre non proseguirai, il mare è impossibile lasciarselo dietro. Allora sognerai, ci fosse un solco in cui l'acqua finisce, ci fosse un mondo di là di quel solco! E così proverai lo stesso a conoscere le onde, e rischierai, vedrai, cercherai artifici. Alla fine scoprirai una specie di strada e la percorrerai, vi giungerai in cima, ma poi vedrai che intorno sarà ancora tutto mare, così tornerai alle palme e un po' penserai d'essere stato lo stesso felice... Ma ora tu hai fame e io non ho niente».

Cobre era tornato all'asfalto, s'era avvicinato alla scarpata dove sostavano i due cani. Vide che erano davvero liberi, non c'erano trucchi, e stavano lì, in attesa che passassero le macchine per poi inseguirle. Siccome gli continuavano a dare la schiena, spostandosi poco alla volta, riuscì ad aggirarli e ad avvicinarsi ai resti di pasta fredda e gallina che giacevano in abbondanza per la scarpata.

Annusò, diffidente dapprima, poi si fece coraggio e staccò un osso.

Alzò gli occhi e controllò che andasse tutto bene. Gli parve di sì e allora affondò i denti nella carcassa della gallina facendone sparire mezza.

Si leccò il labbro. I due s'accorsero della presenza di Cobre a saccheggio avvenuto, ma non fecero nessuna scenata, intenti com'erano ancora a eseguire il loro lavoro. Uno non conosceva proprio riposo, tornava con la bava alla bocca a piazzarsi sulla scarpata, il muso nella polvere e le zampe ben puntellate in modo da balzare lanciato al fianco della prossima macchina. L'altro invece se la prendeva più comoda e se vedeva che la macchina da inseguire andava a una velocità sostenuta non ci si metteva neanche, scatenando così le ire del collega che si ritrovava a compiere il lavoro da solo.

Cobre li guardava ora da un posto all'ombra, sotto la fronda di un rovo.

Di rado riuscivano a riposarsi qualche minuto, se ne stavano sdraiati uno a fianco dell'altro, la lingua di fuori e il respiro affaticato. Ma erano cani in salute, resistenti alla fatica, al caldo e ben nutriti, a quanto pare. Forse non li sfiorava nemmeno l'idea di possedere un palmo di giaciglio al riparo, una tettoia, ma dovevano dormire qua e là, dandosi il cambio, sull'erba schiacciata.

L'aria si fece buia, le macchine uscivano dalla curva puntando fari accecanti e i cani seguitavano a fare il loro lavoro. Non si fermarono nemmeno quando arrivò sul posto la signora del cibo. Con la coda dell'occhio guardarono appena sotto la luce del lampione dove aveva posato la carta stagnola e si rilanciarono al fianco di una portiera.

«E tu chi sei, uno nuovo?» si sentì dire Cobre.

Era uscito lentamente da sotto il rovo e sbadigliando s'avvicinò alla pasta al sugo.

Mangiò fino a saziarsi e rimase a guardare la donna che s'allontanava verso le case.

Uno dei cani venne a spilluzzicare qualche resto. Cobre andò a dargli il cambio sulla scarpata e aspettò accanto al collega.

Il primo lavoro fu una moto, il ruggito, dietro la curva, annunciò con largo anticipo le due ruote. Presto il faro giallo s'ingrandì. Cobre e il collega si guardarono negli occhi e partirono assieme. Affiancarono la moto prima ancora che il pilota si rendesse conto di cosa succedeva, Cobre dall'esterno, stando attento a non stritolare il collega contro il vortice infernale della ruota.

Ai cento metri il conducente della moto decelerò un poco e attese che il cane fosse ben vicino alla pedalina. Il cane intuì e si abbassò in tempo, scartando il tacco dello stivaletto. Gettò uno sguardo da miracolato a Cobre.

La moto grugnì via.

Tornando alla scarpata, il cane respirava profondo, il passo lento, in modo da recuperare, e Cobre imparò a fare lo stesso.

Provò a immaginarsi anch'egli ben nutrito e costantemente catapultato all'inseguimento, le labbra, col tempo, rotte dai paraurti, la vita come un gemito, e la vecchiaia fra poco, senza mai sapere dove andavano le macchine.

Un po' il traffico era diminuito e il fresco non aveva tardato.

Il secondo cane aveva ripreso il suo posto in scarpata. Cobre tornò al cibo. Mangiò ancora qualcosa, avrebbe potuto pulire le stagnole, ma ora non aveva più fame, e prima di scivolare via nel buio, osservò un'ultima volta le due bestie.

Essere uno di loro, avere un impiego, uno qualsiasi...

Andava nella notte, passato il paese. Gli uliveti avevano lasciato il posto a serre e vigne odoranti di verderame. Ora la strada apparteneva alla gioventù.

Le macchine che tornavano dalla riviera tagliavano le curve, erano fari che accecavano e non di rado Cobre era costretto a fermarsi a ridosso del guardrail.

Le poche macchine che lo sorpassavano erano dirette ai mercati della città, cariche di verdura fin sul tetto, e procedevano più lente. Gli accenni di frenata là davanti, prima di entrare in curva, lo riportavano alla notte dell'abbandono. Gli sembrava trascorsa una vita.

Giunto nei pressi di una serra dai vetri bianchi qualcosa lo attirò. Abbandonò l'asfalto e si fermò in ascolto. Un rubinetto che perdeva, da qualche parte.

Lo trovò e si dissetò.

Nell'aria, un respiro che sapeva sempre meno di campagna, di pesticidi di serre, o di benzina, gli trasmetteva come un'angoscia, forse una gioia antica, alimentando la sua corsa.

Non si fermava neanche quando dietro le curve l'aspettava il buio e paesaggi che gli erano già noti, discariche di ferraglia, serre, rovi e macchine abbandonate sul ciglio della strada, e gli odori delle cose lo illudevano e confondevano il ricordo che aveva del salso.

Gli sembrava di correre da anni, di rado si riposava qualche istante, le zampe sul guardrail, poi si rimetteva a inseguire i grandi spazi, a sbandare nelle curve, e a fare appena in tempo a sentire che i suoi passi scatenavano altri cani di là dei recinti. Immerso in rumori di acqua, torrenti, pompe a motore, tubazioni e cisterne, e voci di rane, egli sentiva che la sua corsa ammutoliva i grilli e l'asfalto gli bruciava la pelle sotto le zampe. Continuò così, a correre anche quando ai suoi fianchi nella notte crescevano le palme, e l'avrebbe fatto chissà ancora per quanto, se attraverso le sbarre del guardrail, egli d'un tratto non avesse visto tutta quella collina tagliata di netto. Allora sbarrò gli occhi e in quell'istante si fermò.

Il labbro superiore, secco per la fatica, rimase come incollato sopra la gengiva.

Il mare, là davanti, era diviso da un sentiero di luna. E prima del mare era l'autostrada, alta sui ponti, come un cancello di cemento, e i tunnel nei colli, e le palme nella luna, e tutto ciò che non era la collina tagliata era pieno di luci verdi e gialle, la baia in un angolo con due luci di barche, il duomo in cima all'altro colle e le logge di Santa Chiara che assomigliavano a un alveare. Cosa ricordava di tutto questo quando era al legaccio, se stringeva gli occhi? Poco o niente, se l'aver avuto un padrone ormai era poco e niente... Ora là davanti bastava un mare per non pensare ad altro.

Se quel giorno avesse potuto capire le parole del poeta, ora gli avrebbe dato ragione. Uno di fronte al mare voleva sentire la propria eco.

Non ci provò.

Rimase a lungo incantato, le zampe sul guardrail, poi passò sotto la sbarra e saltò nell'erba. In fondo alla terrazza spiccò un saltino e si portò nella parte gerbida di là del ritano.

Un pipistrello volava a mezz'aria in una danza di scatti. Il posto era tranquillo.

Decise che vi avrebbe trascorso il resto della notte, si sdraiò e posò il muso sulle zampe. Poi chiuse gli occhi e pensò al mare che lo stava sorvegliando.

Sognò. Dapprima l'incontro con una faina, (ma poteva essergli successo per davvero). Gli era sbucata davanti nell'erba come dal nulla, s'erano lanciati un'occhiata stupita, senza sfida, poi lei s'era allontanata nell'erba col suo dorso ondeggiante.

Il luogo dell'altro sogno era la strada, sognò che stava dormendo lungo la linea bianca. La gente gli gridava di spostarsi perché stava per sopraggiungere una macchina a gran velocità. Lui tentennava. Al momento dell'impatto si svegliò con un sobbalzo, vide che era nell'erba al sicuro e si calmò.

Sbadigliò e contemplò la baia. Il traffico, un paio di terrazze sopra dove passava la strada, era quasi nullo, ma il silenzio non durò che una mezz'ora, e quando il sole emerse dagli orli ulivati, come un naufrago, e la luce affondò gli artigli sul mare, per la strada cominciarono a passare con una certa continuità macchine, camion pieni di sabbia e autobus.

Ripensò allo strano incontro, molto tempo prima, coi cani della scarpata (fra poco, con tanto passaggio di mezzi avevano di nuovo un mucchio di lavoro), e alla sua corsa terminata in fretta contro questo mare.

La luce sciabolava vetrate di serre, e c'erano palme fin lassù e gabbiani in cielo.

C'erano farfalle nell'aria. Si riusciva a essere nella vita l'ombra che faceva questa farfalla sull'erba? Fra poco l'avrebbe saputo. Lui fra poco, sì, solo lui... perché a nessun altro poteva giungere dalla grande pozzanghera un'eco che non fosse la propria, gli aveva detto il poeta.

Vaghi ricordi s'accendevano assieme al giorno, disperazioni di quando col padrone passeggiavano sulla spiaggia, allora lui strattonava con tutte le forze, ma il legaccio, più di quel tanto alla riva non lo lasciava avvicinare.

Ora che era libero di affrontare gli spazi... aveva paura. Ci fosse stato un albero, un ponte, un muro a cui arrampicarsi, una voce al largo. Se avesse saputo dirlo l'avrebbe chiesto al poeta come mai riusciva a esserci una simile quantità di nulla là davanti... Forse tanto nulla sommandosi riempiva tempi e spazi? E mentre pensava a questo, ebbe come una visione, uno scoglio, un'isola, la Corsica s'era materializzata sotto il cielo.

Si alzò per guardarla meglio. Sembrava il magazzino dove all'alba s'andavano ad ammucchiare i sogni del mondo. Il posto dove bruciava la poesia.

Lo stomaco protestava, e così, prima di scendere verso il mare, setacciò una scarpata ingombra di immondizia, passò sui bancali sfasciati, tra sacchi di cemento duri, annusò cartoni. Niente. Di commestibile c'era solo una lucertola, calma e sonnolenta. Il giorno le asciugava l'erba e le scaldava le pietre attorno. Senza entusiasmo, la rincorse e la costrinse a trovarsi un rifugio. Poi si rimise in cammino.

Al fondo, passate le ville coi recinti e i mastini, attraversò il piazzale di un supermercato. Sotto strada vide che scorreva dell'acqua e gli venne sete. Salì sul muretto che delimitava il piazzale, andò un tratto in equilibrio e saltò sul letto del torrente.

Era poco più di un rigagnolo, nascosto nell'erba. Ne bevve a sufficienza. Forse, anche l'acqua che scendeva dalle colline e scorreva quaggiù pensava all'acqua del mare.

Sopra il muro una strada fiancheggiava il torrente. Qua e là attraversava un ponte.

Se si voltava a guardare indietro, degli ulivi e dell'entroterra non intravedeva che una foschia azzurra, ma se guardava là davanti un mare non lo trovava più, solo case, palazzi, alghe secche appiccicate ai muri, ciuffi di canne e l'ombra dei ponti che gli passava sopra. Da tempo aveva perso il riferimento del salso, e questo lo preoccupava più del resto: un odore di fogna usciva dai buchi nei muri, un'acqua bianca si mischiava a quella del rigagnolo.

In prossimità di un ponte di ferro molto più largo degli altri si addossò al muro. Un fischio assordante annunciò il passaggio del treno. Tutto tremò. Le carrozze sfrecciarono sopra la scarpata di ghiaia arrugginita e lasciarono nell'aria quel fischio.

Cobre proseguì fin dove il torrente si nascondeva nella selva dei palazzi. La città faceva ombra e le strade e gli argini del torrente non terminavano mai.

Pensò d'essersi perso, e che non sarebbe mai arrivato a destinazione, il giro largo e curvante l'avrebbe allontanato dalla costa, come quel treno.

Forse non vuoi neanche arrivare da qualche parte, si disse, tu vuoi solo passare come il treno. Sei qui solo per ricordare le palme.

Poi, di colpo, mentre alzava gli occhi ai palazzi, cercando risposte, la luce cambiò e prima ancora di vederlo sentì che il mare gli era entrato dentro.

Avanzò lentamente sul tratto di spiaggia che lo separava dal vuoto. Ma i ciottoli, man mano che si avvicinava alla riva, diventavano sempre più roventi, e l'ultimo tratto fu costretto a farlo di corsa.

Si rinfrescò a bagno. Vi penetrò fino ai genitali. Piacevole, dopo il primo brivido, sentì la palpata al basso ventre.

Dell'onda che gli era passata sotto, non restava nulla, non un segno, un po' di ghiaia sulla battigia si mosse e l'onda non era più. Notò inoltre che il livello dell'acqua si abbassava per un lasso che variava a secondo del ritardo che aveva l'onda seguente.

Durante i flussi schiumosi, si sentiva sollevare e spostare come da una mano.

Era l'urto dell'onda, pensò, la coscienza che ogni onda deve avere d'essere giunta al sospiro finale. Un rantolo. Forse era come gli aveva detto quel giorno il poeta: a ogni onda là davanti nell'ignoto corrispondevano un principio e una fine.

A questa specie di rantolo seguiva una tacita preghiera alla vita. Esauste e unite dalla stessa richiesta di tornare al largo, ma senza più via di scampo, le onde si lasciavano uccidere da altre onde.

O i rantoli sono echi che chiamano dal largo… Questo aveva provato a dirgli il poeta?

Sorrise e si mosse nell'acqua sabbiosa che gli lavava ormai il dorso. L'affrontò fiducioso, ma dopo qualche passo il fondo lo tradì ed ebbe paura, le zampe annasparono nel vuoto. Sentì che affondava, sbarrò gli occhi sott'acqua.

Si voltò e cercò di correre, e così facendo si accorse che in realtà tornava a galla e ci stava qualche istante... Glu glu. Bastava agitare le zampe, non smettere mai di correre e dirigersi verso dove voleva puntare.

Puntò un posto dove l'acqua era meno torbida. La esplorava durante gli scrolloni delle onde, gli occhi rientravano un istante sotto la pelle del mare e trovavano un fondale fatto di sabbia arrugata e solchi di alghe che assomigliavano alla verdura degli orti dove aveva incontrato un bambino. E pareti di roccia e scavi come portici al tramonto.

Vagò a lungo, senza mai perdere l'orizzonte, e con brevi scarti portandosi ancora alle chiazze, dove l'acqua cambiava di colore, attratto da ogni blu diverso e trasparente.

Ora sapeva perfettamente che le chiazze erano un inganno, visioni, desideri, e che ogni tipo di acqua raschiava le narici e la gola, e ogni onda era maledetta e accecava.

Presto si ritrovò dunque in quel punto che il poeta aveva definito «al largo», senza energie, trascinato da una corrente sempre più avversa, in preda a forze che non dipendevano più dalla sua volontà. Forse fu quando, nel voltarsi per non cogliere l'arrivo di un cavallone che gli avrebbe fatto bere un torrente, egli vide la costa e ricordò che così lontano nella vita aveva visto solo la Corsica.

Dal biancore della città gli giunse come un barbaglio d'incendi ed ebbe la stessa paura di quando un giorno gli era sprofondato sotto le zampe il fondale.

Tanto lontano era andato?

Sentì una voce. Torna dunque, sembrava chiederglielo l'intera baia, ripuntare il riverbero fino almeno laddove avrebbe potuto sfruttare il favore delle onde.

Ma era tardi, i crampi lo mordevano, e ogni volta che lo sorprendeva un'onda i flutti lo seppellivano. Riemergeva in tempo, la bocca spalancata, invisibile gli pareva la costa.

Un ponte, gli passò per la testa l'idea di un ponte. Se il padrone lo stesse guardando e gli stendesse un ponte. Ma durò poco, tutti i ponti che aveva visto in questi anni non scendevano né salivano, erano ponti che univano soltanto, mentre lui ora aveva la certezza di scalare un vero e proprio muro d'acqua in cima al quale, se avesse potuto piantarci gli artigli, avrebbe trovato la spiaggia e la foce del torrente.

Non bisognava farsi venire in mente nulla, ora importava solo credere di tornare, disperatamente, gli occhi stretti, ecco a cosa bisognava credere.

Non poteva dire quanto fosse passato da quando aveva deciso di ripuntare la costa, tuttavia doveva essersi avvicinato abbastanza – e questo non riusciva a fare a meno di pensarlo – convinto com'era che se una mano gli avesse tolto il salino dagli occhi, egli avrebbe potuto distinguere nitidi il colore delle case spezzato dal pallore delle scogliere, e la grande sagoma bianca del duomo, e persino l'azzurro cespuglioso degli ulivi in cima a Monte Calvario. Avrebbe potuto scorgere il verde delle palme e forse la vista delle cose l'avrebbe aiutato ulteriormente.

Nel frattempo aveva imparato da tutto ciò che gli stava attorno a utilizzare le onde. Galleggiavano nelle vicinanze, sulla pelle assassina del mare, piccoli pezzi di legno e plastiche. Le onde coprivano ogni cosa e la catapultavano verso la costa. Aspettava dunque anch'egli i rovesci del mare per darsi più slancio. Come il ponte più lungo che per essere se stesso deve trovare dove gettarsi, come anche il fiume più lontano che prima o poi deve trovare la sua fine, egli chiedeva alle onde che trovassero la riva, ormai chiedeva al mare solo questo, che fosse mare... quando un cavallone impazzito e anarchico, anziché spingerlo gli calcò il dorso, lo trascinò giù, e lo rotolò nei flutti.

Rimase qualche istante – gli parve un'eternità – nel ventre gelato, gli occhi sbarrati guardavano la trasparenza ma non vedevano più nulla. Per ultimo scorsero un gabbiano abbassarsi fino a rasentare la pelle del mare e lo sentì gettare un grido.

Quell'ordine, quella voce – torna e vivi! – gli parlava come l'eco che aveva ascoltato nella regione profonda degli ulivi. Il mare aveva smesso di scaraventarlo su e giù e un volo di gabbiani s'era formato a mezz'aria. La pelle del mare s'era gonfiata, la luce del giorno improvvisamente era sparita e dal buio in cui si inoltrava sentì una mano che lo cercava e l'afferrava.

Erano stati i gabbiani ad attirare un pescatore col suo gozzo. Le mani lo deposero sugli assi. Ora Cobre sentiva la chiglia fendere il mare. Aprì l'occhio e lo roteò alla ricerca del suo salvatore. Era seduto a prua, che gli sorrideva, le braccia e le spalle bruciate dal salino. Sugli assi, rivoli di acqua salata scorrevano dalla pozzanghera ai piedi del pescatore che continuava a sorridergli.

Cobre non rispose, riabbassò le palpebre.

Dopo un po' provò ad alzarsi, ma il sole era troppo forte e il gozzo, il mare e la costa là davanti cominciarono a girargli attorno.

S'era di nuovo sdraiato, rannicchiato il più possibile dentro la macchia d'ombra che facevano il pescatore e le reti piegate. Ascoltava il dondolio e pensava agli oggetti che aveva visto galleggiare.

Ogni tanto tossiva e sputava sugli assi. Allora l'uomo gli tornava a sorridere. Da una cassa, posta a prua, aveva tirato fuori una canottiera a brandelli e coperto il suo dorso. Quando vide che tossiva meno, cercò la bottiglia dell'acqua, se ne versò nel palmo della mano e lo fece bere un paio di volte.

«Perché sarai arso dalla sete».

Aspettò che Cobre rifiutasse l'acqua, il resto della bottiglia glielo fece scendere lentamente sugli occhi. Poi si lavò la mano in mare e riprese il timone.

Aveva ridotto la velocità, Cobre se ne accorse dai colpi di coda del mare. Era rimasto a lungo immobile, ma un occhio seguiva i movimenti del pescatore.

Poi riprovò ad alzarsi, e sentì che poteva. Si tolse di dosso lo straccio, mise le zampe sullo scalmo come tanto tempo prima usava poggiarle al guardrail, e guardò che entravano in porto.

Accostato il gozzo e passata la corda a un ragazzo in pantaloncini corti, il pescatore posò sulla banchina due secchi di totani, poi aiutò Cobre che spiccò il salto. I quattro anziani cucitori di reti, seduti al sole col cappellino schiacciato sulla fronte, abbassarono le mani, demoralizzati.

«Ma dove l'hai trovato?» chiesero assieme un paio.

Cobre s'era tornato a sdraiare ai piedi del pescatore.

Allora l'uomo raccontò ai vecchi l'accaduto e li fissò un po' tutti quanti negli occhi per vedere se almeno uno gli credeva. Ma i vecchi si misero a ridere e dietro ai vecchi era accorsa altra gente pronta a farsi largo come fa calca la gente quando dai gozzi calano un pescione enorme. E tutti quanti, al trovarsi davanti un cane mezzo annegato, si mettevano a ridere. Non era possibile, dicevano.

In mezzo a tutta quella gente, stanco di sentirsi toccare coi piedi da uno e dall'altro per vedere se era vivo, Cobre si rialzò, volse un'occhiata piena di riconoscenza al suo salvatore e s'allontanò.

Sete, aveva di nuovo molta sete e sonno, ma se fosse riuscito a dormire la sete l'avrebbe dimenticata. Vagò per la città, sotto palme che gli ricordavano troppo poco dell'altra vita, privo di forze e come se la sua stanchezza contenesse la stanchezza della città. Dalle parti della stazione ferroviaria, in un giardino pubblico, trovò una vasca piena di pesci rossi, bevve fino a saziarsi, poi scelse un angolo d'ombra e si coricò.

Fu uno sbaglio, dopo un po' si fermò un treno e i giardini della stazione si riempirono di bambini.

A turno, con una canna di bambù, strappata a qualche vaso, s'erano messi a punzecchiargli il ventre e a scappare. Cobre mostrava loro i denti, ma non serviva, accennava ad alzarsi, i bambini scappavano e tornavano. Così lasciò i giardini e cercò altrove, prese a gironzolare sotto le palme, a salire scalinate e costeggiare ringhiere, a scansare i passanti, tra odori di macchine e di negozi, e quasi senza accorgersene si trovò in cima al colle, per una via che il sole infilava dal mare.

Ridiscese per quella via. C'era una galleria. Provò là dentro.

Andò sul marciapiede, al fianco di una strada piena di pozzanghere. Sentì subito che la frescura era buona, ma l'odore di piombo raschiava la gola come l'acqua del mare, e mancava il respiro. Allungò il passo. L'asfalto era scoppiato, dal soffitto cadeva dell'acqua sporca, e le macchine passavano sulle pozzanghere spruzzando il marciapiede.

Sbucò dalla parte del mare, sopra le spiagge, e una luce finale l'accolse con siepi e pini di mare. Una lunga ringhiera proteggeva dalla scogliera a strapiombo.

La fronda e i tronchi dei pini erano divorati dal salso, e non facevano granché ombra, una parte del sole era ormai sconfinata dietro il colle e i tetti della città, e l'aria faceva tremare la poca luce rimasta.

Si sdraiò sul tappeto di aghi di pino, il muso sulle zampe, e guardò il mare attraverso la lunga ringhiera. Prima di chiudere gli occhi, sognò quest'aria che da qualche parte muoveva le palme.

Dormì a lungo, l'intera notte forse e il giorno seguente, perché quando si svegliò vide che il sole prendeva di nuovo la città alle spalle. Sentiva il ventre infilzato dagli aghi di pino e il dorso tutto sudato. L'ombra s'era spostata dal giaciglio, l'ora che precedeva la sera l'allungava verso la ringhiera, sul mare.

Il traffico dell'Aurelia non cessava mai.

Si alzò, si scrollò di dosso pagliuzze e aghi di pino e sbadigliò. Andò alla ringhiera e infilò il muso tra le sbarre. Qua e là, dove la scogliera non cadeva a picco, un pugno di terra teneva in vita un'agave dalle grandi foglie carnose. Il mare scintillava di rombi di fuoco, era l'ora in cui per un tratto si distinguevano le nervature del mare da quelle del cielo, ma in dirittura dell'orizzonte si riconfondevano colori e posti.

Un volo di gabbiani affondava ogni tanto gli occhi nelle acque e risaliva alla scogliera.

Un giorno era stato là, ricordò. Cos'aveva cercato?

Il padrone, non si illudeva più, non l'avrebbe mai più ritrovato. Cosa cercava dunque, una costa dopo questa costa? Per questo era andato a nuotare sul mare?

Ma questa era già l'unica costa possibile. Gli sembrava di capire le cose attraverso le sbarre, una costa per tutti, per ogni gusto, la gente della città aveva solo da inseguire ciò che aveva scelto, che negozio avere, che macchina guidare, in che casa abitare, se si poteva passare la vita a cercarle queste cose, la vita e la costa non potevano essere che qui. Quanta banalità.

C'erano giorni in cui si odiava. Se solo avesse potuto separarsi dalla bestia che si interrogava di continuo e buttarla giù da questo strapiombo, sentirla gemere sulle lame del fondo, sugli scogli, infilzata. Ma liberata la bestia, forse non restava che una stalla vuota.

Ricordò, tanto tempo prima, l'opportunità che aveva avuto di rimanere anch'egli in mezzo ai suoi simili a inseguire le macchine sul ciglio di una strada dell'entroterra.

I rimpianti, ecco cosa aiutava a distinguere il mare dalla luce aerea.

C'era un bambino, tanto tempo fa, l'aveva incontrato sul bordo di una terrazza che guardava il paese, e poi l'aveva rivisto dalle parti di un portico... Sospirò, e per una mezz'ora riuscì a non pensare a nulla.

Seguiva i voli dei gabbiani: ricevevano sul dorso l'ultima luce, il cielo era la loro cella. Una cella, ecco di cosa aveva bisogno un essere, forse da una cella si comprendeva ogni cosa, forse quel vuoto davanti, da una cella, riusciva a diventare davvero il non essere, e il non essere non era. E niente l'avrebbe più tentato...

Perché alla fine di ogni giorno la Corsica, il magazzino dove all'alba la città bruciava i sogni, non si vedeva mai? Alla fine dei giorni tutto quell'incendio finale bruciava solo il passato? La cenere dei respiri era il fuoco che si posava sulla pelle del mare.

Si tolse da lì e andò, apparentemente senza meta, mosso più che altro dal bisogno di allontanarsi dalla città, dalle percussioni delle domande, costeggiò la ringhiera un tratto, e si portò sopra la spiaggetta della foce.

Da qui un giorno s'era ancora illuso di ogni cosa.

Da un lato, grosse tubazioni coperte di alghe e muschio penetravano in mare assieme al torrente. Dall'altro una benda di scogli affiorava dall'acqua. A turno un paio di bagnanti salivano sull'ultimo scoglio e si tuffavano. Altra gente in acqua non ne entrava più...

Ma cosa vedeva ora se guardava il mare? Era la fame? In fondo, passata la sabbia bionda e gli ombrelloni e le cabine colorate, un'altra benda di scogli, lunghissima e dritta che non finiva mai, si gettava in acqua e proseguiva. Una strada sul mare dunque? Una via che portava sull'altra costa? Corse lungo la ringhiera, oltrepassò la spiaggia e i cabinati, si fermò giusto il tempo di dissetarsi al rubinetto di una doccia che qualcuno aveva lasciato aperto, si bagnò il dorso e la testa togliendosi di dosso l'arsura del sale.

Si presentò all'ingresso di quella strana via. Non c'era controllo, una sola sbarra, e vide che passava chi voleva.

La strada asfaltata contava anche su un passaggio piuttosto stretto e posto in alto sul muraglione spartivento. Le due vie procedevano parallele, comunicando attraverso delle scalette. Era un'ora in cui, sia sull'asfalto sia sopra, sul muraglione spartivento, andava e tornava molta gente.

Scelse la via asfaltata, e aveva già fatto un bel po' di strada (un pezzo di pane sporco di sabbia, color del piombo, l'aveva sfamato), quando si fermò e si voltò a guardare la ragnatela di finestre, palme e terrazzi che era Porto Maurizio.

«Qui sei spettatore» sentì al suo fianco.

Era il poeta. Quanto tempo era passato! La voce del poeta gli disse ancora: «Qui sul molo, te l'avevo detto, ci sono i pezzi del mondo che hai conosciuto lassù nell'entroterra, frammenti dei giorni giovani, questi scogli ad esempio, da dove credi che vengano, vengono da lassù, sono ancora grassi di terra ulivata, guardali, sono stati strappati alle montagne dove il tuo padrone t'ha abbandonato e sono stati fatti rotolare qui uno a fianco dell'altro, uno sopra l'altro... Nessuno conosce questo posto, amico mio, perché oltre al nome che gli danno e questo dorso di catrame, oltre al cuore che fra poco palpiterà nel faro, nessuno sa chi è il molo che non è né terra né mare... La sbarra che hai passato non è per le macchine ma il confine dei due mondi, che quaggiù nelle viscere del molo corrisponde al punto di saldatura, ossia al punto in cui il molo si aggrappa alla costa alla maniera dell'arco che più spinge al centro e meno cede».

Incalzato dalla folla, Cobre s'allontanò da questo giovanotto triste e pieno di pose, che gli parlava sempre di cose noiose, di sbarre e di archi e non gli lanciava mai un pezzo di pane.

Andò un tratto, ma lo tormentò un'idea, salì la scaletta che portava al muraglione spartivento e da lassù balzò sugli scogli a ponente. Un arco, ecco. Il poeta aveva ragione, (come fai a conoscere il significato di questa parola?) il sistema migliore perché questa strada andasse nel vuoto e reggesse nel tempo, era di costruirla come se fosse un arco, e di far in modo cioè che più spingeva al centro e meno cedeva, ma allora, se il piede dell'arco poggiava solidamente a questa costa, lo stesso doveva succedere di là, anche di là il molo doveva per forza risaldarsi a una costa.

Chissà se questi bestioni lo sapevano?

Ridiscese all'asfalto (il poeta era rimasto all'inizio del molo, di spalle, a guardare la città) e saltò sugli scogli a levante, quelli rivolti al porto.

L'eventualità che il molo fosse davvero un arco non lo lasciava in pace. Ascoltò a lungo i cavernosi risciacqui, scese a controllare gli scogli sott'acqua... Credeva di capire: gli scogli camuffavano la vera forma del molo, che doveva essere a sesto ribassato al massimo, in altri termini a fil d'acqua, dove gli scogli servivano a tappare appunto la prova che tutta quanta la struttura nascosta stesse forzando alla maniera del più classico degli archi.

«Hai capito ora?». Era il poeta, l'aveva di nuovo accanto, che sorrideva compiaciuto. «Da qui ne devi dedurre che in metà, ma ben al largo, tra questo piede e il suo dirimpettaio, di cui hai appena ammesso l'esistenza, ci deve essere un punto che in architettura viene chiamato *chiave*, dalla quale chiave scende una linea immaginaria, *freccia,* che se non fosse perché la *luce dell'arco*, e s'intende per questa l'ampiezza dello stesso, è – anche questo l'hai scoperto poc'anzi da te – nascosta dagli scogli, si potrebbe calcolare legando un sassolino alla lenza e facendogli toccare il fondo... Tutto starebbe nell'individuare il punto di chiave, perché allora del molo ne conosceresti anche la lunghezza, e questo è troppo, questo non lo sappiamo neanche noi poeti».

Cobre non lo stava neanche a sentire. La città si anneriva e si illuminava: fari verdi nelle logge di Santa Chiara e sul duomo, finestre accese diradavano il buio, e lampioni lungo l'Aurelia.

Qualche istante più tardi, anche sul molo s'accesero i lampioni.

A Cobre era sorto un dubbio e si sporse di nuovo a guardare l'acqua. Che il molo fosse dalla cima al fondo un arco in evidenza, ossia esterno, fuori dell'acqua, era semplicemente da escludere per quella caratteristica già esposta e da lui tristemente comprovata che fa del mare un deserto di sola acqua...

«Vedo che continui a ragionare» gli disse il poeta sorridente, notandone l'indagare tra gli scogli. «Se tu potessi parlare la mia lingua sono sicuro che mi diresti che secondo te il molo alla fine non è altro che una grande opera sommersa per la sua quasi totalità. Ci cascano in tanti, sai. Qualcuno immagina addirittura che il suo ritmo sia del tipo tribolato, e cioè del tipo che entra e esce tre volte dall'acqua. Questo spiegherebbe perché ieri al largo non vedevi niente. Se fossi andato ancora un po' – sempre ammesso che sia un arco del tipo tribolato – avresti rivisto il molo emergere e poi riaffondare nel mare. Altri sono convinti che il molo sfrutti semplicemente la forma di certe arcate che nascono alte alte, e vanno a morire basse, ossia che qui a Porto Maurizio poggiano alto e dove ripoggiano, chissà dove, sono sotto il livello dell'acqua. Anche questo spiegherebbe il fatto per cui ieri al largo non hai trovato nulla a cui aggrapparti. Non so mai a chi dar ragione, chissà. A volte quando non c'è gente mi sdraio e guardo se l'asfalto pende e in effetti mi pare di sì, mi pare sul serio che da qui in là il molo scenda dolcemente. Del resto, se non sbaglio, tu ieri non avevi forse l'impressione di scalare un muro per tornare alla costa?».

Cobre passò da uno scoglio all'altro e infine con un saltino spiccò sull'asfalto. Lasciò il poeta, che rimase a guardare l'acqua, e si inoltrò, spalle alle città, sul molo.

Fin quando la luce gliel'aveva consentito, egli aveva notato una sostanziale differenza tra l'acqua a levante, calma e buia del porto, e quella mossa, di là del muraglione spartivento, che picchiava contro gli scogli come se scappasse dal mare.

In cielo facevano ora chiaro quattro lucidissime stelle, altra luce proveniva da qualche barcone con la lanterna che usciva dal porto. La città non dormiva ancora, era una bestia rannicchiata: di quando in quando dava un colpo di coda sul mare e i barconi legati alla banchina prendevano a dondolare.

Di gente sul molo ne circolava molto meno che nel pomeriggio, qualche coppia di innamorati abbracciati, qualche solitario, una banda di giovanotti con gli scooter, venuti a fare il bagno di notte. Quando li vide, fosse risalito per la scala e avesse tirato dritto lungo il muraglione! Invece mangiavano, gettavano per terra croste di pizza e Cobre si fece tentare. Aspettò il momento buono e si portò via una crosta di pizza.

L'idea era di salire a mangiarsela sul muraglione spartivento, davanti a Porto Maurizio illuminata, ma nello scartare gli scooter, non si accorse della grossa moto che usciva dal posteggio a passo d'uomo, e la marmitta rovente gli toccò il fianco.

L'urlo di dolore e l'abbrivo su per la scaletta che ne seguì scatenarono le risate di una ventina di giovanotti.

Il poeta, poco distante, vide tutto e non intervenne. La corsa di Cobre, a quattro gradini alla volta, finì, tra lo stupore dei passanti, a bagno. Un supplizio ripetere tecniche di nuoto.

Quando il bruciore si calmò, Cobre guadagnò una specie di rampa in cemento e uscì dal mare, si scrollò l'acqua di dosso e il freddo gli consigliò di cercarsi un posto dove passare la notte.

Dalla parte del porto, qua e là, dalla struttura del molo, si staccava un moletto. Ogni moletto aveva il suo chiosco e una piazzola in cima. Su una delle piazzole, chiusa tutt'intorno da una ringhiera arrugginita, un paio di giovanotti si tuffavano ad angelo. Poi risalivano sugli scogli, oppure, dov'era presente, si servivano d'una scala anch'essa di ferro e consumata dal salino, che traballava tutta.

In cima a un altro di questi moletti s'ergeva un cabinato, una scritta blu diceva: VIVAIO. Cosa ci vivesse di preciso là dentro era un mistero pure per il poeta.

La base della piattaforma per i tuffi era costituita da scogli e cubi di cemento di ogni dimensione. Gli scogli erano di due tipi, e tanto diversi uno dall'altro che non sembravano provenire neppure dalla stessa montagna. Il più frequente era il classico scoglio color della terra, e ospitava colonie di piccolissimi crostacei e alghe, l'altro era invece un tipo di scoglio calvo, nel senso che era privo di alghe, lichene, crostacei, ma con larghe chiazze pallide e rosa, simili a degli eczemi.

Dopo un po', appena se ne andarono i nuotatori, il molo cadde nel silenzio come le notti dell'entroterra e dagli scogli salirono nitidi suoni minerali e ventriloqui.

Cobre volle dare un'ultima occhiata al mare aperto e si portò sul muraglione.

A ogni scaletta corrispondeva un lampione e una panchina in pietra bianca. Da un certo punto in avanti però mancavano spesso dei lampioni e alcuni non erano accesi.

Qualche insonne, solitario, ciabattatore e fumatore, si sedeva sulle panchine.

Cobre stava osservando uno di questi uomini da molo, quando un fischio lo fece voltare di scatto verso la città. Era il treno, usciva dalla galleria e proseguiva verso ponente, oltre la riga di pini.

Da qui la vedeva bene la città, con la sua stazione lunga e i colli punteggiati di luci, gli angoli del golfo. L'autostrada sorretta dai ponti, e illuminata dalle macchine, che spariva nei colli. Ricordò che una notte, osservati da un posto dove aveva riposato, quei ponti giganteschi erano un cancello chiuso al mare. Abbaiò, senza motivo.

Pensò che avrebbe voluto risentire l'eco, ecco perché aveva abbaiato. Ma non provò neanche a chiederlo al mare. Dalla costa sì, lassù il suo io era stato, e di nuovo chiamò fiducioso un paio di volte.

Niente, quasi niente, nessun'eco comunque.

Chiamò una terza volta. Ciò che gli giungeva nel silenzio dei risciacqui erano i rumori della città, forse il suo io viveva solo più in un brusio. Gli sembrava davvero tutto passato in quel calmo groviglio di case e luci... E stavolta, alle sue spalle, la voce piatta del poeta lo salvò. Guardava anche lui la costa, la brezza gli accarezzava i capelli.

«Questo fatto di scoprire più cose, man mano che t'allontani dalla città, ti costringe a rivedere le tue teorie, vero? O pensavi ad altro? L'impressione che hai avuto al largo, mentre cercavi disperatamente di riguadagnare la spiaggia, è stata quella di arrampicarti, di scalare un muro... e invece stavi scendendo di brutto, te ne rendi conto che è così? Poco fa non te l'ho voluto dire. La prova è che guardando la città dalla seconda panchina vedevi il duomo lassù in cima, mentre ora lo vedi quasi al tuo livello e in più vedi le cime dei colli dietro e l'autostrada che prima non c'era... Mi segui? È chiaro che se il mare scendesse verso la Corsica man mano che vai perderesti campo visivo...».

Ci pensò un attimo anche il poeta e si voltò a parlare al mare. «Ora, sarai d'accordo sul principio che ammettere che mare e molo ascendono significa pure rimettere in discussione l'ordine architettonico per cui il molo è un arco rampante e il punto in cui poggia di là, chissà dove, è un punto sommerso. Come fa dopo un po' a immergersi un molo che sale, e che continua a salire fino alla fine? Non farci troppo caso, ci sono troppe cose che si contraddicono qui davanti ma che si dimostrano proprio perché si contraddicono».

Cobre fece una smorfia, stava male, il fianco ustionato gli ardeva e faceva la piaga.

Al poeta sembrava non importare.

«Mi piacerebbe insegnarti la teoria del concavo e del convesso. Uno di Sanremo che ora non c'è più, ci ha scritto la possibilità della Liguria, l'opaco e l'aprico... Non ci può essere una cosa senza l'altra, un mare non può non avere una costa e viceversa... E come se non bastasse c'è anche Cristo. Rozanov: "Signore Gesù, perché sei venuto a turbare la terra, a turbarla e disperarla?"». Tirò fuori dalla tasca un elegante libretto bianco, c'era scritto Ombrone e sotto il nome dell'autore *Ossessione e memoria*, l'aprì e lesse: «*Catapultato nel tempo come un giavellotto spinto da una mano invisibile il greco sapeva che il suo tragitto mondano sarebbe dipeso dalla forza di quella mano, dalla maggiore o minore potenza del lancio. Ma chi avrebbe osato sperare di più, chi mai si sarebbe messo in attesa dell'inatteso? Che l'insperabile della salvezza possa farsi evento, che l'inatteso sopraggiunga al limite estremo dell'attesa costituisce l'angoscia del cristiano. Senza Cristo non avremmo mai sperato...*».

Smise improvvisamente di leggere, alzò gli occhi e si rimise il librino in tasca. Disse respirando a pieni polmoni il salso: «Un arco amico mio, quando sei salito sul molo, prova a memorizzare, la luce che arrivava dai monti, senza forza, per pura inerzia, giungeva qui come un arco, una parabola, quest'acqua l'ha nascosta e domani la restituirà alla costa... Se non altro oggi hai imparato che arco è il cosmo, che ad arco s'affacciano i monti ad altri monti, terrazze ad altre terrazze, che i giorni spingono altri giorni, le onde uccidono le onde, che solo gli uomini possono liberare altri uomini... a un arco assomiglia la strada, adesso lo sai, tutto è così, forse, tranne che per questa cosa qui davanti... La notte, non serve a far capire, a volte basta andar lontani, e il molo è sempre stato il posto più lontano dove andare senza lasciare questa città... C'era un mio amico qui, poeta anche lui tanti anni fa, ce l'aveva col mondo intero e sosteneva: se il mare è grosso si getta via il carico, in ultimo la stiva è vuota e il mare dura... Un giorno partì anche lui e deve ancora tornare».

Più ti addentri nella notte, e più del molo scopri la paganità.

Questo gli aveva detto il poeta. Ma Cobre non lo stava mai a sentire fino alla fine. Però se avesse potuto capire le sue parole, anche stavolta avrebbe finito per dargli ragione. Quassù il molo era tutto un gemere di maschi e femmine da guardare con la coda dell'occhio, di scogli che nascondevano corpi nudi, di musiche di radio sulla panchina di pietra intorno al faro.

Quanta gente provava a scappare senza lasciare la città, un delirio negli occhi che aveva imparato a riconoscere anche nel buio, e quel faro, quel cuore giallo e pulsante come una memoria che voltava la luce alla strada percorsa e mostrava là davanti il cavernoso regno del rantolo.

Era andato avanti ancora un bel po', lo guidava un odore nuovo, rasentava il muraglione spartivento, come stordito ora dalla sensazione stranissima che da qualche parte sul molo ci si nascondesse una presenza speciale. Qua e là si fermava un istante, annusava meglio le pietre e ripartiva. Era un odore che gli pareva d'aver cercato tutta la vita senza saperlo, mondi che finora aveva conosciuto solo per immagini e di cui possedeva un ricordo vago come di risveglio bagnato, seguito da un attimo soltanto di sopore tra l'incredulo e l'appagato.

A un certo punto, ubbidendo all'istinto, imboccò la scaletta, salì sul muraglione e finalmente la vide. Cagna immobile e bionda, nella brezza.

Saltò sugli scogli, che erano piatti e chiazzati dal salino come da aloni di sudore. Doveva essere il punto buio in cui la gente orinava, o forse era il vero odore di lei che la brezza gli portava, perché l'odore che l'aveva condotto qui stranamente era scomparso. Cobre pensò che era un buon posto, distante quanto bastava dalla luce del prossimo lampione, che in cima a quella scaletta mancava, e allora con una sfacciataggine brutale, si avvicinò a lei e volle subito assicurarsi una cosa.

Di colpo, quasi la conferma di quel importante dato l'avesse intimorito, egli arretrò di qualche passo. Ma fu un attimo, e subito dopo, nonostante il dolore e la scarsa praticità, mosso da una smisurata fiducia nei suoi mezzi, egli tornò a cercarla. Purtroppo, quando fu pronto, successe una cosa che proprio non si sarebbe aspettato: con un gesto insofferente, lei s'era scostata ed era saltata sullo scoglio vicino.

O bella questa, si spostava?

Non si perse d'animo, la seguì e appena la rivide sdraiarsi sullo scoglio piatto e attendere, le ribalzò sopra. Deciso, scordandosi del fianco dolorante, e con notevole impeto maschio, le schiacciò la groppa e la penetrò.

La sentì gemere a lungo e forse tanto la possedette – gli parve – che alla fine scoprì d'essercisi incarnato dentro. Questa non ci voleva, si agitò spaventato, provò a staccarsi. Non serviva.

Un paio di giovanotti, di passaggio sul muraglione, subito non si resero neanche conto di cosa accadeva, sentivano soltanto gli sforzi di Cobre nella penombra.

Poi uno scese sugli scogli e disse qualcosa all'amico. Giunse un pescatore, la canna in spalla, tirò fuori la torcia elettrica e illuminò.

Tempo qualche minuto gli spettatori furono una dozzina, e ridevano dal muraglione, divertiti.

Accecato dal fascio di luce, Cobre si sentì in trappola. A lei invece la cosa non la preoccupava, cagna di molo e navigata, a queste questioni di pazienza ci pareva abituata.

Sdraiato sul bordo di cemento che costeggiava l'asfalto, (lei non l'aveva seguito) stava lì, sazio, il muso basso. Gli occhi semichiusi la vedevano allontanarsi verso la città, elegante e cosciente di essere notata, e quando la persero si chiese se non l'aveva solo sognata. Ora sentiva di nuovo la bruciatura sul fianco e avrebbe voluto dormire a lungo.

Gruppi di gabbiani si alzavano dal prato nero e tornavano alla costa.

«Di ritrovare intatto il porto del domani, come faranno a esserne così sicuri i gabbiani».

Il poeta. Il castigo era questo, che appena gli pareva di prendere sonno, riecco la voce di costui. S'era fermato anch'egli sul bordo, dalla parte del porto, si sedette sulla panchina che era lì a pochi passi e incrociò lo sguardo di Cobre.

«Sul molo, caro mio, non ti incontri mai e ti incontri sempre...».

Si accese una sigaretta. Il fumo uscì dalla bocca prima delle parole. «Sai, ti ho visto, poco fa, meno male che avevi male al fianco. Ma neanche quel po' di Walhalla, credimi, salva le notti. La passione sul molo diventa foia... Angoscia notturna è che dopo la tristezza del giorno si debba dormire, con lenzuola e coperte si copre la speranza di vivere, all'alba le palpebre incrostate di lacrime stentano a dischiudersi. Ma angoscia, in Liguria, nella lingua di questa gente, è tutto fuorché determinazione dello spirito sognante, stato d'ansia, paura... Angoscia, *anguscia,* qui si dice per quando si ha nausea, ingombro allo stomaco cui spesso si fa seguire il vomito. Angoscia è dunque il mal di mare. Ma di ritrovare intatto il porto di domani come faranno a esserne così sicuri i gabbiani?».

Un ragazzino, mentre il poeta delirava, la canna da pesca in spalla e il passo svelto, tornava a casa fischiettando forte come fanno i bambini per farsi coraggio quando camminano da soli le sere d'inverno nel buio. Sparì laggiù dalla sbarra, doveva vivere in qualche palazzotto del borgo Marina.

Lo sguardo di Cobre si smarrì nel groviglio di luci e case.

Forse fra poco il ragazzo era a casa e non aveva più bisogno di fischiare, si disse.

Stava per voltarsi sul fianco ferito: se ne ricordò in tempo e continuò a fissare il nulla davanti.

Altri gabbiani, gridavano, felicità o paura di felicità, libertà era la loro cella, aveva creduto un giorno guardandoli da sotto i pini. E pensava ai monti che lui aveva conosciuto nell'entroterra, e i monti che un gabbiano non aveva mai sorvolato, e al mare che per i gabbiani sarebbe rimasto lo stesso mare anche se fossero scappati in Corsica. Ma dove stava andando? Gli pareva di tornare alla paura di una notte, molto indietro nel tempo.

Vide che dalla panchina il poeta era scomparso. Forse senza quella voce... abbassò le palpebre ma capì che non sarebbe lo stesso riuscito a dormire. A volte la voce gli sembrava già dentro.

Cambiò posto, tornò verso la città, scoprì un sottopassaggio che menava a un moletto e da lì a una spiaggetta. Le onde fingevano di arrivare a riva, poi onde come rincorse salivano a slavare fino alla seconda riga di scogli. Un battello era passato e aveva allungato il mare. Le alghe, ritirandosi ogni volta, era come se ogni volta il mare accorciasse loro i respiri. Da qui si sentiva la costa dormire, nel silenzio i grugniti delle macchine, solitarie, sempre più di rado, rimbombavano nel vuoto, la città era lì, a pochi passi. Sembrava aspettarlo.

«È l'accampamento nemico, una distesa di antenne della televisione e di tetti e campanili popolati da colombi» gli aveva detto poco prima il poeta. «Le ore suonate dalle campane del duomo hanno l'effetto di uno scrollone, in realtà spaventano solo i colombi, il volo guadagna le logge di Santa Chiara e attraversa lo sputo bianco che solo più per un paio d'ore sarà la luna».

Alzò il muso e sbadigliò. Aveva dormicchiato una mezz'ora, l'avevano svegliato la fame, la sete, l'umidità, il dolore, e gli occhi ripresero a fissare la città. Pensò che non gli sarebbe dispiaciuto rinascere animale da guardia, se il padrone gliel'avesse proposto ora, avere il suo recinto, minacciare chi intendesse sorpassarlo, il suo compito consolante, il suo turno, il suo piatto. La sua scarpata dove piazzarsi per inseguire qualcosa, qualcuno. Discorsi che s'era già fatto, tanto tempo fa. Poi per essere cane da guardia, bisognava nascerci – e ci sei nato tu, per cosa sei nato tu? – bisognava averci la pupilla, mentre lui era uno che le cose non riusciva a sorvegliarle, ci si incantava lui, davanti alle cose, l'universalità dello sguardo, una perdita di coscienza, e l'occhio che evadeva, distratto. Riabbassò le palpebre.

Sul molo non circolavano che un paio di ometti, facce assonnate, impiegati forse o poeti, ciabattavano in pantaloncini corti, le mani dietro, i polpacci scarni.

Poi un turista, ubriaco, nordico, a torso nudo, aveva in mano una fetta di anguria.

Si sedette sul muraglione, leggermente piegato in avanti, le gambe penzoloni e larghe, in modo da non sbrodolarsi, addentò la fetta di anguria.

Gettò la buccia tra gli scogli e si passò il dorso della mano sulla bocca, poi ruttò.

Cobre fece finta di niente e scese nell'incavo tra gli scogli a cercare la buccia.

Quel morso di frutta che i denti umani non staccavano mai fino al fondo, ieri l'aveva dissetato un paio di volte. Gli scogli erano un mondo che non aveva ancora esplorato a sufficienza, ed era un peccato perché quel buio nascondeva cibo e morbidezza di canne e legname gettato quassù dai marosi l'inverno.

Dietro uno scoglio s'imbatté in un gatto, uno di quei gattoni da molo, la testa grossa e sporca, il manto seccato dal sale. Il motivo per cui non scendeva mai volentieri tra gli scogli era che da quelle parti si facevano sempre dei brutti incontri. Erano bestioni di gatti come questo che ti costringevano in fretta alla ritirata, e minacciavano per un nonnulla, e ce n'erano di ogni colore e peso, maschi dal fare sclerotico che si battevano per una buccia o per una femmina, e femmine che trascinavano la pancia. E in mezzo, tra i giornali, decine di neonati, nascosti nelle gallerie tra gli scogli, accecati dal salino.

Uscì da là sotto, saltò sull'asfalto, e mentre era lì che guardava, un'ombra l'affiancò. Sapeva che era il poeta, ma il gesto che gli vide fare non gli sembrò da lui.

Il poeta era saltato sugli scogli e s'era chinato, dov'erano gattoni e gattini, a raccogliere la buccia di anguria. La gettò ai piedi di Cobre. Si pulì la mano ai pantaloni. «Quale dei gattini che giocano beati in mezzo ai giornali si salverà finita l'estate, quando la tempesta e il freddo li scoverà in fondo ai tunnel?» disse.

Cobre era intento a leccare la buccia di anguria.

«E chi di loro vivrà tanto a lungo da non riconoscere nemmeno la propria madre… Chi può dirlo, sono ginnasti, arzilli, prendono la rincorsa… Ma come fai a ritenere più interessante una buccia. Ti stai perdendo una scena biblica. Un tigrato di poche settimane ha seguito la madre dove non avrebbe dovuto, ha perso l'equilibrio, è saltato su un bancale e un chiodino l'ha infilzato sotto la zampa, il pericolo del tetano è da escludere, questi chiodi sono disinfettati a sufficienza dal salino, ma il male è male e il tigrato ha attirato sul posto la popolazione felina del molo. La madre le sta provando tutte per scacciare gli intrusi, ma nulla può per liberare il figlio dai fratellini che lo circondano, gli balzano addosso lo mordono – come in rispetto a un codice – scappano nel buio e tornano a dargli zampate. Il seguito è che il tigrato tenterà di difendersi, di far entrare al suo posto un altro… Non funzionerà, il cerchio si stringerà solo attorno a lui. Allora non gli resterà altro da fare che scappare, zoppicante, e scosterà pure la madre se sarà necessario, perché neanche lei potrà salvarlo. Dev'essere brutto dover lasciare il regno dei giochi, i tunnel dei sogni… L'hai mai fatto tu, io sì».

Cobre aveva abbandonato il molo. L'alba lo colse sotto i pini, nell'aiuola che l'aveva già ospitato, un posto dove si poteva riposare sorvegliando il mare attraverso le sbarre della ringhiera e sentire lo schianto al fondo della scogliera.

Un *ci ci* di passeri che si svegliavano gli tenne compagnia, di stornelli che entravano e uscivano e le ciarle sonnolente degli spazzini.

Quando il sole cominciò a scaldargli il manto si alzò. Gli aghi di pino gli avevano infilzato persino i testicoli, il salso gli aveva indurito il manto, le labbra ardevano, e aveva fame e sete. La ferita sul fianco stava facendo la crosta.

Venne alla ringhiera e piantò il muso tra le sbarre.

Doveva tornare sul molo. Cercò di spiegarsene il motivo, ma si arrese.

Riprovarci era semplicemente la sola cosa giusta. Glielo chiedeva la città.

Dalla cucina di un grande albergo che era sulla strada ebbe la faccia tosta di farsi gettare del prosciutto. L'acqua invece la cercò laggiù alla spiaggia, ma i rubinetti bassi dove la gente si lavava i piedi non gocciolavano ancora, così si dovette accontentare di bere nel portavaso di una pianta davanti al chiosco.

I bagnini aprivano gli ombrelloni e sistemavano le sdraio. Questo era l'unico quarto d'ora in cui si distingueva il cielo dall'orizzonte. La Corsica oggi non c'era, il mare era calmo, così indifferente ai preparativi del giorno. Un gozzo avanzava lento verso l'apertura dei frangiflutti.

«Guardi se è il tuo salvatore?» gli chiese il poeta. Faceva colazione al banco del chiosco, staccò un pezzo di focaccia e glielo gettò ai piedi. Quando Cobre si avvicinò a mangiare, il poeta s'inchinò a controllargli la ferita.

«Non poggiartici sennò ti fa infezione, e non correre, la crosta si potrebbe spaccare».

In città ricominciava la vita, i giorni, come disse il poeta, si reincarnavano ogni volta in altri giorni. Nessuno ci faceva caso. Neanche il mare.

E dopo un po': «Sei tornato a dormire sotto i pini, hai rivisto le palme e non hai pensato un solo attimo al tuo padrone».

Cobre lo guardò. Se avesse capito e avesse potuto parlare, gli avrebbe detto di sì, al padrone non ci pensava più.

Sul molo il sole aveva asciugato le panchine bagnate dalla rugiada. Più Cobre s'inoltrava, e più, voltandosi ogni tanto a guardare, vedeva la luce aggrapparsi agli orli dei colli, ai tetti, all'autostrada, e ancora luce tirarsi su come questi nuotatori di buon mattino che facevano leva sulle braccia e si issavano sulla piattaforma dei tuffi.

Per un attimo il giorno pareva veramente in grado di riscattare ogni cosa. I suoni, gli echi e il silenzio, tutto quanto dipendeva dalla luce.

Giunse sul molo la signora che nutriva la colonia dei gatti, e il poeta la salutò. Poi un paio di pescatori, le canne in spalla e il secchiello. Il poeta salutò pure loro. Un pescatore si fermò nei pressi del sottopassaggio, posò le canne e il secchiello, si sedette sullo scoglio e lanciò in acqua qualche mollica di pane.

L'altro pescatore era ormai un punto nel riverbero.

Cobre s'era fermato a guardare, allungato sul bordo di cemento lungo l'asfalto, sentiva che la crosta si stava aprendo, il caldo forse. Forse che spurgasse era un bene, era un segno che guariva, ma il pescatore sospettava chissà cosa e lo scacciò. Cobre andò a guardare le operazioni di pesca da debita distanza. Gli piaceva sorvegliare il galleggiante, sdraiato sul fianco sano, gli occhi uno sopra l'altro che guardavano verticalmente il mare. Gli piaceva farsi scaldare il manto, e quando poi il sole bruciava gli piaceva rifugiarsi al fresco nel sottopassaggio.

Conosceva del molo ogni trucco, ogni odore, ogni soffio di salso, ogni essere che passava la sbarra e veniva quassù: turisti con le ciabatte e l'asciugamano, e venditori ambulanti con le valigette piene di occhialini e le vestaglie e gli asciugamani posati in spalla. Camminavano accanto ai turisti o li seguivano di sbieco, accendevano davanti a loro zippo di ogni colore, per bloccarli mettevano loro in mano le valigette, e cappellini in testa, ma neanche così i turisti compravano.

All'ora di pranzo il molo si popolò di impiegate, mordevano un panino, poi stendevano un asciugamano sugli scogli, si spalmavano e si cuocevano al sole una mezz'ora.

«Sempre lo stesso scoglio piatto e leggermente inclinato che il molo assegna loro di anno in anno come si affitta una sdraio» disse il poeta. Aveva caldo anche lui, via la maglietta, se l'era arrotolata in testa. «Guarda chi arriva ora».

Due ganzi da molo passavano sul muraglione e si fermavano ogni tanto a indagare la fauna, uno a dar di gomito al collega, a indicargli l'impiegata dormiente sdraiata. L'altro a esprimere giudizi negativi, a parlare di piattezza e a passar oltre. Quanto all'impiegata, quello scoglio si trasformava in un erpice e presto avrebbe infilzato le sue povere piattezze, estate dopo estate, in un'erosione di salso e memoria.

Cobre era solo più uno spettatore, dove trovava ombra ci si gettava subito, boccheggiante.

«Questi che vedi impassibili che vanno in cima come si va per i boschi, sono i camminatori del molo» gli disse il poeta.

Il sole per loro era davvero niente, così diversi dal ganzo che si studia la fauna o dallo statico pescatore da scoglio che aspetta che il pesciolino rimbalzi nell'aria, i camminatori del molo andavano a coppie, avanti indietro, li aveva già visti passare decine di volte, le mani dietro, e li aveva sentiti parlare sottovoce, quasi un bisbiglio tra colleghi che sapeva di calcio, di politica, di letteratura, a occhi bassi, ignari di cosa succedeva ai lati, sul muraglione, a bagno. Il molo, in quanto luogo, per loro non esisteva. Di rado un'occhiata di compassione ai nuotatori o a chi giocava a pallavolo in acqua, a chi insomma sul molo ci veniva per questioni tanto futili.

«Verrà l'inverno e il molo sarà solo loro» disse il poeta. «Vorrei essere anch'io un camminatore di moli, uno che si eleva dalla folla, che non ci si mischia... E tu? Tu non riesci a dirmi nulla, a farmi una domanda».

Cobre era ripartito, febbricitante, la piaga morsa dalle mosche. Aveva fatto trenta quaranta metri, poi s'era tornato a sdraiare lungo la striscia d'ombra che gli regalava il muraglione spartivento nel pomeriggio. La gente gli passava accanto, notava la piaga infetta, le mosche, e ritardava un attimo, aspettava che desse un segno di vita prima di proseguire. Alcuni si voltavano a guardarlo ancora un paio di volte.

L'inerzia di Cobre, i suoi occhi non proprio chiusi, sottili sottili dovevano insospettire fino all'ultimo, era vivo, era morto? Era solo un cane immobile e sdraiato che osservava le incandescenze dell'asfalto e la domanda che avrebbe voluto fare al poeta era quanto mancava ancora. Anche ai passanti, avesse trovato le parole, l'avrebbe chiesto: quanto pensate sia ancora lungo il mio molo, brava gente?

Dopo un po' l'ombra gli procurava un brivido freddo, e attraversava l'asfalto, si trasferiva sul bordo di cemento, uno sguardo gonfio di lacrime che nessuno doveva vedere, neanche il poeta. Ma il dolore era così grande? Era tutto l'insieme, era quel sentirsi un essere scordato lì, era il suo viso nella polvere, erano solo lacrime, non dolore...

Aveva notato strani buchetti su certi scogli, fori fatti con un grosso trapano, forse, quand'ancora lo scoglio apparteneva alla montagna, per sistemarvi candelotti di dinamite mai più fatti brillare. Erano lì, buchetti cilindrici dentro cui arrugginiva un mezzo bicchiere d'acqua. Verso il tramonto, in quel po' d'acqua era facile trovare intrappolata o morta una lepisma fuggita da un libro.

Stranezze a cui nessuno riusciva a dare risposte, immagini che lo consolavano.

Osservava ogni tipo di mosca del molo. Alcune avevano i colori dell'iride e si posavano sulle alghe. Sembrava che lo ignorassero, ma per sentirle bisbigliare nelle vicinanze e fermarsi sulla piaga era sempre questione di pochi istanti.

Allora ripartiva. Per scappare ai morsi delle mosche aveva imparato a rifugiarsi sul tratto del muraglione. Si direbbe che le mosche temessero il vento del mare aperto.

Due moletti a un certo punto chiudevano una spiaggia di sabbia e scogli. Cobre si fermò in un punto dove non imbarazzava il transito dei camminatori e guardò. Nascosti nell'acqua gli amanti si cercavano... Una madre, laggiù al fondo, che quasi non si sentiva, gridò a un bambino: non sul molo, gioca nella sabbia, sugli scogli no... E continuava a gridare, sebbene il bambino non le avesse ancora disubbidito.

Il poeta, che aveva raggiunto Cobre sul muraglione, mise una mano contro sole e sospirò.

«Forse un bambino lo sente da sé che non gli è ancora permesso di conoscere il molo. Un giorno si ricorderà solo che c'era una frontiera... Io ero un bambino dell'entroterra, sono nato in uno dei paesini di pietra che hai conosciuto anche tu. Un'infanzia tra gli ulivi, come tra esseri di un'altra razza, umani di un'altra etnia, nel quieto brusio degli insetti, mi chiedevo che lingua bisognava parlare per non tacere sempre, e a forza di aspettare le voci mi prendeva il sonno della Liguria, la sete delle piante l'estate e la paura dell'oscurità l'inverno, per ultimo col sacco delle olive legato sul dorso dell'asino che avevamo, si scendeva al paese e le zoccolate sulla mulattiera e il respiro del torrente, i tocchi dell'Ave Maria o le campane da morto, traboccavano fuori le ultime gocce di silenzio dell'infanzia... Tornare oggi al tempio delle voci e cercare quel bambino appena disubbidiente, gridare tra ulivi bruciati, in una valle senza più riferimenti, camminare su mulattiere coperte di cemento, e cercare le bestie in stalle trasformate in cucine e stanze per turisti, guardare i tralci delle vigne non più potati, cresciuti nella terra come unghie incarnite, scoprire paesi dove i bambini non nascono più, dove le chiese si aprono solo per far respirare i muri, in una terra dove solo i morti muoiono ancora, perché, mi chiedo quando ci torno, tanto rincrescimento se obbedire oggi per ciò che ti si chiedeva ieri, è la sola felicità mai avuta... Aspetta qui che ti vado a prendere una fetta di anguria».

Tornò dal chiosco con la fetta di anguria, la posò accanto a Cobre, e riprese a guardare il passaggio.

«Umanità, maschi femmine, corpi bianchi e abbronzati, spellati, vestiti, individui. I ritagli di sartoria di Dio, amico mio...».

Dopo l'anguria – s'erano mossi, scesi dal muraglione, andavano appaiati – Cobre vide sul bordo di cemento una coppetta di gelato vuota e ci passò la lingua. Poi s'avventò su una crosta di focaccia, oleosa e imbrattata di sabbia. Doveva mangiare, riprendere le forze.

«Guarda, chi abbiamo dietro... Gli innamorati».

Camminavano abbracciati e per pareggiare l'altezza lui usava tacchi alti, lei gli si ingobbiva addosso. Ne usciva un'andatura scoordinata, stramba, con maldestre tacchettate sull'asfalto. E dietro gli innamorati quattro ragazzotti in mountain bike, non sapevano nemmeno loro se sorpassare sulla destra o sulla sinistra.

«Hanno già rasentato le caviglie di tutti, salgono e riscendono venti volte al giorno, non li avevi ancora notati?» disse il poeta a Cobre.

I ragazzotti in bici scatenavano sul serio le ire di tutti, ultimo l'innamorato, che li aveva avvisati, lui non minacciava come gli altri, aveva detto loro, lui li gettava a bagno, ne faceva un fascio, di loro e delle biciclette, e via nell'acqua.

Si compiaceva ora del fatto che passando gli avessero chiesto scusa. Era un giovanotto basso, con braccia lunghe che se non avvinghiavano la fidanzata gli cadevano fino al ginocchio.

Cobre s'era fermato col poeta a guardare. L'ombra della gente che camminava sull'asfalto si allungava fin sugli scogli dalla parte del porto, l'ombra di chi veniva su per il muraglione s'allungava sull'asfalto. Era come il giorno prima durante quel periodo di afflusso, un calpestarsi l'ombra uno con l'altro.

«C'è di tutto, a quest'ora, noia di indigeni, angosce di esiliati politici, stupore di emigranti... Il tale con bermuda, ad esempio, ciabatte e fronte inutilmente ampia che vien su... lo conosco, se n'è andato a vent'anni dal mio paese... Voltiamoci, facciamo finta di guardare Oneglia, se mi vede diventa noioso».

Ma l'emigrante ha occhi lunghi e l'ha visto.

«Oh il nostro poeta... E abbiamo anche il cane».

«L'hanno portato a perdere, un motorino gli ha bruciato il fianco... Torni ogni anno tu».

«Eh la Liguria... mi ricordo quando al mare ci venivo con mio fratello e partivamo con nostra madre con la corriera».

«Ora ci buttano di tutto, guarda che sporcizia ci si accampa la sera».

«Oh anche allora c'erano dei giorni che non potevi fare il bagno».

Un'anziana turista, di quelle che guardano le cose liguri e ridono, crepano dal caldo e ridono, il gelato cola sulla camicetta e ridono, s'era appena alzata dalla panchina.

«Non ci piaceva il mare, preferivamo il laghetto su al paese, acqua come il marmo e le mele carle da rosicchiare, belle acerbe, e poi plonf a bagno nel lago» narrava l'emigrante senza dare al poeta il tempo di ribattere.

La turista, passando davanti a Cobre, gli aveva regalato un sorriso. Dapprima s'era pure chinata e aveva accennato una carezza, poi aveva notato il pus e aveva ritirato la mano.

«Non lo so, la spiaggia, per noi dell'entroterra» disse ancora l'emigrante «è qualcosa che non ci appartiene, un'altra regione...».

«Qualcosa che ci pare di non meritare» aggiunse il poeta.

«Ecco, bravo, tu sai usarle le parole... posti che ci sembrava di rubare a quelli della città o ai turisti. Il venerdì, quando saliva il furgoncino col frigo pieno di pesci e la bilancia, e l'uomo urlava "peasci peasci", ecco quando avevamo un mare. Il resto, un po' di onde e panini alla sabbia...».

«E al ritorno, prendevamo la corriera prima della galleria, salivamo su una corriera affollatissima, e trattenevamo il respiro per tutta la galleria, finché non si risbucava alla luce» gli ricordò il poeta.

L'emigrante ascoltò e aveva occhi lucidi. Era un gioco che facevano anche lui e suo fratello, disse.

Erano le cinque, erano le sei? Di più non poteva essere, il sole esplodeva ancora da un punto invisibile, abbracciava troppo cielo.

Il poeta e Cobre avevano ripreso un passo lento. Ora all'asfalto si alternavano tratti lastricati di ardesia, solo il bagliore incandescente là davanti non diminuiva.

«Si viene quassù una sola volta, amico mio, venti cento mille, ma una sempre... Forse non mi capisci ancora, forse non ci riuscirai mai... A volte uno sale quassù senza un motivo e finisce per piazzarsi sopra gli scogli a guardare i pescatori, come sta facendo la famigliola. Vuoi ascoltare cosa dicono?».

Si fermarono.

«Che pesci si prendono sul molo, papà?» aveva chiesto il bambino.

Il padre non rispondeva.

Cobre s'era sdraiato sotto una panchina. Da quando la striscia d'ombra lungo il muraglione s'era assottigliata fino a sparire, si gettava sotto le panchine a godersi la frescura.

Siccome il padre taceva, il bambino disse: «Secondo me di pesci sul molo non ce ne stanno».

Il pescatore, sotto di loro, le gambe larghe sullo scoglio, aveva sentito e s'era passato una mano sulla faccia dall'alto al basso.

«I pescatori non sopportano i commenti alle spalle» disse sottovoce il poeta a Cobre.

In realtà dovevano essere uomini pazienti e riuscivano a stare delle ore a sorvegliare un galleggiante immobile.

Un pesciolino morto nel secchiello costui l'aveva, un pesciolino magro e grigio che faceva la gara con la piaga di Cobre a chi attirava più mosche.

Dall'ombra lunga che padre e figlio gettavano fin sugli scogli, il pescatore s'accorgeva se li aveva ancora alle spalle. Non c'era neanche bisogno di voltarsi, ma ogni tanto non resisteva e voleva vederli in faccia.

«Non andare intorno a quel cane» ha detto la madre al bambino. E: «Sciò, via» ha fatto a Cobre.

«È mica suo?» ha chiesto il padre del bambino al poeta.

«No, è un cane che qualcuno ha portato a perdere».

Allora la donna gli aveva rifatto: «Sciò». Ma Cobre non s'era lasciato intimidire ed era rimasto sotto il rombo d'ombra della panchina. Quello dello spalancare di colpo gli occhi era segno che ogni tanto una mosca gli trovava la carne viva sotto il pus. La febbre gli sbatteva il sangue.

«Me lo vuoi dire che pesci ci sono papà?».

Durante l'atto del guardare una scena di pesca sul molo, un adulto si rifiuta di parlare di pesci per una forma di rispetto, senza capire invece quanto sia proprio il sentirsi usare tale premura a irritare ancora di più i pescatori del molo.

«Guarda bello» disse d'un tratto la madre con la mano contro il sole.

«Che forte!» disse il bambino.

Era un motoscafo e di ogni suo rimbalzo sull'acqua giungeva alla costa uno scrollo del mare. Una specie di risucchio finale agitava sensibilmente il galleggiante. Poi nel vuoto cavernoso del molo s'udì qualcosa di simile a un'eco e tutto si fermò.

E rieccoli, i ragazzi in mountain bike, ora a zig zag ora in fila indiana.

«Tieni il bambino» raccomandò al padre la madre.

Immediatamente il bambino sentì la sua mano nella grossa e calda mano del padre.

Le bike passarono senza far danni.

«Ci prendessero uno stramazzo» fece un anziano mezzo in dialetto.

La bella veterana dai polpacci potenti alla quale s'era rivolto, fu d'accordo.

«Ti sei riposato?... Ci fosse un chiosco quassù per comprarci qualcosa!» disse il poeta. Quando andò, Cobre lo seguì.

Vecchie conoscenze: di lì a poco avevano incontrato di nuovo gli innamorati, lui la teneva contro uno scoglio, e le grandi mani che finora s'erano accontentate di cingerle la vita ora la esploravano sotto la maglietta. Eccitato, doveva alzarsi sui tacchi per arrivarle con le labbra alle orecchie. E intanto, chi passava davanti allo scoglio, gruppi di giovani, ma anche anziani maliziosi, lanciavano proclami, battutine d'incoraggiamento. Lei gli chiedeva di non badarci, ma di continuare a fare ciò che stava facendo con quelle mani grosse e sapienti, sembrava intendere, lui aveva smesso, stringeva i pugni e si mordeva le dita, li avrebbe voluti prendere a uno a uno, farne un fascio e con le sue braccia lunghe gettarli a bagno.

Nel frattempo, da qualche parte: «Ebbene, la finiamo?» ha chiesto la veterana dai potenti polpacci ai quattro con le bike.

«Visto? Nemmeno considerano» le ha detto l'anzianotto dal chiaro fare da mandrillo, osservandole spudoratamente i polpacci. Lei se ne dev'essere accorta e se ne va in fretta lanciando i suoi formidabili polpacci.

Cobre e il poeta facevano parte della folla che stava intorno al pescatore subacqueo.

Era successo che un ragazzino s'era messo a fare: l'ha preso l'ha preso, e il pescatore subacqueo, armato di fucile e maschera e pinne ai piedi, era salito sull'asfalto e aveva mostrato alla gente il polpo. La bestia aveva vissuto fin quando le mani esperte del pescatore non le avevano voltato la testa come si raggomitolano un paio di calze.

Cobre diede l'esempio, e dopo un po' si staccò dalla folla anche il poeta. Lo raggiunse e si fermarono a guardare dall'alto un altro pescatore da scoglio. Il timore di far compassione, il secchiello ottimista, le canne, il mento basso e tutto quel collo nudo. Si assomigliavano tutti i pescatori del molo.

Poi il poeta segnalò a Cobre due che ridiscendevano il molo. Erano due nerboruti in costume da bagno, avevano facce sofferenti e il passo svelto e scoordinato di chi è tanto pazzo da salire sul molo a piedi nudi.

Incrociandoli, l'anzianotto mandrillo che non doveva pensare ad altro, s'era rivolto a loro con un: «Che muscoli, se tanto mi da tanto voi una donna la fate a pezzi».

I due non avevano accennato nemmeno un sorriso, erano saliti sul molo proprio per far mostra di bicipiti, per cercare delle donne, ora tiravano dritti con le loro masse muscolari pulsanti, le natiche in fuori e quell'andatura sofferente.

La folla intorno al polpo s'era sciolta e sulla chiazza d'acqua lasciata dal pescatore subacqueo, i muscolosi si fermarono a dare un po' di sollievo ai piedi e abbassarono le palpebre. Finalmente... Ma dopo un attimo il suolo tornò a essere una piastra rovente.

«Ancora cento metri e siamo all'ombra» disse allora uno.

L'altro non era d'accordo. «Te ne vuoi andare adesso che è l'ora delle tardone?».

Discussero, muovendo anche i muscoli delle mascelle, inarcando le spalle, in punta di piedi per posare meno carne possibile al fuoco.

Poi lo era sul serio, l'ora delle tardone, in tante, grasse e bianche, con vestaglie fiorite e doppi menti, salivano su di sghembo tra la gente, come in una danza.

E il sole lasciava. Chi si tuffava dagli scogli, quando usciva cercava l'asciugamano.

Solo il catrame bruciava ancora.

«Anche i giorni se potessero parlarci, ci racconterebbero che sono stanchi di morire».

Il poeta e Cobre s'erano fermati a guardare i monti e il poeta disse ancora: «Forse a quest'ora ti pensa pure il tuo padrone».

Il molo s'andava svuotando, ma secondo il poeta mancava ancora un incontro.

Si presentava con questi crolli di cieli, e non aveva un nome, in altre regioni era il contadino, un termine che nel linguaggio dell'entroterra non esisteva.

«Sai quante volte ho provato a chiederglielo, e cosa fate nella vita brav'uomo, là dietro, nella terra profonda e buia, o chiara, tutta ulivi e pietraie, che si vede passando sull'autostrada? Prova a chiederglielo. Mai che ti risponda faccio il contadino o più raffinatamente l'ulivicultore o l'imprenditore agricolo, ti dirà soltanto che va in campagna... Ma può darsi che oggi non venga» concluse il poeta.

Del resto se fosse stato sul molo, l'avrebbero già visto, l'uomo che va in campagna si riconosceva da lontano, un passo abituato alla mulattiera, quassù si trovava smarrito, senza riferimenti. L'uomo degli ulivi, l'uomo dai mille e nessun nome, veniva sul molo solo per convincersi che questo non era il suo posto, entrare nell'acqua e bruciarsi di sole, no, un'occhiata ingorda alle donne, rabbia di non averle mai avute, puro ingombro, il mito dell'anguria da consumare da giovani la notte tutti intorno al faro, quante stupidaggini... Dalle campagne, dagli ulivi, di moli se ne vedevano pochi, giusto un ritaglio di foschia marina, da guardare spostando con l'occhio i costoni, come il poeta utilizzava intarsi e parentesi, una scheggia di mare, tanto per appoggiare il gomito al rastrello e sognare. In ultimo uno si svegliava e i lavori erano ancora da fare...

«No, forse anche da ragazzi, dall'entroterra,» sostenne il poeta «mi sembra di ricordare che la cosa più bella di venire al mare era che poi si andava tutti assieme al torrente a toglierci il salino di dosso».

Col tempo, la sensazione era che il mare avesse bisogno di essere notato, e senza gli schiamazzi, senza i tuffi, le onde non si scagliassero più sugli scogli con la stessa veemenza. Così, il rumore di caverna era poco più che un brusio. E tutto si calmava.

Cobre pensava a questo, quando riconobbe una voce. Si guardò attorno.

«Vieni a vedere, papà!» disse la voce.

Era il bambino.

«Non ti sporgere!» urlò la madre.

Il bambino era sul bordo del cemento e guardava tra gli scogli. Qualcosa era riuscito a guadagnare il cemento e gli stava trà i piedi.

Il padre venne presto a vedere e disse: «Non toccarlo, è malato».

Un gattino tigrato si trascinava dolorante, gli occhietti incrostati, zoppicava.

Tutto avveniva come aveva previsto il poeta: il tigrato che il giorno prima s'era ferito saltando sul chiodo, nemmeno la madre era riuscita a salvarlo dagli assalti dei fratelli. Aveva abbandonato i tunnel dei giochi e gli scogli. Cobre rimase a guardare che direzione prendeva. Non doveva saperlo nemmeno il gattino, indeciso, se ne stava sull'asfalto e guardava da una parte all'altra. La cima del molo avrebbe voluto scartarla, cosa l'aspettasse lassù non riusciva proprio a immaginarlo. La città invece sì, la strada che lo portava alla costa incontrava altre strade, e c'erano pericolosi asfalti da attraversare, scarpate di ferrovie dove dormire, e bidoni della spazzatura da saccheggiare, fogne da visitare, popolate anch'esse da gatti zoppicanti... Forse un giorno ci sarebbero stati scogli e tunnel come sul molo e l'aria avrebbe odorato di salmastro come odorava ieri.

Questo forse il motivo per cui il gattino s'avviò zoppicante sul bordo di cemento lungo l'asfalto, verso la città?

Ogni tanto al passaggio d'un barcone, un'onda ladra violava ancora gli scogli, si aggrappava, lanciava artigli, scavalcava muri. Se prima di crollare ne aveva la forza, ricambiava l'acqua delle fossette cilindriche.

Cobre guardava, voglia di andarsene, ma dove...

L'ultimo tratto del molo era privo del muraglione spartivento. Esternamente erano le due sponde di scogli che camuffavano la forma ad arco ad accompagnare l'asfalto.

Ed era la fine, presto realizzò che era arrivato. Il mare libero e invitante là davanti.

Chiamò, senza speranza. Silenzio era l'eco. Ebbe paura.

Respirò, affaticato, nel vento della sera che alzava gocce di traverso.

Si guardò a lungo attorno, il poeta quassù non era giunto, alla fine del molo non c'era nessuno, come mai lassù uno doveva essere lasciato solo? C'erano cose che il poeta s'era scordato di spiegargli. Forse non le sapeva neanche lui, tante erano le cose che aveva detto di dover ancora capire, e di tante altre cose aveva fatto solo delle ipotesi.

E allora Cobre sentì che stavolta si sarebbe tuffato volentieri, sapendo a cosa andava incontro, immerso nei flutti, e in parte l'avrebbe fatto solo per vedere se almeno in questo il poeta aveva ragione, se il molo alla fine si immergeva alla maniera d'un arco rampante che nasce alto e poi scende.

Ricordò le sue parole. «Quando guardi un ponte non riesci a farlo esistere. Neanche quando l'attraversi, un ponte è se stesso solo quando ti ha traghettato di là».

E così si voltò, tornò alla città, e uno sgomento felice lo prese nel vedere i colli abitati.

Che strano effetto, la città che aveva di fronte, che subito gli era sembrata sconosciuta, man mano che si avvicinava, gli mostrava le cose piene di magia, le palme e l'Aurelia, i posti dei giochi e dei dolori, ogni cosa vide che custodiva un giorno della sua vita.

Città con due stazioni, una per partire e una per tornare. Città di cose che gli occhi perdevano, dapprima i colli delle ville coi pini e il cancello di ponti dell'autostrada, poi l'Aurelia, città che spariva venendogli incontro... finché gli franò addosso solo più il duomo.

Passò la sbarra che separava il molo dalla costa. Le barche del porto dondolavano appena. Era una bella sera.

I giovanotti ridevano, seduti in alto sui muretti, le ciabatte prossime a cadere e l'asciugamano sulle spalle. Le macchine avevano acceso i fari.

Debole com'era capì che non ce l'avrebbe fatta mai a salire la scalinata che menava sull'Aurelia, così tagliò verso la zona degli stabilimenti balneari e risalì all'Aurelia per la strada meno ripida. Seguì il marciapiede verso Oneglia, apparentemente senza meta, ma forse vagamente nel ricordo gli pareva di cercare ancora un posto speciale. Era solo stanco anche di ricordare e andava a occhi bassi, scansando caviglie e punte di scarpa, quando giunto al distributore di benzina, quasi senza accorgersene, si apprestò ad attraversare la strada...

Stridore di gomme, clacson, una donna dal marciapiede gridò.

Non servì, stramazzò lontano. Tentò quasi subito di rialzarsi, simulando come una felicità, poi ricadde.

Difficile gli era ora il contatto tra i denti, e il colare caldo dalle labbra rotte, e da qualche parte nel dorso, gli aveva anestetizzato il vecchio dolore sul fianco. Non si mosse più, aprì soltanto e richiuse dieci volte gli occhi, poi li lasciò spalancati sull'asfalto perché cercassero l'antico buio degli spaventi.

Intanto tra i passanti qualcuno aveva suggerito: «Bisognerebbe spostarlo».

Allora intervenne un signore, si fece largo tra la folla, e a quanti avrebbero voluto spostare Cobre, ordinò: «No, non toccatelo, lasciatemelo così».

Era la voce del padrone, e Cobre fece in tempo a chiedersi se l'aveva veramente sentita, se era stato solo un fruscio del mare, o delle palme.

Un sogno.

IJmuiden, novembre 2006

NOTE

Il passo di pagina 184 è tratto da *Ossessione e memoria* di Roberto Carifi, uscito prima su «Ombrone» e poi pubblicato da Edizioni della Meridiana.

Alcune storie del *Collezionista di tempo* sono state narrate da Marino Magliani nei romanzi *Molo express* e *Prove tecniche di solitudine*, già pubblicati dal Centro Editoriale Imperiese.

INDICE

Le voci 11

Prima parte – Il probandato 13

Seconda parte – La frontiera 51

Terza parte – La corsa 103

L'architettura del molo di Porto Maurizio 159

Tutti i diritti sono riservati a norma di legge
e a norma delle convenzioni internazionali.

Le fotocopie per uso personale del lettore possono essere effettuate nei limiti del 15% del volume dietro pagamento alla SIAE del compenso previsto dall'art. 68, commi 4 e 5, della legge 22 aprile 1941 n. 633.

Le riproduzioni effettuate per finalità di carattere professionale, economico o commerciale o comunque per uso diverso da quello personale possono essere effettuate a seguito di specifica autorizzazione rilasciata da AIDRO (www.aidro.org).

Progetto grafico, composizione e impaginazione: Sironi Editore, Milano
Progetto grafico di copertina a cura di Andrea Morando